을 유 세 계 문 학 전 집 · 6 6

에다 이야기

에다 이야기

THE PROSE EDDA

스노리 스툴루손 지음 · 이민용 옮김

❀ 을유문화사

옮긴이 **이민용**

서울대학교에서 독어독문학을 공부하고, 독일 마르부르크(Marburg) 대학에서 수학했으며, 서울대학교 대학원에서 문학 박사 학위를 받았다. 독일 소설과 내러티브를 연구하였으며, 서울대학교 등에서 게르만 신화 강의를 10년 넘게 했다. 현재는 강원대학교 인문과학연구소에서 인문한국(HK) 교수로 근무하며 내러티브와 그 치유적 활용 등을 연구하고 있다. 저서로 『신화와 사랑』(공저), 『독일 이야기』(공저), 『인문 치료』(공저) 등이 있고, 번역서로는 『변신』, 『과학의 역사 1, 2』, 『책』 등이 있으며, 신화 관련 논문으로는 「내러티브와 사회적 치유」, 「『황금가지』와 겨우살이 가지 그리고 사회적 치유의 내러티브」, 「현대 과학의 눈으로 본 유럽 신화」, 「신화와 문화 콘텐츠」, 「시구르드/지크프리트의 영웅성과 약점」 등이 있다.

을유세계문학전집 66
에다 이야기

발행일·2013년 10월 30일 초판 1쇄 | 2022년 11월 15일 초판 4쇄
지은이·스노리 스툴루손 | 옮긴이·이민용
펴낸이·정무영, 정상준 | 펴낸곳·(주)을유문화사
창립일·1945년 12월 1일 | 주소·서울시 마포구 서교동 469-48
전화·02-733-8153 | FAX·02-732-9154 | 홈페이지·www.eulyoo.co.kr
ISBN 978-89-324-0398-4 04890 978-89-324-0330-4(세트)

차례

프롤로그

일러두기

게르만 신화는 게르만어권의 신화이고, 게르만어권의 언어로는 노르웨이어, 스웨덴어, 영어, 독일어, 덴마크어, 네덜란드어 등이 있다. 그래서 게르만 신화권이 넓다 보니 발음이 다른 경우도 있다. 게르만 신화의 주신인 오딘만 하더라도 지역에 따라 발음과 표기가 제각각이다. 오딘(Oðinn, 고대 북구어), 오딘(Odin, 영국), 워딘(Woden, 옛 앵글로색슨어), 보단(Wodan, 옛 프랑크어), 독일어의 부탄(Wutan), 부오탄(Wuotan), 보탄(Wotan) 등으로 불리고 표기된 것이다. 그래서 이 책에서는 보편적으로 영어 발음을 기준으로 표기하였다. 보탄이나 보단이 아니라 오딘으로 표기한 것이 대표적인 예이다. 그러나 핵심적인 단어는 영어와 노르웨이어가 다른 경우 노르웨이어를 기준으로 삼았다. 아스(Ass) 신족, 반(Vanr) 신족, 알푀드(Alföðr, 영어 'Allfather'나 독일어 'Allvater' 대신에) 등이 바로 그것이다.

1

　태초에 전지전능한 신이 하늘과 땅 그리고 그 안의 모든 것들을 창조하였고, 마지막으로 아담과 이브, 두 인간을 창조하였으니, 거기서부터 인간 종족이 퍼져 나왔다. 아담과 이브의 후손은 그 수가 점점 불어 온 세상에 퍼지게 되었다. 그러나 시간이 흐르면서 인간들이 서로 갈라지기 시작했으니 어떤 이들은 선량하고 믿음이 돈독했지만, 보다 많은 사람들은 세속의 욕망에 관심을 보이며 신의 계명을 소홀히 하게 되었다. 그래서 신은 대홍수로 세상을 휩쓸어 버리고, 노아의 방주에 타고 있던 피조물들을 제외한 지상의 모든 생명체가 사라졌다. 대홍수가 끝나고 세상에 살아남은 사람은 여덟 명이었다. 그들로부터 후손이 생겨나 예전처럼 되었다. 세상 사람들의 수는 다시 불어났고, 그들은 모두 부유함과 오만한 명예심을 즐겨 좇아 살면서 신에 대한 복종은 업신여겼다. 그래서 신의 이름을 부르려고 하지도 않는 지경에까지 이르게 되었다. 당시에 아들들에게 신의 기적을 얘기한 사람이 누구 있었겠는가? 그래서 사람들은 신의 이름을 잊게 되었고, 자신들을 창조하신 분을 아는 사람은 온 세상에 하나도 없게 되었다. 그래도 신은 인간에게 지상의 재산과 소유물 그리고 행운을 주었다.

인간이 세상에 있어야 했기 때문에 신은 그들에게 지혜도 주었다. 덕분에 인간은 지상의 모든 현상들, 그리고 하늘과 땅의 이치들을 파악할 수 있게 되었다. 사람들은 이러한 것들이 어떻게 서로 연관되어 있는지, 대지와 짐승과 새들이 여러모로 같은 속성을 가지고 있으며, 그러면서도 그 양태가 같지 않은 점에 관해 깊이 생각하고 감탄하게 되었다. 높은 산봉우리의 땅을 파면 샘이 솟는다는 것도 그 하나의 속성이었다. 산봉우리라고 해서 깊은 골짜기보다 오랫동안 파야 물이 나오는 것은 아니다. 이는 짐승과 새를 보아도 마찬가지였다. 다리나 머리가 모두 그 아래에 피가 흐르는 피부의 깊이는 비슷하다는 점이다. 세상의 또 다른 자연적 속성은 매년 대지에는 풀과 꽃이 자라고 같은 해에 죽고 썩는다는 것이다. 그것은 짐승과 새들에게도 마찬가지여서 짐승 털과 깃털이 매년 자랐다가 빠진다. 다음은 대지의 세 번째 속성이다. 대지가 열리고 파헤쳐지는 곳에선 풀이 대지의 맨 위층에서 자란다는 것이다.

인간은 바위와 돌을 생명체의 이빨과 뼈에 비유했다. 또한 대지를 살아 있는 일종의 생명체로 파악했다. 사람들은 대지의 연륜이 아주 오래되었으며 원래 힘이 막강하다는 사실을 인식했다. 대지는 모든 생명체의 근원이었고 생명체가 죽으면 모두 받아들였다.

이런 이유에서 사람들은 대지에 이름을 붙이고 자연의 종족들을 대지에 귀속시켰다. 사람들은 이러한 사실을 조상들에게서도 들었는데, 그들 사이에서 수백 년 동안 이야기되었기 때문이다. 당시엔 대지와 마찬가지로 태양과 별들이 존재했다. 그런데 별의 운행은 달랐다. 몇몇 별들은 좀 더 오래, 몇몇 별들은 좀 더 짧게 운행했다. 이러한 현상들 때문에 사람들은 별들을 조종하여 자기 의지대로 움직이게 하는 존재가 있으리라 추측했다. 그 조종자는 아주 강력하고 막강한 존재임에 틀림없었다. 그래서 사람들은 그 조종자가 모든 요소들을 지배한다면 별들이 있기 이전부터 이미 존재했을 것이라고 추측했다. 그들은 다음과 같이 생각했다. 그 존재가 별들의 운행을 지배한다면, 그 존재는 태양 빛, 공기 중의 이슬, 그 이후에 생긴 대지에서 자란 것, 바람, 이와 함께 생긴 바다 위 폭풍의 한 원인이기도 할 것이다. 당시에 그들은 그 존재의 왕국이 어디에 있는지 몰랐다. 그래서 사람들은 그 존재가 지상과 하늘에 있는 모든 것들과 바다와 바람의 모든 현상들을 지배한다고 믿었다. 이에 관해 보다 잘 이야기하고 보나 살 기억하기 위해 사람들은 모든 것들에 독자적으로 이름을 부여했다. 그리고 이러한 믿음은, 민족이 갈라지고 언어가 달라지는 것처럼 다양한 방식으로 변화되었다. 하지만 그들은 이 모든 것을 세속적인 지식으로 파악했다. 그도 그럴 것이 그들에게는 영적인 지혜가 주어지지 않았기 때문이다. 이런 방식으로 그들은 모든 것이 어떤 물질로 창조되었다고 알게 되었다.

2

세상은 세 개의 대륙으로 나뉘어 있었다. 남쪽에서 서쪽으로 지중해까지 이어진 지역의 이름은 아프리카였다. 이곳의 남쪽 지역은 태양 때문에 모든 것이 타는 듯 뜨겁다. 두 번째 대륙은 서쪽에서 북쪽으로 바다에 이르기까지 뻗어 있다. 사람들은 이 대륙을 유럽 혹은 에네아라고 부른다. 유럽의 북쪽 지역은 너무 추워서 풀도 자라지 않고 사람도 살지 않는다. 북쪽에서 시작하여 동쪽 절반을 거쳐 남쪽까지 걸쳐 있는 지역은 아시아다. 이 지역은 어느 곳이든 아름답고 화려하며, 나라에는 곡식과 금, 귀금속이 있다. 또한 그곳에는 세상의 중심이 있다. 때문에 그곳은 어느 관점에서 보아도 다른 지역보다 더 아름답고 더 나았다. 그곳 사람들도 모든 면에서 천성이 뛰어났는데 총명함, 강력함, 아름다움, 갖가지 능력이 아주 뛰어났다.

3

세상의 중심 근처에 우리가 튀르크란드라고 부르는 나라에 트로이라는 유명한 도시가 있었다. 이 도시는 다른 도시보다 훨씬 컸고 여러 면에서 예술적으로 훨씬 더 완벽하게 지어졌으며 엄청난 비용을 들여 그곳의 물질로 만들어졌다. 열두 왕국과 한 제왕이 있었으며 각 나라에는 다시 여러 나라들이 속해 있었다. 그 도

시에는 열두 명의 막강한 사나이가 있었다. 이 왕들은 사람들을 인간적인 미덕으로 다스리고 있었다. 그중 한 왕은 무논 혹은 멘논이라고 불렸다. 그는 위대한 제왕 프리아무스의 딸 트로안과 결혼했고, 이 부부 사이에는 트로르라는 아들이 있었는데, 우리는 그를 토르라고 부른다. 그는 트라킨의 로리쿠스 왕실에서 교육을 받으며 자랐다. 그리고 열 살이 되었을 때, 아버지의 무기를 물려받았다. 그의 외모가 어찌나 아름다운지 다른 사람과 비교해서 마치 참나무 목재 가운데 상아가 있는 것과도 같았다. 그의 머리카락은 금처럼 빛났다. 열두 살이 되었을 때 그는 이미 완벽한 체력을 지녀, 이 나이에 열두 마리의 곰 가죽을 단번에 땅에서 들어올렸다. 그런 후 그는 자기의 양부였던 로리쿠스 왕과 그의 부인 로라 혹은 글로라를 죽이고 트라킨 왕국을 정복했다. 바로 우리가 트루드헤임이라고 부르는 나라이다.

이후 그는 여러 나라들을 돌아다니며 세상 구석구석을 탐방했다. 그는 오로지 혼자서 모든 베르세르커*와 거인들, 가장 횡포가 심했던 드래곤과 많은 맹수들을 제압했다. 세상의 북반구에서 그는, 우리가 시프라고 부르는 예언녀 시빌을 만나 결혼했다. 시프의 가문에 대해서는 아무것도 얘기할 수 없다. 하지만 그녀는 모든 여자들 가운데 가장 아름다웠으며, 그녀의 머리카락은 금과 같았다. 토르와 시프 사이에는 아들 로리디가 있었는데, 아버지를 닮았다. 로리디의 아들은 에인리디였고, 그의 아들은 빙게토르였다. 그다음 후손으로는 빙게너, 모다, 마기, 세스케프, 베드비그, (우리가 아난이라고 부르는) 아트라, 이트르만, 헤레모드, (우리가 스콜드라고 부르는) 스칼둔, (우리가 뱌르라고 부르는) 비아프, 야트, 구돌프, 핀, (우리가 프리들레이프라고 부르는) 프리알라프가 이어졌다. 프리알라프에게 보덴이라는 아들이 있었는데 우리에게는 오딘이라고 불렸다. 오딘은 지혜나 모든 능력에서 탁월했다. 그의 부인은 프리기다였는데, 우리에게는 프리그라고 불렸다.

4

오딘은 자기 부인과 마찬가지로 예언의 능력을 갖고 있어 자기 이름이 세상의 북반부 위쪽에서 널리 알려지는 것을 넘어서, 모든 왕들의 추앙을 받으리라는 사실을 미리 알고 있었다. 그래서 그는 튀르크란드를 떠나 길을 나섰다. 젊은 사람이건 늙은 사람이건, 남자건 여자건 대규모의 인원이 값진 물건들을 가지고 그를 따라나섰다. 그들이 지나간 나라마다 명성이 자자하여 그들은 인간이라기보다는 신과 비슷하게 비쳤다. 그들은 쉬지 않고 계속 이동해서 마침내 오늘날 작센이라 부르는 지역까지 북진했다. 거기서 오딘은 오랫동안 머무르며 넓은 땅을 차지했다. 오딘은 세 아들을 그 지역의 수호자로 임명했다. 큰아들의 이름은 베그데그이고, 강력한 왕으로서 동부 작센을 지배했다. 그의 아들은 비트르길스였고, 그 후손들은 피타, 헤인게스츠, 시가르, (우리가 스비프다그라고 부르는) 스뱁데그의 순서로 대를 이었다. 오딘의 둘째 아들은 벨데그이고, 우리 사이에서는 발드르라고 불렸다. 발드르는 오늘날의 베스트괄렌 지역을 차지했다. 그의 아들은 브란드였으며, 브란드의 아들은 우리가 프로디라 부르는 프료디가르였다. 그의 뒤를 이어 프레오빈, 비그, (우리가 가베라고 부르는) 게비스가 대를 이었다. 오딘의 셋째 아들은 시기이고, 그의 아들은 레리르였다. 그들의 후손들은 오늘날의 프랑켄 지역을 다스렸다. 여기서 비롯된 것이 뷜숭족(族)이다. 그들로부터 위대한 종족들이 많이 나왔다. 그후 오딘은 북쪽으로 계속 여행하여 레이드고탈란드 지역으로 갔다. 그리고 거기서 원하는 모든 것을 얻었다. 이 지역을 오딘은 또다른 아들 스퀼드에게 맡겼는데, 스퀼드의 아들이 프리들레이프였다. 여기서 스퀼둥족(族)이 시작되었다. 스퀼둥 가문은 덴마크의 왕가를 이루었고, 당시 레이드고탈란드로 불렸던 그곳이 오늘날의 유틀란트 지역이다.

<h2 style="text-align:center">5</h2>

그리고 오딘은 다시 북쪽으로 이동하여 오늘날의 스웨덴으로 갔다. 그곳은 귈피 왕이 다스리고 있었다. 아스족이라고 불리는 아시아인들이 오고 있다는 보고를 받자, 귈피 왕은 오딘 일행을 마중 나가서 오딘이 원하는 대로 자기 나라를 다스려 줄 것을 제안했다. 그래서 오딘이 도착한 이후 그들이 머무는 곳은 어디든 풍요와 평화가 넘쳐 났다. 사람들은 모두 오딘 일행 덕분이라고 생각했다. 지배적 위치에 있는 남자들은 오딘 일행이 지금까지 보아

왔던 사람들과는 외적인 아름다움뿐만 아니라 정신적 능력에서도 다르다는 사실을 확인했던 것이다. 그곳에서 오딘에게 좋은 땅과 다른 이점들을 주었던 것 같고, 그래서 오딘은 그곳에 오늘날 시그투나라는 도시를 위해 머무르기로 결정했다. 트로이에서 그랬던 것처럼 그는 그곳에 지배자들을 임명했다. 그리고 나라의 법률을 제정할 열두 명의 지도자들을 뽑았다. 또 예전에 트로이에서 그랬고, 터키인들이 관례대로 했던 바에 따라 모든 법률을 정비했다.

6

그 후 오딘은 다시 북쪽으로 멀리 이동하여 세상의 끝이라고 믿었던 바다에 이르렀다. 거기서 그는 자신의 아들에게 지금의 노르웨이에 해당하는 나라를 다스리도록 했다. 그 아들은 세밍이라고 불렸는데, 노르웨이 왕들의 조상이 되었다. 귀족들과 「할로가랜더의 시」에도 이름이 올라 있는 막강한 남자들도 그의 후손이었다. 오딘에겐 윙비라는 다른 아들도 있었다. 윙비는 오딘의 뒤를 이어 스웨덴의 왕이 되었는데, 그로부터 윙링족이 비롯되었다. 아스족은 그 나라에서 부인을 얻었고 아들까지 결혼시킨 이들도 많았다. 이 종족은 수가 꽤 많아져서 작센과 북쪽 지역 전체로 확산되었다. 그래서 그 아시아인들의 언어가 이 모든 지역의 언어가 되었다. 사람들은 조상들의 이름이 기록되었기 때문에 이런 사실을 알 수 있다고 믿었다. 그 이름들은 이 언어로 되어 있었고 아스 종족이 여기 북쪽, 즉 노르웨이와 스웨덴, 덴마크와 작센으로 그 언어를 가져왔기 때문이다. 그러나 영국에는 오래된 지역 이름, 장소 이름들이 있는데, 이를 보면 이것들이 다른 언어에서 비롯되었다는 사실을 확인할 수 있다.

제1부 걸피의 홀림

1. 귈피 왕과 게퓬

귈피 왕은 지금의 스웨덴 지역을 다스리고 있었다. 그로부터 비롯된 다음과 같은 이야기가 있다. 귈피 왕은 이곳저곳 여행을 다니던 한 여인이 자신을 즐겁게 해 준 대가로 자기 왕국에서 네 마리의 황소가 하루 밤낮 동안 쟁기질할 수 있는 넓이의 땅을 주기로 했다. 그 여인은 아스족 출신으로, 이름은 게퓬이라고 했다. 그녀는 북쪽 거인의 나라에서 네 마리의 황소를 ─ 그녀가 거인과의 사이에서 낳은 아들들이었다 ─ 데려와서 쟁기 앞에 줄로 묶어 세웠다. 쟁기질이 어찌나 넓고 깊게 이루어졌던지 땅덩어리가 분리되었다. 황소들은 그 땅덩어리를 끌고 서쪽 바다로 내달아 바다 해협에 머물렀다. 게퓬은 그곳에 그 땅을 고정시키고 나서 이름을 붙였는데 셀란드*라고 불렀다. 한편 그 땅이 떨어져 나간 지역에는 호수가 생겼다. 그것은 오늘날 스웨덴에서 멜라센 호수로 불리는데, 그 안에는 셀란드 섬의 곶(串)과 같은 모양을 한 만(灣)이 있었

네 마리 황소를 끌고 지구를 쟁기질하는 게퓬, 로렌스 프뢸리크(Lorenz Frølich).

다. 그래서 음유 시인(skald, 북유럽 궁정 시인) 브라기 옹(翁)이 다음과 같이 시를 지었다.

1   게퓬이 귈피로부터 번쩍이는 깊은 태양을
     어찌나 빨리 끌었던지
     끄는 짐승의 입에서는 입김이 뿜어져 나왔고
     덴마크가 늘어났구나
     황소들은 이마에 달 여덟 개를 달고 네 머리를 지니고,
     떼어 낸 땅덩어리 초원의 섬 앞에서 전진해 갔네.

(게퓬은 쟁기를 끄는 짐승의 입에서 김이 나올 정도로 빨리 쟁기질하여, 귈피에게서 셀란드를 뜯어냈다. 셀란드를 끌고 가는 황소들은 눈이 네 쌍, 머리가 네 개였다.)

2. 귈피 왕의 여행

귈피 왕은 현명하고 마술에 능통한 남자였다. 그는 아스족 사람들이 그토록 막강하고 모든 것을 원하는 대로 하는 것에 크게 놀랐다. 그는 이것이 아스족의 고유한 힘에서 비롯된 것인지, 아니면 그들이 숭배하는 신들의 힘 때문인지 곰곰이 생각했다. 그는 아스가르드로 여행을 떠나면서, 아무도 알아보지 못하도록 은밀히 노인의 모습으로 변장했다. 그러나 아스족이 더 똑똑했으니 그

들에겐 꿰뚫어 보는 능력이 있었기 때문이다. 궐피가 도착하기 전에 그의 여행을 지켜보고 있던 그들은 그를 현혹시켰다. 그가 아스족의 성에 도착했을 때 건물이 어찌나 높던지 그 너머로 아무것도 볼 수 없었다. 지붕은 황금 방패로 뒤덮여 있었다. 그래서 흐빈의 툐돌프는 발할이 방패로 뒤덮여 있다고 다음과 같이 읊었다.

2   그들, 준비성 많은 그 사람들은
     —돌이 날아들까 봐—
     스바프니르 건물의 지붕 널빤지에서 광채가 나도록 하고 있었다.

(그 준비성 많은 남자들은, 돌이 날아올까 봐, 지붕을 번쩍거리는 방패로 덮고 있었다.)

궐피는 건물 문 앞에서 한 남자를 보았다. 그 남자는 단검 일곱 개를 한꺼번에 공중에 던지며 저글링을 하고 있었다. 남자가 먼저 궐피에게 이름을 물었다. 궐피가 강글레리라고 자기 이름을 댄 뒤, 자신이 알려지지 않은 길을 찾아왔으며 숙박할 곳을 찾고 있다고 말했다. 그런 다음 건물 주인이 누구냐고 물었다. 남자는 임금님이 그 건물의 주인이라고 말하면서 "당신을 폐하께 안내해 드리겠습니다. 그곳에서 당신이 직접 폐하께 성함을 여쭤 보십시오"라고 말하였다. 그리고 그는 몸을 돌려 앞장서 건물로 들어갔고, 강글레리가 뒤따랐다. 강글레리가 들어서자마자 건물의 문이 닫혔다. 그곳에는 방이 여럿 있었고 사람들이 셀 수 없이 많았는데, 몇 몇 사람은 놀이를 하고 있었고 몇몇 사람들은 술을 마시고 있었으며, 또 다른 사람들은 무기를 들고 훈련하는 모습이 보였다. 그는 사방을 둘러보았는데 보이는 게 모두 믿기지가 않았다. 그래서 그는 말했다.

> 3   문을 나설 때마다 사람들은
>   이리저리 둘러보아야 한다.
>   그 앞 벤치에 적들이 앉아 있을지 모르기 때문이다.

그는 층층이 높이가 다른 자리가 있고 거기에 세 남자가 앉아 있는 것을 보았다. 그는 이 지도자들의 이름이 무엇이냐고 물어보았다. 그를 인도해 왔던 남자가 대답했다. 바로 앞 높은 자리에 앉아 계시는 분이 임금님이라고 하며 "폐하의 존함은 하르(높으신 분)이시고, 그 위에 계신 폐하의 존함은 야픈하르(똑같이 높으신 분)이며, 맨 위에 계신 폐하의 존함은 트리디(셋째 분)이십니다"라고 말하였다.* 그러자 하르가 방문자에게 더 궁금한 게 없냐고 질문하며 음식과 음료는 이 드높은 홀에 있는 모든 사람과 같이 대접하겠노라고 말했다. 방문자는 우선 홀 안에 어떤 현명한 사람이 있는지 알고 싶다고 말했다. 하르가 대답하길, 방문자가 보다 더 현명하지 않으면 거기서 벗어나지 못할 것이라고 대답했다.

> 4   질문하는 동안 그대는 앞에 서 있고,

답변하는 사람은 앉아 있어야 하네.

3. 신들의 아버지

강글레리는 다음과 같이 질문했다. "신들 가운데 누가 가장 고 귀하고 가장 나이가 많사옵니까?" 하르가 말했다. "그 신은 우리 언어로 알푀드*이다. 하지만 옛 아스가르드에서 그분은 열두 가지 이름을 가지고 있었다. 즉 첫 이름은 알푀드, 둘째 이름은 헤란 혹 은 헤랸(통치자), 셋째 이름은 니카르 혹은 흐니카르(선동자), 넷째 이름은 니쿠드 혹은 흐니쿠드(선동자), 다섯째 이름은 푈니르(많 은 것을 아는 자), 여섯째 이름은 오스키(소망 실현자), 일곱 번째 이름은 오미(멀리 말하는 존재), 여덟 번째 이름은 비플리디(군대 를 떨게 하는 자) 혹은 비플린디(색칠한 방패를 든 자), 아홉 번째 이름은 스비두르, 열 번째 이름은 스비드리르(창의 신 혹은 보호 자), 열한 번째 이름은 비드리르(날씨의 신), 열두 번째 이름은 얄 그 혹은 얄크(거세한 말)이니라."

이에 강글레리가 물었다. "그 신은 어디 계신가요? 그분의 능력 은 어떠신가요? 이룩하신 기적은 무엇인가요?" 하르가 대답했다. "그분은 영원하시고, 자신의 왕국을 다스리며 크고 작은 모든 일 에 관여하신다." 이에 야픈하르가 말했다. "그분이 하늘과 땅, 대 기 그리고 그 안의 모든 것들을 창조하셨다." 여기에 이어 트리디 가 말했다. "가장 중요한 점은 그분이 인간을 창조하고 영혼을 주었는데, 그 영혼은 육체가 대지에서 썩거나 불타서 재가 되어도 죽지 않는다는 것이다. 올바른 믿음을 가진 사람은 모두 김레라는 곳에서 그분과 함께 살 것이다. 하지만 악한 자들은 헬로 갔다가 그다음엔 니플헬로 가게 될 것이다. 그것은 저 아래 아홉 번째 세계에 있다." 그러자 강글레리가 물었다. "하늘과 땅이 만들어지기 전에 그분이 하신 일은 무엇인가요?" 하르가 말했다. "그때 그분은 서리 거인*과 같이 있었다."

4. 세상의 창조

강글레리가 물었다. "태초에 무엇이 있었고, 만물이 어떻게 생겨났으며, 그전에는 무엇이 있었습니까?" 하르가 대답했다. "옛 시 「무녀(巫女)의 예언」*에 다음과 같이 나와 있노라.

5   태초에는 아무것도 없었네.
      모래도 바다도 차가운 풍랑도 없었네.
      대지도 없었고 그 위에 하늘도 없었으며,
      풀도 없었고, 텅 빈 목구멍 같은 심연이 있었지."

그다음에 야픈하르가 말했다. "대지가 창조되기 훨씬 전에 니플헤임이 생겨났고, 그 중심에 흐베르겔미르라는 샘이 있다. 이 샘에서 강들이 발원했는데 그 이름은 다음과 같다. 스뵐, 군트라, 푀름,

핌불툴, 슬리드와 흐리드, 쉴그와 윌그, 비드, 레이프트. 헬에 이르는
가장 가까운 문은 괼이다."

트리디가 얘기했다. "태초에 남쪽 세상에는 무스펠이라는 지역
이 있었다. 그곳은 빛으로 환했고 뜨거웠다. 이쪽 하늘에는 불꽃
이 너울대며 불타오르고 있어 그곳이 낯설거나 고향이 아닌 사람
들은 견딜 수가 없다. 이 나라의 국경을 지키는 사람의 이름은 수
르트이다. 수르트는 불칼을 지니고 있으며 세상의 종말 무렵이면
그가 군대를 이끌고 나가 모든 신들을 없애 버릴 것이다. 그는 불
꽃으로 온 세상을 불태워 버릴 것이다. 「무녀의 예언」에 다음과 같
이 나와 있다.

6   수르트가 남쪽에서 와서 나뭇가지가 죽어 나가고
    태양이 번쩍이니 전쟁의 신들이 휘두르는 칼에 의해
    바위들이 부딪쳐 부서지고, 거인 여자들이 습격한다.
    사람들은 저승길로 가고 하늘은 쪼개진다."

5. 거인 위미르의 탄생

강글레리가 물었다. "생명체가 생기고 사람들의 수가 늘어나기
전에는 모든 일이 어떻게 진행되었습니까?" 이에 하르가 말했다.
"엘리바가르라는 강이 있었다. 이 강이 발원지에서 멀리 흐르고
있을 때, 강물에 흐르던 독을 품은 거품이, 불꽃 속에서 흘러나

온 금속 찌꺼기나 탄재처럼 굳어졌다. 이때 얼음이 생겨 흘러가다가 멈춰 서며 모든 것을 뒤덮었다. 그런데 독성을 띤 이슬비가 내리다 얼면서 서리가 되어 긴눙가가프에 있는 모든 것들을 뒤덮었다."

이에 야픈하르가 말하였다. "긴눙가가프에서 북쪽으로 뻗은 지역은 두꺼운 얼음과 서리로 가득 찼는데, 그곳에는 비와 폭풍이 지배했다. 그러나 긴눙가가프의 남쪽 지역에는 무스펠헤임에서 날아온 불꽃과 불덩이가 떨어졌다." 트리디가 말했다. "추위가 니플헤임에 그 근원을 두고 있는 것과 마찬가지로 모든 분노도 그랬다면, 무스펠 근처에 있는 모든 것이 뜨겁고 빛나고 환했다. 그러나 긴눙가가프는 바람이 멎은 공기처럼 부드러웠다. 뜨거운 바람이 서리에 불자 이슬이 되어 물방울로 변했으며, 그 열기를 보낸 힘에 의해 물방울 거품들에서 생명이 탄생했다. 남자의 몸을 한 생명체가 나왔는데 그 이름이 위미르였다. 하지만 서리 거인들은 그를 아우르겔미르라고 불렀다. 「무녀의 짧은 예언」에 다음과 같이 나와 있는 것처럼, 위미르에게서 서리 거인족이 생겨났다.

7   무녀들은 모두 비돌프의 후손이고,
     마법사들은 모두 빌메이드의 후손이다.
     해악을 가져오는 자들은 스바르트회프디의 후손이며,
     거인들은 모두 위미르의 후손이다.

그리고 여기에 대해 거인 바프트루드니르가 말한 것은 다음과 같다.

8   엘리바가르에서 독 방울들이 흩뿌려지고
     거기서 거인이 자라났는데,
     우리 종족이 모두
     거기서 태어났으니, 그래서 항상 악하다."

 이에 대해 강글레리가 말했다. "거기서 어떻게 종족들이 성장했
으며, 수많은 사람들이 어떻게 생겨나게 되었는지요? 또 당신은 지
금 얘기하신 그를 신이라고 생각하시는지요?" 야픈하르가 말했다.
"우리는 그를 결코 신으로 인정하고 있지 않다. 그는 그의 후손과
마찬가지로 악하다. 우리는 그를 서리 거인이라고 부른다. 그가 생
겨났을 때 땀을 흘리기 시작했다고 한다. 그때 그의 왼쪽 팔 아래
서 남녀가 각각 하나씩 태어났다. 한쪽 발이 다른 쪽 발과 어울려
아들을 하나 낳았고, 그로부터 모든 씨족이 비롯되었다. 이들이
서리 거인들이다. 그 늙은 서리 거인을 우리는 위미르라고 부른다."

6. 태초의 암소 아우둠라와 신족의 탄생

 이를 듣고 강글레리가 말했다. "위미르는 어디에 살았지요? 그
리고 무엇을 먹고 살았습니까?" 이에 하르가 말했다. "처음에는
서리가 녹아 이슬이 되었고, 이로부터 아우둠라라는 암소가 생

겨났다. 그 암소의 젖꼭지에서 우유가 흘러나왔고, 이로써 암소가 위미르를 먹여 살렸다." 강글레리가 말했다. "그 암소는 무엇을 먹고 살았지요?" 하르가 말했다. "암소는 소금기가 있는, 서리 낀 얼음덩어리를 핥았다. 그것을 핥던 첫째 날 저녁때가 되자 사람의 머리카락 모습이 보였고, 둘째 날 사람의 머리 모양이 드러났다. 셋째 날이 되자 사람 모습의 전신이 드러났는데, 그의 이름은 부리라고 했다. 그는 멋진 모습에 키가 크고 힘이 셌다. 그는 보르라는 아들을 두었다. 보르는 거인 뵐토른의 딸 베스틀라를 아내로 맞아들여 세 아들을 낳았다. 큰아들이 오딘, 둘째는 빌리, 셋째는 베였다. 나는 오딘과 그의 형제들이 하늘과 땅을 지배하고 있다고 믿는다. 우리가 생각하기에 오딘은 그런 존재이다. 오딘은 우리가 가장 위대하고 가장 유명하다고 여기는 존재의 이름이다. 아마 그대도 오딘을 그렇게 생각할 것이다."

7. 위미르의 죽음

그러자 강글레리가 물었다. "그들 사이에 어떻게 평화가 유지되었습니까? 누가 더 강했습니까?"

하르가 말했다. "보르의 아들들이 거인 위미르를 죽였다. 위미르가 쓰러졌을 때 상처에서 많은 피가 쏟아져 나와 서리 거인들이 모두 익사하고 거인 하나만 자기 가족과 함께 탈출했다. 거인들에게 베르겔미르라는 이름으로 알려진 그는 곡물 상자를 타고 가다가 피난처를 발견하고 거기서 살았다. 그에게서 서리 거인족이 유래했으니, 여기 다음과 같이 기록되어 있다.

9   아주 오래전, 대지가 생기기 전에,
     거인 베르겔미르가 태어났다. 내가 기억하는 첫 번째는
     그 현명한 거인이 곡물 상자에 올라탔다는 사실이다."

8. 위미르의 사체와 세상의 창조

강글레리가 물었다. "폐하께서 보르의 아들들이 신이라고 믿는다면, 그들은 무슨 일을 이루었습니까?"

하르가 말했다. "그에 관해서는 얘기할 것이 적지 않다. 그들은 위미르의 몸뚱이를 긴눙가가프로 가져가서, 그것으로 세상을 만들었다. 그의 피로는 바다와 호수와 강을, 그의 살로는 대지를, 그의 뼈로는 산맥을 만들었다. 그의 이빨과 어금니, 부서진 뼈로는 바위와 자갈을 만들었다." 야픈하르가 말했다. "그들은 위미르의 상처에서 흘러나와 퍼진 피로 바다를 만들었다. 그리고 육지를 함께 만들어 고정시킨 다음, 그 주위에 바다를 둘러놓았다. 대부분의 사람들에게 그 바다를 건너는 일은 불가능한 것으로 보였다." 이에 트리디가 말했다. "또 세 신은 위미르의 두개골을 가져다가, 그것으로 하늘을 만들어 대지의 네 모서리에 세우고 모서리마다 난쟁이를 한 명씩 배치하였다. 그 난쟁이들의 이름은 아우스트리(동쪽), 베스트리(서쪽), 노르드리(북쪽), 수드리(남쪽)라고 불렀다. 그러고 나서 그들은 무스펠헤임에서 날아와 날고 있는 불꽃을 붙잡았다. 그리고 긴눙가가프 한가운데 하늘에 두어 하늘과 땅을 밝히도록 했다. 그들은 불덩이들에 모두 위치를 부여했으니, 어떤 것은 하늘에 고정하고, 다른 것들은 하늘에서 자유롭게 운행하도록 했다. 하지만 그것들은 일정한 자리를 부여받고 특정한 궤도가 정해졌다. 옛날얘기에 따르면, 이로써 하루 중의 시간이 정해지고 연도(年度)가 정렬되었다. 이는 「무녀의 예언」에 다음과 같이 나와 있다.

10   태양은 본래의 집이 어디인지 알지 못했고,
      달은 자신이 가진 힘이 무엇인지 알지 못했고,
      별들은 그들의 자리가 어디인지 알지 못했노라.

태초에는 이랬다는 것이다."

강글레리가 말했다. "지금 저는 여기서 대단한 이야기를 듣고 있습니다. 그것은 놀라운 위업이며, 대단히 이로운 창조입니다. 땅은 어떻게 생겼습니까?" 이에 하르가 대답했다. "대지는 둥글게 생겼으며 깊은 바다로 둘러싸여 있다. 보르의 아들 신들은 거인족에게 바닷가에 정착할 땅을 주었다. 하지만 그들은 거인의 공격에 대비해 가운데에 장벽을 설치했다. 요새를 짓는 데 위미르의 속눈썹을 사용한 그들은 이 성을 미드가르드라고 불렀다. 그런 다음 그들은 위미르의 뇌수를 공중에 던져 구름을 만들었으니, 다음과 같이 적혀 있다.

11 위미르의 살로 땅이 만들어졌고,
    그의 피로는 바다가, 그의 뼈로는 바위들이,
    그의 머리칼로는 나무들이,
    그의 두개골로는 하늘이 만들어졌다.

12 친절하신 신들은 위미르의 속눈썹으로
    인간의 아들들을 위해 미드가르드를 만들었으며,
    위미르의 뇌수로는
    여기저기 둥둥 떠다니는 구름들을 만들었다."

9. 인간의 창조

그러자 강글레리가 말했다. "세 신이 하늘과 땅을 창조하고, 해와 별들의 자리를 잡아 주고, 낮과 밤을 나누셨으니 아주 의미 있는 일 같습니다. 그런데 이 세상에 사는 인간들은 어디에서 생겨났습니까?" 이에 하르가 대답했다. "보르의 아들들이 해안을 따라 달리다가 통나무 두 개를 발견하고 그것을 세워 인간으로 만들었다. 큰아들이 그 인간들에게 영혼과 생명을 주었으며, 둘째는 오성과 운동 능력을 부여했고, 셋째는 겉모습과 말하는 능력, 청력, 시력을 주었다. 또한 옷과 이름도 주었으니 남자는 아스크, 여자는 엠블라로 불렀다. 그들에게서 인류가 생겨나 미드가르드에 터전을 잡고 살게 되었다.

그런 다음 그 신들은 세상 한가운데에 자신들이 살 성을 짓고, 아스가르드라 불렀다. 바로 사람들이 트로이라 부르는 곳이다. 거기에 그 신들과 그들의 신족이 살면서, 그때부터 땅과 하늘에 많은 일들이 생겨났다. 거기에는 흘리드스칼프라는 곳이 있는데, 오딘이 그곳의 용상에 앉으면 온 세계와 모든 사람들이 하는 행동이 다 보였다. 그는 자신이 본 것을 전부 이해했다. 오딘의 부인은 푀르퀸의 딸로, 이름은 프리그였다. 이 가문에서 우리가 아스 신족(에시르)이라 부르는 후손들이 비롯되어 유서 깊은 아스가르드와 그 둘레 지역에 살게 되었다. 이 종족은 이 신들의 후손이다. 오딘은 모든 신과 인간 그리고 그와 그의 힘이 창조한 모든 것의 아버지이므로 '모든 이의 아버지'라고 불린다. 외르드(대지)는 그의 딸이자 아내이다. 그녀에게서 첫아들을 얻었으니 바로 아사토르이다. 토르는 힘이 세고 막강해서 모든 생명체를 제압했다.

10. 낮과 밤의 창조

거인의 땅에는 뇌르피 또는 나르피라 불리는 거인이 살았는데, 그에게는 노트(밤)라 불리는 딸이 있었다. 그녀는 어둡고 거무스름해서, 자신의 혈통을 닮았다. 그녀는 나글파리와 결혼하여 아들 아우드를 얻었다. 또 아나르와 결혼하여, 외르드라는 딸을 낳았다. 그녀는 마지막으로 델링과도 결혼했는데, 그는 아스 신족 출신이었다. 그들의 아들은 다그(낮)로, 아버지를 닮아 훤하고 매력적이었다. 그래서 오딘이 노트와 그녀의 아들 다그를 택하여 말 두 필과 두 대의 마차를 주고는 하늘로 올려 보냈다. 그들은 하늘에서 하루를 둘로 나눠 한나절씩 세상을 한 바퀴 돌아야 했다. 노트가 먼저 흐림팍시(서리 말갈기)라는 말을 몰았다. 대지가 아침마다 이슬이 맺히는 것은 그 말의 입에서 나온 김으로 축축해지기 때문이다. 다그가 모는 말의 이름은 스킨팍시(빛나는 말갈기)였다. 하늘과 땅이 온통 환한 것은 스킨팍시의 말갈기 때문이다."

11. 해와 달의 창조

이에 대해 강글레리가 말했다. "그는 해와 달의 운행을 어떻게 인도합니까?" 하르가 대답했다. "문딜파리라는 남자에게 두 자녀가 있었는데, 애들이 잘생기고 매력적이어서, 아들을 마니(달), 딸을 솔(해)이라고 불렀다. 그는 딸을 글렌이라는 남자와 결혼시켰다. 신들은 이런 불손한 짓에 격노하여 남매를 하늘로 올려놓고 '솔'에게 태양 마차를 끄는 말들을 몰게 했다. 신들은 무스펠헤임에서 날아온 불꽃으로 이 말들을 창조해 세상을 훤히 비추게 했다. 이 말들의 이름은 아르바크와 알스비드라고 한다. 신들은 말의 어깨 아래에 두 개의 풍구(風具)를 두어 열을 식히게 했는데, 이것은 여러 시(詩)에서 '쇠의 시원함'이라고 표현된다. 마니는 달의 운행을 조종하고 보름달과 초승달을 결정한다. 또한 빌과 휴키라는 두 아이가 뷔르기르 샘에서 나왔을 때 그들을 지상에서 데려왔다. 그들은 쇠그라 불리는 통(桶)과 시물이라 불리는 막대기를 어깨에 짊어지고 왔다. 그들의 아버지는 비드핀이라 불린다. 지상에서 볼 수 있듯이, 이 아이들이 달과 동행한다."

12. 해와 달을 쫓는 늑대

이에 강글레리가 말했다. "해(솔)가 빨리 움직이는데, 마치 두려움에 쫓기는 것 같습니다. 생명의 위협을 느끼고 있지 않다면 그렇게 빨리 달릴 수는 없을 것입니다."

그러자 하르가 말했다. "해가 그렇게 빨리 서두르는 것은 놀라운 일이 아니다. 추격자가 뒤에 가까이 다가와 있으니, 도망갈 수밖에 없다." 강글레리가 물었다. "태양을 괴롭히는 자가 누구입니까?" 하르가 대답했다. "그것은 두 마리의 늑대다. 해를 바짝 추격하는 것은 스콜이라는 늑대다. 해는 그 늑대를 두려워하는데, 앞으로 그 늑대가 해를 잡게 될 것이다. 그런데 태양 앞에서 달리는 또 다른 늑대가 있으니 흐로드비트니르의 아들로, 그의 이름은 하티이고, 달을 잡으려고 하는데, 이것도 결국 그렇게 될 것이다." 강글레리가 말했다. "그 늑대들은 어느 가문에서 왔습니까?" 하르가 말했다. "미드가르드 동쪽의 야른비드(철의 숲)라는 곳에 한 여자 거인이 거칠게 살고 있다. 그곳에 야른비듀르(철의 숲의 여자들)라는 트롤(거인) 여자들이 살고 있다. 나이 든 여자 거인이 거인 아들을 여럿 낳았는데, 모두 늑대의 모습을 하고 있었다. 이 늑대들도 거기서 비롯되었다. 마나가름이라는 자가 그 종족에서 가장 힘이 세다고 한다. 그는 모든 죽은 자를 탐식한다. 또 그는 달을 꿀꺽 삼키고 하늘과 공중에 피를 흩뿌릴 것이다. 이 때문에 태양은 빛을 잃고 바람은 폭풍이 되어 사방으로 휘몰아칠 것이다. 「무녀의 예언」에는 다음과 같이 적혀 있다.

13 동쪽에서 한 늙은 여인이 철의 숲에 살면서
    펜리르의 일족을 낳았다.
    그들 가운데 특별히 하나
    트롤 모습을 한 사내가 태양 도둑이 될 것이다.

14 그는 곧 죽을 사람들의 살을 탐식하며
    신들의 거처를 피로 붉게 물들일 것이다.
    다가올 여름의 태양 빛은 검어질 것이고
    날씨는 나빠질 것이다. 그대는 무엇을 더 알고 있는가.”

13. 비프뢰스트

그런 다음 강글레리가 물었다. “지상에서 하늘로 가려면 어떤 길이 있습니까?” 하르가 웃으며 대답했다. “똑똑한 질문이 아니구

나. 신들이 지상과 천상을 잇는 비프뢰스트라는 다리를 놓았다는 이야기를 들어 본 적이 없는가? 그대는 이미 그것을 보았을 것이다. 그대들은 그것을 무지개라 부를 것이다. 그 다리는 세 가지 색을 띠고 있으며 매우 튼튼하고, 그 어느 건물보다 정교하게 만들어졌다. 하지만 아무리 튼튼하다 해도, 무스펠의 아들들이 와서 말을 타고 건널 때 다리는 무너질 것이다. 그래서 그들의 군마가 큰 강을 헤엄쳐 건너 공격해 올 것이다." 그러자 강글레리가 말했다. "신들이 다리를 제대로 만들지 않아서 무너질 수 있다니 이해되지 않는군요. 신들은 원하는 대로 만들 능력이 있을 텐데요." 하르가 다시 말했다. "그 다리 때문에 신들이 비난받을 건 없다. 비프뢰스트는 훌륭한 다리이지만, 무스펠의 아들들이 진군해 올 때 이 세상에서 믿을 수 있는 것은 아무것도 없다."

14. 신들의 거처와 난쟁이

강글레리가 물었다. "아스가르드가 세워진 뒤, 만물의 아버지 오딘은 무슨 일을 했습니까?" 하르가 말했다. "우선 그는 지도자들을 임명하여, 그들이 그와 함께 인간의 운명을 결정하고 의논하여 세상을 통치하도록 했다. 이 일들은 그 한가운데에 있는 '이다 평원'에서 이루어졌다. 그들의 첫 과업은, '만물의 아버지' 오딘이 앉을 높은 좌석과는 별도로, 열두 좌석이 있는 궁성을 세우는 일이었다. 그것은 세상에서 가장 크고 훌륭한 거처였다. 그 안팎은 모든 게 순금으로 이루어졌는데, 이곳을 글라드스헤임이라 불렀다. 그런 다음 그들은 다른 건물을 지었다. 그것은 여신들이 사용할 성지로서 매우 화려했다. 그것은 빙골프라 불린다. 다음에 그들은 또 다른 건물을 지어 그 안에 대장간의 철물들을 설치하고, 망치와 집개, 모루 그리고 모든 도구들을 구비했다. 그리고 이어서 금속과 돌과 나무와 금을 가지고 작업하기 시작했다. 특히 금이 매우 풍부해서 건물 부품과 가구는 모두 금으로 만들어졌다. 이 시기를 황금시대라 불렀다. 이 시대는 거인 나라의 여인들이 오면서 붕괴된다. 그다음에 신들은 왕좌에 앉아 각각의 규율을 선포했다. 신들은 난쟁이들이 어떻게 해서 살 속의 구더기처럼 대지의 바위 아래와 땅속 깊숙이 살게 되었는지 기억하고 있다. 난쟁이들은 처음에는 위미르의 살 속에서 태어나 살고 있었는데, 그때엔 구더기였다. 신들의 결정에 따라 난쟁이들은 인간의 이해력과 외모를 얻었지만 그들은 땅속과 바위 아래 살았다. 그중에서 모드소그니르가 가장 유명하며, 두린이 그다음이었다. 「무녀의 예언」에 다음과 같이 나와 있다.

15 그때 성스러운 신들은
    재판석으로 가서 모든 의결을 했는데,
    피의 파도와
    블라인의 뼈에서
    누가 난쟁이들을
    만들어 낼지를 결정했다.

두린이 말하듯이,

그곳에서

인간의 형상을 띤

많은 난쟁이들이 생겨났다.

그리고 무녀는 이들의 이름을 다음과 같이 제시한다.

16　뉘이와 니디, 노르드리, 수드리,

　　아우스트리, 베스트리, 알툐프, 드발린,

　　나르, 나인, 니핑, 다인,

　　비푸르, 바푸르, 뵘부르, 노리,

　　오리, 오나르, 오인, 뫼드비트니르,

　　비그와 간달프, 빈달프, 토린,

　　필리, 킬리, 푼딘, 발리,

　　트로르, 트로인, 테크, 리트, 비트,

　　뉘르, 뉘라드, 레크, 라드스비드.

　다음의 이름들도 난쟁이들이며, 바위틈에서 산다. 그러나 위에
서 언급한 자들은 땅속에 산다.

17　드라우프니르, 돌그트바리,

　　하우르, 후그스타리, 흘레됼프, 글로인,

　　도리, 오리, 두프, 안드바리,

헤프티필리, 하르, 스비아르.

다음의 난쟁이들은 스바린스하우크에서 외루벨리르의 아우르방가르로 간 자들이며, 여기서 로바르가 나왔다. 그들의 이름은 다음과 같다.

18   스키르피르, 비르피르, 스카피드, 아이,
     알프, 윙비, 에이킨스칼디,
     팔, 프로스티, 피드, 긴나르."

15. 세계수 위그드라실

강글레리가 말했다. "신들이 주로 사는 곳과 그들의 성소(聖所)는 어디입니까?"

하르가 대답했다. "그곳은 물푸레나무 위그드라실 근처에 있다. 그곳에서 신들은 회의를 연다."

그러자 강글레리가 물었다. "그곳에 대해 무슨 얘기를 할 수 있을까요?"

야픈하르가 말했다. "그 물푸레나무는 모든 나무 중에서 가장 크고 최고이다. 그 가지들은 온 세상으로 뻗어 있으며, 하늘을 덮고 있다. 세 개의 뿌리가 이 나무를 지탱하고 있는데, 아주 넓게 퍼져 있다. 뿌리 하나는 아스족이 사는 세상으로, 다른 하나는 한

위그드라실과 운명의 세 여신, 루트비히 부르거(Ludwig Burger), 1882년.

때 긴눙가가프가 있었던 서리 거인족이 사는 세상으로, 그리고 또
다른 뿌리는 니플헤임으로 뻗어 있는데, 그 뿌리 아래에 흐베르겔
미르 샘이 있고, 니드회그가 아래에서 그 뿌리를 갉는다. 서리 거
인족의 세상으로 뻗은 뿌리 아래에는 미미르의 샘이 있고, 그 속
에는 지혜와 오성이 숨겨져 있다. 그 샘의 주인은 미미르라고 한
다. 그는 매우 지혜로운데, 걀라호른이라는 뿔 나팔로 이 샘물을
떠 마시기 때문이다. 옛날에 그곳으로 '만물의 아버지'가 와서 샘
물 한 모금을 청했는데, 그는 자기 눈알 하나를 빼 주고서야 겨우
그 물을 마실 수 있었다. 「무녀의 예언」에 다음과 같이 나와 있다.

19 나는 알고 있지,
    오딘, 그대가 눈알을 숨긴 곳,
    그 유명한
    미미르의 샘을.

    미미르는 매일 아침
    '전사자들의 아버지'의
    노동의 대가로 생긴 메트(꿀술)를 마신다.*
    그대는 더 아는 게 있는가?

  물푸레나무의 세 번째 뿌리는 하늘에 있는데, 그 뿌리 아래에
는 아주 성스러운 샘이 하나 있다. 그것은 우르드의 샘이라고 부
르며, 신들이 판결하는 곳이다. 아스 신들은 매일 말을 타고 비프

44

뢰스트 다리를 건너간다. 그래서 이 다리를 아스 신들의 다리라고
도 한다.

아스 신들의 말 이름은 다음과 같다. 슬레이프니르는 최고의 말
로서, 오딘의 말이며 다리가 여덟 개다. 다른 말들의 이름은 다음
과 같다. 글라드, 귈리르, 글렌, 스케이드브리미르, 실프린톱(혹은
실프르톱), 시니르, 기슬(혹은 길스), 팔호프니르, 굴톱, 레트페티
(혹은 레트페트). 발드르의 말은 그와 함께 화장되었고, 토르는 회
의장으로 갈 때 걸어서 강들을 건너간다. 그 강들의 이름은 다음
과 같다.

20 쾨름트와 외름트,
그리고 두 개의 케를라우게,
토르는 매일
이들 강을 건너
위그드라실 물푸레나무 아래로 간다.

아스족의 다리는
불꽃에 휩싸여 있으며
성스러운 강들이 들끓는다.”

강글레리가 말했다. “비프뢰스트는 불타고 있습니까?”
하르가 답했다. “무지개에서 보이는 붉은빛은 타오르는 불길이
다. 만약 비프뢰스트를 건너고 싶다고 해서 모두 그럴 수 있다면,

산악 거인들도 하늘로 올라가게 될 것이다. 하늘에는 멋진 곳이 많지만, 그 모든 곳은 신의 보호하에 있다. 물푸레나무 아래의 샘 근처에 화려한 회관이 하나 있다. 그곳에는 우르드(과거), 베르단디(현재), 스쿨드(미래)의 세 처녀가 있다. 이 처녀들이 인간의 수명을 결정한다. 우리는 이들을 노른스 혹은 노르넨(운명의 여신 노른의 복수형)이라고 부른다. 그러나 또한 아기가 태어날 때 그아이의 수명을 결정하기 위해 오는 노른들이 많다. 이들은 신족 출신도 있지만 어떤 노른들은 엘프족 출신이고, 또 다른 노른들은 난쟁이족 출신도 있으니, 다음과 같이 적혀 있다.

> 21 내가 말하건대, 노른들은
> 출신이 다양해서,
> 모두 같은 혈통은 아니다.
>
> 어떤 자들은 아스 신족 출신,
> 어떤 자들은 엘프족 출신이고,
> 또 어떤 자들은 드발린의 딸들이다."

이에 강글레리가 말했다. "만약 노른들이 인간의 운명을 결정한다면, 그들은 매우 불공평하게 운명을 정하는 것 같습니다. 왜냐하면 어떤 이는 훌륭하고 풍요로운 삶을 사는데, 어떤 이는 재산이나 명예를 거의 갖지 못하기 때문입니다. 또 어떤 이는 장수를 누리는데, 어떤 이는 단명합니다."

하르가 말했다. "고귀한 혈통의 선한 노른들이 좋은 운명을 점지한다면, 불운을 맞는 이들은 선하지 않은 노른들 때문이다."

16. 위그드라실의 생명체들

강글레리가 말했다. "그 물푸레나무에 대해 더 얘기할 만한 놀라운 것들은 무엇이 있습니까?"

하르가 말했다. "얘기할 만한 것이 아주 많다. 물푸레나무의 가지에는 독수리 한 마리가 앉아 있는데, 아는 것이 많다. 독수리의 두 눈 사이에는 베드르푈니르라는 참매가 앉아 있다. 라타토스크라는 다람쥐가 물푸레나무를 오르내리며 독수리와 니드회그 사이에서 서로에 대한 욕을 전달한다. 수사슴 네 마리가 나뭇가지 사이로 몸을 넣고 이파리들을 뜯어 먹는다. 이 사슴들의 이름은 다인, 드발린, 두네위르, 두라트로르이다. 흐베르겔미르에는 니드회그와 함께 뱀이 무척 많아서, 그 숫자를 셀 수도 없다. 이것은 다음에서도 알 수 있다.

22　물푸레나무 위그드라실은
　　사람들이 알고 있는 것보다
　　더 많은 인내와 노력을 해야 하니,

　　위에서는 수사슴이 뜯어 먹고,

옆에서는 썩고 있으며, 아래서는
니드회그가 갉아 대고 있다.

또 다음과 같은 얘기가 있다.

23 물푸레나무 위그드라실 아래엔
바보들이 생각하는 것보다
더 많은 뱀이 있으니,

고인과 모인,
그라프비트니르의 자식들,
그라바크와 그라프뷜루드,
오프니르와 스바프니르,
내가 생각건대, 그것들은 영원히
물푸레나무 가지들을 해칠 것이다.

또 들리는 말로는, 우르드의 샘 곁에 사는 노른들은 매일 샘에
서 물과 모래를 떠서 물푸레나무에 뿌린다. 그래서 물푸레나무
가지가 시들거나 썩지 않게 한다. 하지만 그 물은 너무 성스러워
서, 샘에 빠지는 모든 것이 알껍데기 속에 있는 막처럼 하얗게 된
다. 이것은 다음과 같이 얘기될 수 있다.

24 나는 물푸레나무를 알고 있으니,

그것은 위그드라실이라 알려진,

키 큰 성스러운 나무, 그 위로

하얀 모래들이 흩뿌려지며,

거기에서 이슬이 생겨

계곡으로 떨어진다.

이 나무는 항상 푸르게

우르드의 샘 위에 서 있다.

이 나무에서 대지로 떨어지는 이슬을 사람들은 '꿀 이슬'이라 부르는데, 벌이 그것을 먹이로 삼는다. 우르드의 샘에는 두 마리 새가 살고 있는데, 그 이름이 백조라 했고, 여기서 백조라는 이름의 새들이 비롯되었다."

17. 천상의 유명한 곳들

그러자 강글레리가 말했다. "천상에 대해 제게 말씀해 주실 것이 참 많군요. 천상에는 우르드의 샘 이외에 또 어떤 중요한 곳이 있습니까?"

하르가 말했다. "하늘에는 화려한 장소들이 많다. 알프헤임*이라는 곳에는 '빛의 엘프'들이 살고 '어둠의 엘프'들은 아래 땅속에 산다. 그들은 생김새도 다르고 행동은 더 많이 다르다. '빛의 엘프'들은 그 모습이 태양보다 더 아름답게 보이지만, '어둠의 엘프'들은 석탄 찌꺼기(피치, 역청)보다 더 검다. 거기에는 브레이다블리크(넓게 빛나는)라는 곳도 있는데, 이보다 더 멋진 곳은 없다. 그리고 글리트니르(빛나는)라는 곳도 있는데, 그곳의 모든 장소, 벽과 기둥이 붉은 금으로 만들어졌고, 지붕만 은으로 되어 있다. 또 거기에는 히민뵈르그(하늘의 성)라는 곳이 있는데, 비프뢰스트가 닿는 천상의 가장자리에 있다. 그곳에는 오딘이 주인인 발라스칼프(전사자들의 좌석)라는 커다란 궁전이 있다. 신들이 그 궁전을 짓고 순은(純銀)으로 지붕을 덮었다. 이 건물에는 흘리드스칼프(대문(大門) 좌석)로 알려진 높은 좌석이 있다. '만물의 아버지'가 이 좌석에 앉아 온 세상을 굽어본다. 하늘 남쪽 끝에는 가장 아름답고, 태양보다도 밝게 빛을 발하는 건물이 있으니, 그것은 김레('하늘' 혹은 '보석으로 뒤덮인')*라 불린다. 그것은 하늘과 땅이 사라진 뒤에도 남아 있을 것이다. 그곳에는 선하고 정의로운 자들이 영원히 살 것이다. 「무녀의 예언」에 다음과 같이 나와 있다.

25　김레에 태양보다 더 아름답고,
　　금으로 뒤덮인 회관이 있음을 나는 알고 있다.
　　그곳에서는 충직한 자들이 살면서
　　영원히 기쁨을 누리리라."

이에 대해 강글레리가 말했다. "수르트의 불길이 천상과 대지를 태울 때, 무엇이 그곳을 지키겠습니까?"

하르가 말했다. "더 남쪽의 첫 번째 하늘 위에 안들랑(광대한)

이라는 두 번째 하늘이 있다고 한다. 그리고 그 위에는 비드블라인(넓고 푸른)이라는 세 번째 하늘이 있다. 김레는 이곳에 있는데, 지금은 몇몇 빛의 엘프들이 이곳에 사는 것으로 생각된다."

18. 바람의 기원

강글레리가 말했다. "바람은 어디서 불어옵니까? 바람은 대양을 출렁이게 할 정도로 강하고, 불길을 키웁니다. 하지만 그것이 아무리 강력하다 해도 눈에 보이지는 않으니, 참으로 놀랍습니다." 그러자 하르가 말했다. "그것은 내가 설명해 줄 수 있다. 하늘 북쪽 끝에 흐레스벨그라는 거인이 앉아 있다. 그는 독수리 모습을 하고 있는데, 그가 날기 위해 날개를 쫙 펼쳐 흔들면 날개 아래서 바람이 일어난다. 이에 대해서는 다음과 같이 얘기되고 있다.

26　하늘 끝에는 흐레스벨그라는 거인이
　　독수리 모습을 하고 앉아 있어,
　　그의 날갯짓에서
　　바람이 생겨나
　　사람들에게 불어온다고 한다네."

19. 여름과 겨울

그러자 강글레리가 말했다. "여름은 덥고 겨울은 추운데 왜 그렇게 다릅니까?"

하르가 말했다. "똑똑한 사람이라면 아무도 이런 질문을 하지 않을 것이다. 누구나 그런 질문에 대답할 줄 알기 때문이다. 하지만 그대가 여태껏 그것에 대해 들어 본 적이 없어서 모른다면, 알아야 할 것을 계속 모르는 것보다는 차라리 어리석게라도 질문하는 것이 낫다. 수마르(여름)의 아버지는 그 이름이 스바수드(안락한)이다. 그는 행복한 삶을 살아서, 일이 잘되는 경우에 그의 이름을 따라 '안락하다'라고 표현된다. 그러나 베트(겨울)의 아버지는 빈들툐니(바람을 보내는 자) 또는 빈드스발(쌀쌀한 바람)이라 불린다. 그는 바사드('젖은' 혹은 '눈발이 날리는')의 아들이다. 이들 일족은 거칠고 냉정한데, '겨울'이 그들의 성격을 물려받았다."

20. 오딘

강글레리가 말했다. "인간들이 믿는 아스 신들은 누구입니까?" 하르가 말했다. "아스 신은 열둘이다." 야픈하르가 덧붙였다. "아스 여신들도 못지않게 신성하고 능력이 풍부하다." 트리디가 말했다. "오딘은 아스 신들 중에서 가장 고귀하고 나이가 많다. 오딘은 만물을 지배한다. 다른 신들이 아무리 강력해도, 그들은 자식이 아버지를 모시듯 오딘을 섬긴다. 프리그는 오딘의 부인으로, 모든 인간의 운명을 알고 있다. 그러나 예언하지는 않는다. 이것은 오딘이 로키에게 직접 말하는 다음의 얘기에서도 알 수 있다.

27 로키, 네가 미쳤구나,
     로키, 너는 왜 정신을 차려
     단념하지 않는가?

     내 생각에 프리그는
     직접 그것을 말하진 않지만,
     모든 운명을 알고 있다.

오딘은 '모든 이의 아버지'로 불리는데, 그가 모든 신의 아버지이기 때문이다. 또 '전사자들의 아버지'라고도 불리는데, 전쟁터에서 죽은 모든 자를 그의 아들로 인정하기 때문이다. 그는 그들을 발할(전사자들의 홀)과 빙골프(친절한 건물 바닥)로 받아들이는데, 그들은 이후에 에인헤례르(유령 군사)라 불린다. 오딘은 또한 항가구드(매달린 자),* 하프타구드(신 중의 신), 파르마구드(운송물의 신)*라고도 불리는데, 게이로드 왕을 찾아갔을 때 자기 자신을 다음과 같이 서로 다른 여러 이름으로 소개했다.

28 내 이름은 그림 그리고 강글레리이며,
     헤럔, 햘름베리, 테크, 트리디,

투드, 우드, 헬블린디, 하르,

사드, 스비팔, 상게탈,

헤르테이트, 흐니카르, 빌레이그, 발레이그,

뵐베르크, 필니르, 그림니르,

글라프스비드, 필스비드,

시드회트, 시드스케그, 시그푀드, 흐니쿠드,

알푀드(만물의 아버지), 아트리드, 파르마튀르,

오스키, 오미, 야픈하르, 비플린디,

괸들리르, 하르바르드,

스비두르, 스비드리르,

얄크, 칼라르, 비두르,

트로르, 위그, 툰드,

바크, 스킬핑, 바푸드, 흐로프타튀르,

가우트, 베라튀르."

강글레리가 말했다. "오딘을 아주 많은 이름으로 부르는군요. 이 각각의 이름들이 유래한 사건들을 알고 그 사례를 기억하려면 대단한 지식이 있어야겠습니다." 그러자 하르가 말했다. "그것을 정확히 설명하려면 많은 지식이 필요할 것이다. 하지만 그래도 간단히 설명한다면, 모든 민족들이 부르고 기도하기 위해 오딘의 이름을 고유한 자기 언어로 옮겨야 했기 때문에 대부분 그의 이름들이 세상에 존재하는 언어들만큼 많이 생겨나게 된 것이라고 말할 수 있다. 그러나 오딘의 이름을 유래시킨 몇몇 사건들은 그가 세상을 탐방하러 다니던 중에 발생한 것이었다. 그 사건들은 이야기로 전승되고 있다. 따라서 그대가 이런 위대한 행적에 대해 아무것도 설명할 수 없다면, 자신을 똑똑한 남자라고 칭할 수 없을 것이다."

21. 토르

이에 대해 강글레리가 말했다. "다른 아스 신들의 이름은 어떻게 됩니까? 그들의 행적은 무엇이고, 달성한 위업은 무엇입니까?" 하르가 말했다. "토르가 그들 중에서 가장 뛰어나다. 그는 아사토르* 혹은 외쿠토르*라고도 한다. 토르는 모든 신과 인간들 중에서 가장 강했다. 그는 트루드방(힘의 평원)이라는 지역을 다스리며 자기 궁전의 이름을 빌스키르니르(번쩍이는 빛)라고 했다. 이 궁전에는 540개의 방이 있으며, 사람들이 아는 한 가장 큰 건물이다. 「그림니르의 노래」*에는 다음과 같이 나와 있다.

29 5백 개하고도 40개의 방이, 내 생각에는
     빌스키르니르 전체에 있으니,
     지붕이 덮인 건물 중에서는
     내 아들의 건물이 제일 큰 것으로 알고 있다.

토르에게는 탕그뇨스트(이를 가는 자)와 탕그리스니르(이를 드러내며 위협하는 자)라는 이름의 염소 두 마리와 수레가 있어, 그는 염소가 끄는 이 전차를 타고 다닌다. 그에게는 이외에도 세 가지 귀중한 물건이 있다. 그중 첫째로 꼽히는 것이 묠니르라는 대형 망치다. 이것이 공중을 날기 시작하면 서리 거인들과 산악 거인들은 긴장하는데, 이는 놀라운 일이 아니다. 그 대형 망치가 그 거인족의 아버지와 친척들의 해골을 많이 박살 냈기 때문이다. 그의 두 번째로 대단한 물건은 파워(power) 허리띠이다. 그가 이 허리띠를 차면 힘이 두 배로 증가한다. 그에게는 또 세 번째의 귀중한 물건이 있으니 바로 쇠 장갑이다. 그가 묠니르를 사용할 때 이것이 없으면 안 된다. 어떤 사람이 아무리 똑똑하다 해도 토르의 영웅적인 행적을 모두 이야기할 수는 없을 것이다. 나는 토르에 대해 이야기해 줄 게 매우 많지만, 아는 것을 전부 이야기하려면 시간이 꽤 걸릴 것이다."

22. 발드르

이에 대해 강글레리가 말했다. "다른 아스 신들에 관해 더 듣고 싶습니다." 하르가 말했다. "오딘의 둘째 아들은 발드르인데, 그에 관해서는 오직 좋은 것만 얘기된다. 발드르는 가장 좋은 신이어서 모두 그를 칭송한다. 그는 생김새가 어찌나 훤한지 광채가 뿜어져 나올 정도이다. 식물 중에서 제일 하얀 것을 발드르의 눈썹과 비슷하다고 말하는데, 이런 점에서 그대는 발드르가 얼마나 멋있는지, 그의 머리카락뿐만 아니라 몸이 얼마나 아름다운지 짐작할 수 있을 것이다. 그는 아스 신들 중에서 가장 똑똑하고, 가장 말을 잘하며 가장 자비로운 신이다. 그래서 그가 결정하면 아무도 반박할 수 없을 지경이다. 그는 천상에 있는 브레이다블리크(넓게 빛나는)에 산다. 그곳에는 다음과 같이 얘기되는 것처럼, 불순한 것이 있을 수 없다.

30 발드르가 자기 궁전을 지은
    그곳의 이름은 브레이다블리크,
    내가 알기에 그곳은
    저주의 말이 가장 적다.

23. 뇌르드와 스카디

세 번째는 뇌르드라고 불리는 아스 신으로, 천상에 있는 노아툰에서 산다. 그는 바람의 진로를 조종하고, 바다와 불을 다스린다. 항해하는 사람과 고기잡이 어부들은 뇌르드를 부르고 기원한다. 그는 아주 부유해서 사람들에게 성공의 은총을 내리고 대지의 풍요와 재산을 줄 수 있다. 때문에 사람들이 부르고 기원하는 것이다. 뇌르드는 아스 신족 출신은 아니다. 그는 바나헤임에서 자랐지만, 반 신족은 그를 (아스) 신족에게 볼모로 주고 회니르를 볼모로 교환하였다. 그는 아스 신들과 반 신족 사이에 이루어진 강화 조약의 일부였다. 뇌르드의 부인은 거인 탸지의 딸 스카디이다. 스카디는 자기 아버지가 살았던 곳에서 살고 싶어 했다. 그곳은 트륌헤임의 산맥 속에 있다. 하지만 뇌르드는 바다 근처에서 살고 싶어 했다. 그래서 그들은 9일은 트륌헤임에서 지내고, 그다음 9일은 노아툰에서 지내기로 합의했다. 산속에서 지내다 노아툰으로 돌아온 뇌르드가 다음과 같이 말했다.

31   나는 산이 괴로워
     그곳에 오래 있지 않으니
     9일 동안만 머무르네.

     백조들의 노랫소리에 비교하여
     늑대들의 울부짖음은
     내게 견디기 힘든 일 같소.

이에 대해 스카디는 이렇게 말했다.

32   나는 바닷가에선
     잠들 수가 없으니
     새소리 때문이지요.

     갈매기가 매일 아침
     바다에서 날아와
     나를 잠에서 깨운답니다.

그래서 스카디는 산으로 여행을 떠나 트륌헤임에서 살았다. 그녀는 활을 메고 스키를 타고 여러 곳을 돌아다니며 동물을 사냥했다. 그녀는 눈 신발(雪上靴)의 여신 혹은 '스키-여신'이라고 불린다. 이는 다음에서도 얘기되고 있다.

33 트륌헤임은 강력한 거인 탸지가
　　살던 곳의 이름이지만,

　　이제는 신들의 빛나는 신부 스카디가
　　아버지의 옛 저택에 살고 있다.

24. 프레이르와 프레이야

나중에 노아툰의 뇌르드는 두 자식, 즉 아들 프레이르와 딸 프레이야를 얻었다. 그들은 아름다웠고, 강했다. 프레이르는 아스 신들 중에서 가장 고귀한 신이다. 그는 비와 햇볕을 관장하고, 대지의 풍요를 결정한다. 풍요와 평화를 기원할 때는 프레이르 신에게 빌면 좋다. 게다가 그는 인간들에게 다산을 가져다준다. 프레이야는 가장 사랑받는 여신으로, 천상에 폴크방이라는 궁전을 갖고 있다. 그녀는 말을 타고 전투에 참여할 때마다 전사자의 절반을 차지한다. 다른 절반은 오딘이 차지한다. 그래서 다음과 같이 얘기되고 있다.

난쟁이의 동굴에 있는 프레이야, 『아스가드르의 영웅들(*The Heroes of Asgard*)』에 수록된 그림,
루이 우아르(Louis Huard), 1892년.

34 폴크방은 프레이야가

저택 안에서 좌석들을 결정하는 곳이다.

매일 전사자의 절반을

그녀가 택하고

나머지 절반은 오딘이 취한다.

그녀의 저택(홀) 세스룸니르는 웅장하고 화려하다. 그녀는 여행을 다닐 때 고양이들이 끄는 수레를 타고 다닌다. 프레이야에게 소망을 비는 것은 인간들에게 아주 당연한 일이다. 귀부인을 'Fru 혹은 Frau(부인)'라고 높여 부르는 것은 프레이야의 이름에서 비롯되었다. 프레이야는 사랑의 노래를 좋아한다. 그래서 사랑 문제는 프레이야에게 빌면 좋다."

25. 튀르

이에 대해 강글레리가 말했다. "아스 신들은 위력이 대단한 듯 싶습니다. 당신들이 큰 힘을 가지고 있는 것은 놀라운 일이 아닙니다. 왜냐하면 당신들은 신들에 대해 잘 알고 어떤 소망을 얻기 위해 어느 신에게 빌어야 할지 잘 알기 때문입니다. 그런데 아직도 더 많은 신들이 있습니까?"

하르가 말했다. "튀르라는 아스 신이 또 있다. 그는 가장 대담하고 가장 용기 있으며, 전투에서 승리를 결정해 주는 강력한 힘을 지니고 있다. 용감한 사람이 되고 싶을 때는 튀르 신에게 빌면 좋다. '튀르처럼 용감하다'는 표현은 다른 이들보다 앞장서고 자신의 몸을 사리지 않는 사람에게 하는 말이다. 튀르는 또한 아주 똑똑해서, 특별히 지혜로운 사람에 대해서는 '튀르처럼 현명하다'는 말을 쓰기도 한다. 그가 용감하다는 증거가 여기 있다. 아스 신들이 괴물 늑대 펜리르를 글레이프니르로 결박하려 할 때, 그 늑대는 나중에 다시 자신을 풀어 준다는 신들의 말을 믿지 못했다. 그래서 신들은 펜리르의 아가리에 튀르의 한 손을 담보로 집어넣어 주었다. 하지만 펜리르를 결박한 후 신들은 늑대를 풀어 줄 생각이 없었다. 그러자 늑대는 튀르의 손을, 지금 우리가 '늑대의 관절'이라고 부르는 부분까지 물어뜯어 먹는 바람에 튀르는 손이 하나밖에 없다. 그래서 그는 (악수할 손이 없기 때문에) 사람들을 화해시키는 신이라고 불리지는 않는다.

26. 브라기와 이둔

또 다른 아스 신의 이름은 '브라기'이다. 그는 지혜롭기로 유명하며 무엇보다도 말을 잘하고 어휘 구사 능력이 뛰어났다. 게다가 시를 자유자재로 지어서 그를 본떠 시를 브라그르(시 문학)라고 불렀다. 남자가 되었건, 여자가 되었건 다른 사람들보다 언어 예술에 솜씨 있는 사람은 브라기의 이름에 따라 '남자 브라그르' 혹은 '여자 브라그르'라고 불렸다. 브라기의 아내는 이둔이다. 이둔은 상자에 사과를 담아 보관하고 있는데, 신들은 나이가 들면 그 사과를 먹어야 한다. 그래야 젊음을 유지할 수 있다. 이는 라그나뢰크 때까지 계속될 것이다." 이에 대해 강글레리가 말했다. "신들이 이둔을 잘 돌봐 주고 신뢰하는 것이 매우 중요한 것 같습니다." 그러자 하르가 웃으면서 말했다. "이둔 때문에 하마터면 큰일 날 뻔한 적이 있었다. 그 사건에 대해 얘기해 줄 수도 있지만, 우선 다른 아스 신들의 이름에 대해 더 들어 보아라.

27. 헤임달

헤임달은 하얀 아스 신이라 불리며 강력하고 신성하다. 아홉 처녀가 그의 어머니인데, 그들은 모두 자매이다. 또한 그는 할린스키디(숫양)와 굴린타니(황금 치아)라고 불리며, 황금 치아를 갖고 있다. 그가 타고 다니는 말의 이름은 굴톱(황금 갈기)이다. 그는 비프뢰스트 다리 옆 히민뵈르그(하늘의 성)라는 곳에서 산다. 그는 신들의 파수꾼으로, 하늘 끝에 앉아 비프뢰스트를 산악 거인으로부터 지킨다. 그는 잠을 새보다 더 조금 자도 되며, 낮은 물론이고 밤에도 전방 백 마일을 볼 수 있다. 그는 대지에서 풀이 자라는 소리나 양의 몸에서 양털이 자라는 소리뿐만 아니라 소리 나는 것은 모두 들을 수 있다. 그는 걀라호른이라는 동물의 뿔로 된 전투용 나팔을 갖고 있는데, 그 소리를 온 세상에 울려 퍼지게 할 수 있다. 헤임달의 칼은 '남자의 머리'라고 불린다. 이것은 다음에도 표현되어 있다.

35 히민뷔르그는 헤임달의
    저택들이 있는 장소로 알려져 있으니,

    신들의 파수꾼은
    그의 평화로운 저택에서
    좋은 메트(꿀술)를 마시며
    기뻐하네.

그리고 헤임달 자신이 「헤임달의 주문」에서도 다음과 같이 말한다.

36 나는 아홉 어머니의 아들이며
    아홉 자매의 아들이네.

28. 회드

또 회드라는 아스 신이 있다. 그는 장님이며 힘이 아주 세다. 그러나 신들은 이 아스 신의 이름이 거론되는 것을 원치 않았으니, 그의 행위*가 신과 인간들에게 오래도록 기억에 남을 것이기 때문이다.

29. 비다르

비다르라는 아스 신은 침묵의 신이다. 그는 튼튼한 신발을 하나 갖고 있으며, 거의 토르만큼 강하다. 신들은 마지막 상황에서 그에게 크게 의지한다.*

30. 발리

알리 또는 발리라고 부르는 신도 아스 신이다. 그는 오딘과 린드의 아들인데, 전투에서 용감하고, 활을 쏘면 백발백중이다.

31. 울

울도 아스 신들 중 하나로, 시프의 아들이자 토르의 의붓자식이다. 그는 어느 누구도 그와 겨룰 수 없을 정도로, 활도 잘 쏘고 스키도 잘 탄다. 또한 잘생겼고 전사의 여러 능력을 갖췄다. 일대일로 결투할 때 그에게 기원하면 좋다.

32. 포르세티

포르세티는 발드르와, 네프의 딸 난나 사이에서 태어난 아들이다. 그는 글리트니르라는 저택을 갖고 있다. 법률적인 다툼으로 그를 찾는 이들은 예외 없이 모두 화해해서 다시 돌아온다. 그곳은 신과 인간에게 최고의 법정이다. 여기 다음과 같이 나와 있다.

37 글리트니르라 알려진 저택은
　　황금 기둥으로 받치고
　　은 지붕을 씌웠네.

　　포르세티는 그곳에서
　　모든 분쟁을 해결하며
　　대부분의 시간을 보낸다.

33. 로키

아스 신들 중 하나로 간주되는 자가 있으니, 사람들은 그를 '아스 신들의 중상모략가', '음모의 원흉', '모든 신과 인간의 치욕'이라고 부른다. 그의 이름은 로키 혹은 로프트이며, 거인 파르바우티의 아들이다. 그의 어머니는 라우페이 혹은 날이라고 한다. 그의 형제는 뷜레이스트와 헬블린디이다. 로키는 매력적이고 호감을 주는 외모지만, 성격이 사악하고 행동이 변덕스럽다. 그는 교활함에 있어 모든 이를 능가하며, 속이지 않는 것이 없다. 그는 끊임없이 아스 신들을 난관에 빠뜨리는데, 그러다가 그 어려움을 재치 있게 해결해 주는 경우도 여러 번 있다. 그의 아내는 시귄이며, 그들의 아들은 나리 혹은 나르피라고 한다.

34. 로키의 세 괴물 자식들

로키에게는 자식들이 또 있었다. 거인 나라에 '앙그르보다'라는 여자 거인이 있었다. 로키는 그녀에게서 세 자식을 얻었으니, 첫째가 늑대 펜리르, 둘째는 외르문간드, 즉 미드가르드 뱀이고, 셋째는 헬이다.

신들은 거인 나라에서 이들이 자라는 것을 알아챘다. 그리고 예언을 통해 그 남매들이 자신들에게 커다란 재앙을 입힐 것을 알았는데, 이것은 누가 보더라도 우선은 그 자식들의 어미인 거인들의 속성 때문에, 그보다는 무엇보다도 아비의 속성 때문에 최악의 상황이 예측되는 듯했다. 그래서 '만물의 아버지'는 신들을 보내 아이들을 사로잡아 데려오라고 했다. 그들을 잡아오자, 오딘은 육지를 둘러싸고 있는 깊은 바닷속으로 외르문간드를 집어 던져 버렸다. 하지만 그 뱀은 거기서 아주 크게 자라 바다 가운데에서 모든 육지를 휘감고 자신의 입으로 자기 꼬리를 물고 있었다.

오딘은 헬을 니플헤임으로 떨어뜨려 추방한 후, 그녀에게 아홉 세계를 지배하는 힘을 주었다. 그도 그럴 것이 그녀는 병들어 죽거나 늙어 죽어 그곳으로 간 자들과 거주지를 나누어야 했기 때문이다. 그녀가 그곳에 소유한 큰 궁전에는 특별히 높은 벽과 거대한 격자문들이 있다. 그녀의 저택은 엘류드니르(비참)라 불린다. 그녀의 주발은 '굶주림', 그녀의 나이프는 '기아', 그녀의 하인은 강글라티(활기 없음), 그녀의 하녀는 강글뢰트(느림), 사람들이 들어서는 문지방은 '낙상의 위험', 침대는 '병상', 침대 커튼은 '번득이는 화(禍)'이다. 헬은 절반은 검은 시체의 모습이고, 절반은 싱싱하게 살아 있는 모습이어서 쉽게 분간할 수 있다. 그녀의 표정은 음산하고 분노의 기운을 내뿜는 것처럼 보인다.

늑대는 아스 신들이 곁에 두고 지켰는데, 오직 튀르만이 늑대에게 다가가 먹이를 줄 용기가 있었다. 그런데 그 늑대가 날마다 부쩍부쩍 커 가는 모습이 보이고, 온통 그 늑대가 신들에게 파멸을 가져다줄 것이라는 예언뿐이자, 아스 신들은 아주 강력한 사슬을 ―그것의 이름은 뢰딩이었다 ―만들기로 결정했다. 신들은 그것을 늑대에게 가져가서 (그것으로 묶었을 때) 그것을 끊을 수 있는 힘이 있는지 한번 시험해 보자고 했다. 그러나 늑대가 보기에 그것은 결코 힘든 과제가 아니었다. 그는 신들이 하고 싶은 대로 해 보라고 했다. 그러곤 단번에 자기를 묶은 사슬을 끊어 버렸다. 그렇게 해서 늑대는 뢰딩에서 풀려났다.

다음 시도로 아스 신들은 드로미라는, 두 배 더 강한 사슬을 만들었다. 그들은 다시 늑대에게 가서 그것으로 시합해 보자고 하면서 그렇게 튼튼한 쇠사슬을 끊어 내는 힘을 자랑할 수 있다면 무척 유명해질 것이라고 말해 주었다. 그러자 늑대는 그 사슬이 아주 튼튼할 것이라는 점을 곰곰이 생각했다. 그러나 뢰딩을 끊어 버린 경험을 겪은 후 자신의 힘이 더 세졌다는 점도 고려했다. 이는 유명해지려면 위험을 감수해야 한다는 것을 의미했다. 그는 그 사슬로 자신을 묶어 보라고 시켰다. 아스 신들이 다 묶었다고 말하자, 늑대는 몸을 뒤흔들어 사슬을 땅에 팽개쳐 댔다. 그러곤 강력하게 힘을 써서 그 사슬을 끊어 냈고 그 일부가 주위로 떨어져 날아갔다. 그렇게 늑대는 드로미에서 풀려났다. 이때부터 어떤 일을 격렬하게 수행한 경우를 두고, '뢰딩에서 풀려나다' 혹은 '드로미에서 탈출하다'라는 속담이 생겨났다.

그런 일이 있은 후 아스 신들은 늑대를 묶어 두지 못할까 봐 두려워했다. 그래서 만물의 아버지 오딘이 스키르니르라는, 프레이르의 심부름꾼을 스바르트알프헤임(검은 엘프들의 세상)에 있는 난쟁이들에게 내려보내, 그들로 하여금 글레이프니르라는 포승을 만들도록 시켰다. 그것은 다음의 여섯 가지 재료로 만들어졌다. 고양이의 발소리, 여자의 수염, 바위의 뿌리, 곰의 힘줄, 물고기의 호흡, 새의 침. 그대에게 이 일이 이해가 잘 안 되면 그대가 속지 않고 있다는 진정한 증거를 이것들에서 곧 발견할 것이다. 즉 여자는 수염이 없고, 고양이는 걸어갈 때 소리를 내지 않으며, 바위에는 뿌리가 없다는 사실을 확인할 수 있을 것이다. 내가 그대에게 설명한 것 모두는, 그 가운데 몇몇은 시험해 볼 수 없는 것도 있지만, 진정 사실에 가깝다."

그러자 강글레리가 말했다. "이것이 사실이라는 것을 확실히 알 수 있겠습니다. 당신이 예로 드신 것을 알 수 있습니다만, 그 포승은 어떻게 만들어졌습니까?" 하르가 말했다. "그건 내가 대답해 줄 수 있다. 그것은 비단 리본처럼 매끄럽고 부드러우나, 그대가 이제 곧 듣겠지만, 튼튼하고 강력하다. 포승이 전달되자 아스 신들은 심부름꾼의 노고에 고마움을 표한 뒤 (늑대와 함께) 암스바르트니르 호수 안에 있는 룅비 섬으로 갔다. 신들은 늑대에게 명주실 묶음과 같은 포승을 보여 준 뒤, 그것을 끊어 보라고 했다. 신들은 그 줄이 두께에 비해 좀 더 질길 것이라고 말하면서, 차례로 돌아가며 손으로 끊어 보려고 했지만 그것은 끊어지지 않았다. 그러고 나서 펜리르라면 충분히 끊을 수 있을 것이라고 말했다. 그러자 늑대가 말했다. '이 끈을 끊는다고 해서 명성을 얻을 것 같지는 않소. 하지만 악의적으로 교묘하게 만들어졌다면, 아무리 가늘게 보일지라도 이 포승으로 내 다리를 묶지 마시오.' 그러자 아스 신들은, 그가 전에 강력한 쇠사슬도 부순 경험이 있으니 이런 얇은 명주실 끈은 금세 끊을 것이라고 말했다. '만일 네가 이 끈을 끊지 못하면, 신들은 너를 두려워할 필요가 없을 것이고, 그러면 우리는 너를 다시 풀어 주게 될 것이다.'

늑대가 말했다. '만약 당신들이 나를 묶었는데, 내가 스스로의 힘으로 풀려날 수 없게 되면, 당신들은 내게 결코 도움을 주지 않을 것이오. 그러니 나는 이 끈에 무조건 묶이고 싶지는 않소. 하지만 나를 겁쟁이라고 비난하기 전에, 이 행위가 선한 믿음에서 이루어진다는 보증으로 여러분 가운데 한 분이 자기 손을 내 입안에 넣으시오.' 신들은 서로를 쳐다보았다. 곤경에 처한 듯했다. 아

튀르와 펜리르, 존 바우어(John Bauer), 1911년.

무도 손을 내밀려 하지 않았는데, 마침내 튀르가 그의 오른손을 뻗어 늑대의 입안에 넣었다. 이것이 다 이루어지자, 그 끈을 단단히 묶었다. 늑대가 벗어나려고 용을 쓸수록, 그 끈은 더욱더 조여왔다. 그러자 모두 웃었다, 튀르만 빼고. 그는 자신의 한쪽 팔을 잃었다.

늑대가 완벽하게 묶인 걸 확인한 신들은 겔갸라는 밧줄을 가져왔다. 그리고 그 밧줄을 괼이라는 두꺼운 석판에 끼운 뒤 그 돌을 땅속 깊숙이 묻었다. 그러고 나서 트비티라 불리는 커다란 돌을 가져와 땅속에 더 깊이 박아 넣어 그 밧줄을 고정시키는 버팀돌로 사용했다. 늑대가 아가리를 쩍 벌리고 격렬하게 몸부림치면서 신들을 잡아먹으려 했다. 그러자 신들은 늑대의 입속에 칼을 던져넣어 그 손잡이가 입속 아래에, 칼날이 입천장에 닿게 했다. 그것은 늑대 아가리의 버팀대 역할을 했다. 늑대는 공포스럽게 울부짖었고, 아가리에서는 게거품과 침이 줄줄 흘러나왔다. 이것이 강이 되었는데 '반' 강이라 불렸다. 거기서 그 늑대는 라그나뢰크 때까지 그렇게 지내게 된다."

이에 대해 강글레리가 말했다. "로키는 극히 사악한 자식들을 낳았는데, 이 남매들이 모두 큰 의미를 지니는 것 같습니다. 그런데 아스 신들은 그 늑대로부터 커다란 재앙을 입게 되리라고 예견했으면서도, 왜 그 늑대를 죽이지 않았습니까?" 하르가 대답했다. "신들은 자신들의 신성함과 평화의 성소를 귀중히 여겨 그곳을 늑대의 피로 얼룩지게 하려고 하지 않았다. 비록 그 늑대가 오딘을 죽이리라는 예언이 있었음에도."

35. 여신들

그런 다음 강글레리가 말했다. "아스 여신들은 어떤 신들이 있습니까?" 하르가 말했다. "가장 고귀한 여신은 프리그이다. 그녀는 펜살리르라는 궁전을 갖고 있는데, 무척 화려하다. 또 다른 여신은 사가이다. 그녀는 쇠크바베크에 사는데, 그것은 웅장한 저택이다. 세 번째 여신은 에이르 혹은 피르인데, 그녀는 최고의 치료사이다. 네 번째 여신 게픈은 처녀이다. 때문에 처녀로 죽는 여자들이 그녀를 모신다. 다섯 번째는 풀라로서 그녀 역시 처녀이며, 머리카락을 늘어뜨리고 이마에는 황금 띠를 둘렀다. 그녀는 프리그의 귀중품 상자를 가지고 다니며, 프리그의 신발을 돌보고, 프리그의 비밀을 공유한다.

여섯 번째 여신 프레이야는 프리그만큼 높이 숭배되고 있다. 그녀는 오드와 결혼했다. 그들의 딸은 호노스이다. 그녀는 너무 아름다워서 무엇이든 훌륭하고 귀중한 것은 그녀의 이름을 따 호노시르(보물)라 불린다. 오드가 긴 여행을 떠났을 때 프레이야는 눈물을 흘렸는데, 이 눈물이 붉은 금이 되었다. 프레이야는 이름이 많다. 왜냐하면 오드를 찾아다니면서 낯선 민족들에게 자신을 여러 이름으로 소개했기 때문이다. 그녀는 마르될, 회른, 게픈, 쉬르라고도 불린다. 프레이야는 목걸이 브리싱가멘을 갖고 있다. 그녀는 (출신에 따라) 반 신족의 여신이라고도 불린다. 일곱 번째 여신은 쇠픈으로, 남녀의 애정 문제를 관장한다. 그녀의 이름에서 따와 '사랑의 열정'을 샤프니라고 부른다. 여덟 번째 여신은 로픈이다. 그녀는 매우 온화하다. 결혼이 미리 금지되거나 완전히 거절된 남녀의 결혼에 대해서도 그녀가 '만물의 아버지' 오딘과 프리그에게서 결혼 허락을 받아 주기 때문에, 로픈에게 기원하면 좋다. 이런 연유로 그녀의 이름으로부터 로프(허락)라는 단어가 나왔으며, 사람들에게 많이 칭송받는다.

아홉 번째 여신은 바르이다. 그녀는 남녀 간의 서약과 계약에 귀 기울인다. 이 때문에 서약과 계약을 바라르(서약)라고 한다. 그녀는 서약을 깨는 자를 처벌한다. 열 번째 여신 뵈르는 매우 똑똑하고 탐구적이어서, 어떤 것도 그녀에게 숨길 수 없다. 그래서 여자가 알게 되는 것을 '뵈르(인지)한다'라는 어법이 생겼다. 열한 번째 여신은 쉰(거부)이다. 그녀는 홀(hall) 문을 지키면서, 들어오면 안 되는 자들에게는 문을 열어 주지 않는다. 신들의 집회에서도 그녀는 자신이 인정하고 싶지 않은 고발은 거부하도록 되어 있다. 때문에 누가 무엇을 거절할 경우 '쉰(거절)이 표명되었다'라는 표현을 쓴다. 열두 번째 여신은 흘린이다. 그녀는 프리그가 어떤 위험에서 지켜 주고자 하는 사람들을 보호하는 임무를 띠고 있다. 그래서 안전해진 사람의 경우 '흘레이니르(구조)되었다'라는 표현을 쓰게 된다. 열세 번째 여신은 스노트라이다. 그녀는 현명하고 매너가 좋다. 그녀의 이름에서 따와 남자건 여자건 신중하고 중용을 갖춘 사람에 대해 스노트르(현명)한 사람이라는 표현을 쓴다. 열네 번째 여신은 그나이다. 프리그는 임무를 부여해 그녀를 세상 각지로 파견한다. 그녀에게는 하늘을 날고 물속을 헤엄쳐 달리는 호프바르프니르(발굽이 많은)라는 말이 있다. 언젠가 그녀가 말을 타고 달리고 있을 때, 반(Vanr) 신 몇몇이 말을 타고 하늘을 나는 그녀의 모습을 보았다. 그때 반 신 하나가 말하길,

38 거기 날고 있는 것,

거기 움직이고 있는 것,

공중을 미끄러지듯 날아가는 것은 무엇인가?

그녀가 답했다.

39 나는 날고 있는 게 아니다,

공중을 미끄러지듯 움직이고 있는 것이지,

함스케르피르(피부 같은 표면)가

가르드로파(장벽을 부수는 자)에게서 낳은

명마 호프바르프니르를 타고.

높이 나는 것을 '그네파르하다'고 표현하는 것은 그나 여신의 이름에서 나온 말이다. 솔과 빌 역시 아스 여신들이다. 이들에 관해서는 이미 앞에서 설명했다.

36. 발퀴리

또 다른 여신들이 있으니, 그들은 발할에서 봉사하며 술을 가져

오고 식사 도구와 꿀술 잔을 다룬다. 「그림니르의 노래」에 나오는 그들의 이름은 다음과 같다.

40 흐리스트와 미스트여, 동물 뿔로 된 잔을 가져와라.
    스케굴드와 스쾨굴, 힐드와 트루드,
    홀뢰크와 헤르픠투르, 괼과 게이라회드,
    란드그리드와 라드그리드 그리고 레긴레이프,
    이들은 에인헤례르들에게 맥주를 나른다.

이 이름들은 발퀴리의 이름인데, 오딘은 이들을 모든 전투에 내보낸다. 거기서 그들은 죽을 운명에 놓인 용사들을 선택하고 승리를 결정한다. 구드와 로타 그리고 가장 젊은 노른(Norn) 스쿨드도 함께, 전사할 자를 고르고 전투의 흐름을 결정하기 위해 내달린다.

토르의 어머니 외르드(대지)와 발리의 어머니 린드도 아스 여신 중에 포함된다.

37. 프레이르와 게르드

귀미르라는 자가 있었다. 그의 아내는 아우르보다였다. 그녀는 산악 거인족 출신이었다. 그들의 딸 게르드는 여자들 가운데 제일 아름다웠다. 어느 날 프레이르가 흘리드스캴프로 가서 세상을 굽어보고 있었다. 그가 북쪽을 살펴보던 중에 어떤 농장의 크고 아름다운 건물 하나가 눈에 띄었다. 그런데 그 집으로 한 여자가 걸어가고 있었다. 그녀가 자기 앞에 있던 문을 열려고 손을 들자, 그 손에서 빛이 뿜어져 나와 하늘과 바다로 뻗어 나갔고, 온 세상이 그녀로 인해 환해졌다. 그 모습을 본 프레이르는 그 신성한 자리에 앉을 때 가졌던 오만함이 무너지고 가슴이 절절한 상태가 되어 그곳을 떠났다. 그리고 집에 돌아와서는 말이 없었고, 잠을 잘 수도 없었으며, 아무것도 마시지 않았다. 누구도 감히 그에게 말을 붙이지 못했다.

그러자 뇌르드는 프레이르의 하인 스키르니르를 불러, 프레이르에게 가 보라고 명령했다. 그리고 무슨 이유로 그렇게 속을 끓이며 아무와도 말을 하지 않는지, 프레이르에게 물어보라고 했다. 그는 마음에 내키지 않았지만 가 보겠노라고 하면서도, 프레이르로부터 좋지 않은 답변을 듣게 될 것 같다고 말했다. 그가 프레이르에게 가서, 왜 그토록 우울해하고, 아무하고도 이야기하려 하지 않느냐고 물었다. 그러자 프레이르는 자신이 한 아름다운 여자를 보았는데, 그녀 때문에 그토록 괴로워하고 있다고 대답하며 그녀를 얻지 못하면 더 이상 살 수 없을 것 같다고 말했다.

'그러니 네가 지금 가서 그녀에게 내 청혼을 전하고, 그녀의 아버지가 원하든 원하지 않든 이곳으로 데려와라. 그 상은 후하게 내리겠다.'

스키르니르는 프레이르가 부여한 임무를 맡아 길을 떠나겠지만 자기에게 그의 칼을 넘겨주어야 한다고 대답했다. 그러자 프레이르는 주저하지 않고 자신의 칼을 내주었다.

그러고 나서 스키르니르는 여행길에 올라, 프레이르의 청혼을 넣고 그녀로부터 결혼 약속을 얻어 냈다. 9일 후에 바리라는 곳으로 와서 프레이르와 결혼식을 올리겠다는 약속이었다. 스키르니르가 이 소식을 전하자, 프레이르는 다음과 같이 말했다.

41 하룻밤이 길다,
    둘째 밤이 길다.
    어떻게 사흘 밤을 애타게 기다릴 수 있을까?

    내게는 이 한나절 결혼식 밤이
    한 달보다 더 길게 느껴질 때가 자주 있구나.

프레이르가 벨리와 무기 없이 싸우다가 수사슴 뿔로 그를 죽인 것은 바로 이런 연유 때문이다."

이에 대해 강글레리가 말했다. "프레이르처럼 강력한 위치에 있는 분이 비슷하게 좋은 칼이 또 있는 것도 아닌데 자신의 칼을 줘 버렸다니 놀라운 일이군요. 그래서 벨리라는 자와 싸울 때 많이 불리했겠어요. 그때 그는 그 칼을 선물한 것을 크게 후회했으리라고 생각합니다."

그러자 하르가 답했다. "벨리와 대결했을 때는 그것이 별로 큰 의미가 없었다. 프레이르는 그를 맨손으로 죽일 수도 있었다. 프레이르에게 칼이 없어서 곤궁에 처할 때가 올 것이다. 모든 것을 황폐화시키려고 무스펠의 아들들이 몰려올 때 말이다."

38. 오딘의 부하들

강글레리가 말했다. "당신은 태초부터 전투에서 죽은 자들이 발할의 오딘에게 갔다고 말씀하셨는데, 오딘은 그들에게 먹을 것으로 무엇을 제공했습니까? 내가 상상하기에, 거기에는 틀림없이 꽤 많은 무리의 사람들이 있었을 텐데요."

그러자 하르가 말했다. "그대 말이 맞다. 거기에는 사람들이 엄청 많이 있고, 앞으로도 더 많아질 것이다. 그것도 늑대가 올 때는 너무 작은 규모로 생각될 것이다. 그러나 발할에 사람들이 아무리 많다 해도 수퇘지 세흐림니르의 고기가 모자란 적은 없다. 그 돼지고기는 매일 요리되었지만 저녁이면 다시 말짱하게 살아난다. 하지만 그대가 지금 던지는 질문에 대해 제대로 답변할 정도로 똑똑한 사람은 많지 않을 듯싶다. 그 요리사의 이름은 안드흐림니르이고, 그 솥은 엘드흐림니르이다. 이것은 여기에 다음과 같이 얘기된다.

42   안드흐림니르는
      엘드흐림니르 솥으로
      최상의 고기인 세흐림니르를 삶는다.

양어깨에 까마귀 후긴과 무닌을 얹고 있는 오딘, 『산문 에다』에 수록된 그림, 18세기.

그러나 발할의 유령 군사들이 무엇을 먹는지
아는 자 거의 없다."

그러자 강글레리가 물었다. "오딘도 에인헤례르와 같은 음식을
먹습니까?"

하르가 답했다. "그는 자기 식탁에 놓인 음식을 자신의 두 마리
늑대 게리(약탈자)와 프레키(대식가)에게 준다. 그 자신은 먹을 필
요가 없다. 포도주가 그의 음식이자 음료이다. 이것은 여기에 다음
과 같이 얘기되고 있다.

43 전투에 익숙한 유명한 '군대의 아버지'는
　　게리와 프레키에게 먹을 것을 준다.

　　그러나 싸움 잘하는 것으로 유명한 오딘 자신은
　　항상 포도주만 마시고 산다.

까마귀 두 마리가 오딘의 어깨 위에 앉아, 보고 듣는 모든 정보
를 그의 귀에 속삭인다. 그 까마귀 이름은 후긴(생각)과 무닌(기
억)이라고 한다. 오딘이 새벽에 날려 보내면 그 새들은 온 세상을
날아다니다가 아침 녘에 돌아온다. 이런 식으로 오딘은 그 까마귀
들로부터 새로운 정보를 얻는다. 그래서 사람들은 오딘을 까마귀
신이라 부른다. 이것은 다음에서도 얘기되고 있다.

44 후긴과 무닌이 매일
거친 대지 위로 날아간다.

나는 후긴이 돌아오지 않을까
걱정하지만
무닌에 대해 더 염려한다."

39. 발할의 염소와 사슴

그러자 강글레리가 물었다. "에인헤레르는 음식만큼 풍성하게 제공되는 음료수로 무엇을 마십니까? 그곳에서 물을 마시나요?" 하르가 말했다. "그대는 지금 이상한 질문을 하고 있구나. 마치 만물의 아버지가 왕들과 부족장을 비롯해 다른 권세 있는 자들을 초대하여 그들에게 물이나 제공하는 것처럼 물어보다니. 내 생각에는, 발할에 온 사람들 중 많은 이들이 그전에 부상을 입고 찔려 죽는 경험을 했는데, 보다 더 나은 환대를 받지 않는다면, 물을 마신다는 것이 그들에게는 대가를 비싸게 치르고 얻은 것처럼 보일 것이다. 이에 대해 나는 다른 이야기를 할 수 있다. 염소 헤이드룬이 발할 위쪽에 서서 레라드라는 꽤 유명한 나무의 가지에 붙은 이파리들을 뜯어 먹는다. 그러면 그 염소의 젖에서 꿀술이 흘러나와 매일 커다란 그릇을 가득 채운다. 그 양은 아주 많아서 에인헤레르가 모두 충분히 마신다."

강글레리가 말했다. "그 암염소가 그들에겐 아주 쓸모 있겠군요. 그 염소를 먹여 살리는 나무는 좋은 나무임에 틀림없겠고요."

그러자 하르가 말했다. "더더욱 의미 있는 것은 발할 위에 서서 그 나무의 가지를 먹고 사는 사슴 에이크튀르니르이지. 그 사슴의 뿔에서는 많은 물이 쏟아져 흐베르겔미르 샘으로 흘러간다. 그래서 거기서부터 다음과 같은 이름의 강들이 흐른다. 시드, 비드, 쇠킨, 에이킨, 스뵐, 군트라, 푀름, 핌불툴, 기풀, 괴풀, 괴물, 게이르비물. 이 강들은 아스 신들이 사는 지역을 통과하며 흐른다. 그 외에도 튄, 빈, 푈, 횔, 그라드, 군트라인, 뉘트, 뇌트, 뇐, 흐뢴, 비나, 베그스빈, 툐드누마 강들이 흐른다."

40. 발할의 문

그러자 강글레리가 말했다. "당신이 지금 말씀해 주시는 이야기가 놀라울 정도로 흥미롭습니다. 발할은 정말 커다란 건축물임에 틀림없군요. 그러면 분명 발할의 문 앞은 모여든 사람들로 엄청 북적대는 경우가 자주 있겠군요."

하르가 대답했다. "그 회관에는 문이 얼마나 많은지, 그 문은 얼마나 큰지 왜 질문하지 않는가? 그대가 그 이야기를 듣고 난 뒤엔 원하는 사람 누구나 들고 날 수 없다면 이상하다고 말하게 될 것이다. 하지만 그곳에 머무는 것이 들어가는 것보다 더 혼잡스럽지 않다는 것은 사실이다. 여기 「그림니르의 노래」에서 그대는 이를 알 수 있을 것이다.

45 발할에는 문이 5백 개하고도 40개나 있는데
    늑대와 싸우러 밖으로 나갈 때는
    문 하나에 8백 명의 에인헤례르가
    동시에 통과해서 나간다."

41. 발할의 유령 군사들

강글레리가 말했다. "발할에는 엄청나게 많은 사람들이 모여 있
군요. 오딘은 수많은 군대를 통치하니 아주 막강한 지도자이겠습
니다. 그런데 에인헤례르는 술을 마시지 않을 때는 어떻게 시간을
보냅니까?"

하르가 말했다. "그들은 매일 잠에서 일어나 옷을 입고 나선 전
투 장비를 갖추고 정원으로 나간다. 그곳에서 서로 전투를 벌여
상대방을 쓰러뜨린다. 이것이 그들의 심심풀이 놀이이다. 아침 식
사 때가 다가오면 그들은 다시 발할로 말을 타고 돌아가 앉아 먹
고 마신다. 이것은 여기에 다음과 같이 얘기되고 있다.

46 에인헤례르는 모두 매일
    오딘의 궁성에서 전투를 한다.

그들은 상대방을 골라 쓰러뜨린 후에는

전투에서 달려 돌아와,

함께 화해하며 앉아 있다.

그대가 오딘이 아주 강력하다고 말하는 것은 옳다. 그 증거도 많은데, 이는 아스족 자신들의 말에 다음과 같이 표현되어 있다.

47　최고의 나무는 물푸레나무 위그드라실,

최고의 배는 스키드블라드니르이다.

아스족 중에서는 오딘이,

말 중에는 슬레이프니르,

다리 중에는 비프뢰스트,

시인 중에는 브라기,

매 중에는 하브로크,

그리고 개 중에는 가름이 최고다."

42. 거인의 아스가르드 성채 쌓기와 오딘의 말 슬레이프니르

강글레리가 물었다. "슬레이프니르의 주인은 누구입니까? 그 말에 대해 어떤 이야기가 있습니까?"

하르가 말했다. "슬레이프니르의 속성에 대해 모르고, 그 말의 출생 배경에 대해서도 아는 게 아무것도 없구나. 그렇다면 그대에

슬레이프니르를 타고 있는 오딘, 『산문 에다』에 수록된 그림, 18세기.

게 이 이야기들을 들려줄 가치가 있겠다.

신들이 태초에 미드가르드와 발할을 건설하고 정착하여 살고 있었다. 그때 한 건축 기술자가 찾아와 산악 거인과 서리 거인들이 미드가르드에 쳐들어와도 안전하게 지낼 수 있는 성을 1년 반 안에 쌓아 주겠다고 제안했다. 그러면서 그 대가로 프레이야를 자신에게 주고, 해와 달도 자신이 소유하도록 해 줄 것을 요구했다. 아스 신들이 모여 이에 관해 논의한 결과 건축 기술자와 계약이 체결되었는데, 이에 따르면 그는 겨울이 한 번 지나갈 동안 그 성을 완성하는 경우에만 자신이 요구한 것을 얻을 수 있었다. 여름이 시작되는 첫날까지 성 건축물의 어느 한 부분이라도 완성되지 않으면 그는 계약을 어긴 것이 되었다. 그리고 그가 이 일을 하는 데 누구의 도움도 받지 않는 것으로 했다. 신들이 이런 조건을 제시했을 때, 그는 스바딜파리라는 자신의 말이 자신을 돕도록 허락해 달라고 요구했다. 로키가 그렇게 하자고 건의하여 건축 기술자와 계약이 이루어졌다. 그는 겨울 첫날부터 성 쌓는 일에 착수해서, 밤에도 자신의 말로 석재들을 옮겼다. 그런데 그 말이 큰 바위들을 어찌나 빨리 잘 옮기는지 그 모습을 본 아스 신들이 놀라 자빠질 지경이었다. 그 말은 건축 기술자가 하는 일의 두 배를 했다. 그러나 확실한 증언과 많은 서약이 있었기에 신들은 약속을 지킬 수밖에 없는 상황이었고, 더구나 그 거인은 토르가 돌아올 경우 신들과 그런 약속이 없으면 불안하다고 생각하고 있었다. 그 당시 토르는 트롤들을 물리치러 동쪽에 가 있었다. 겨울이 다 흘러가자, 성 쌓기는 빠르게 진전되었고, 그 성은 아무도 공격할 수 없을 정도로 높고 튼튼하게 만들어졌다. 여름이 시작되려면 사흘밖에 남지 않았을 때 성문까지 완성되었다.

그러자 신들이 재판석에 모여 앉아 협의를 했다. 누가 그렇게 프레이야를 거인들의 땅으로 시집보내고, 해와 달을 떼 내어 거인에게 주어 지상과 하늘을 파멸시키려 했냐고 서로 물었다. 그러곤 그렇게 아주 극악한 일을 도모한 자는 라우페이의 아들 로키가 틀림없다고 하나같이 말했다. 신들은 로키에게 어떻게 하면 그 건축 기술자가 계약을 달성하지 못하게 할지 그 방안을 내놓지 않으면 좋지 않은 죽음을 맞을 것이라고 위협했다. 공포에 질린 로키는 그 건축 기술자가 아무리 노력해도 계약을 이행하지 못하도록 하겠노라고 맹세했다. 그날 저녁 건축 기술자가 석재를 운반하러 자신의 말 스바딜파리와 함께 나타났을 때, 숲에서 암말 한 마리가 뛰어나왔다. 암말은 수말에게 달려가 히히힝 소리 질렀다. 수말은 암말을 보자 흥분해서 묶였던 고삐를 끊어 버리고 암말에게 달려갔다. 그 한 쌍의 말이 숲 속으로 달려 들어가자, 건축 기술자가 그 뒤를 따라 달려가 수말을 잡으려고 했다. 그러나 그 말들은 밤새 이리저리 뛰어다녔다. 그 바람에 그날 밤 축성 작업은 이뤄지지 못했다. 다음 날도 전날처럼 작업이 이루어지지 않았다. 자신의 일이 기한 내에 끝날 수 없다는 것을 알게 된 건축 기술자는 거인의 분노를 터뜨렸다. 그러자 아스 신들은 그곳에 찾아온 자가 거인이라는 것을 확실히 알았고, 덕분에 서약을 지킬 의무가 없어졌다. 신들은 토르를 불렀고, 그는 즉시 와서 한순간에 묠니르 망치를 던졌다. 그리고 토르는 노동의 대가를 지불했지만, 그것은 해와 달이 아니었다. 오히려 그 거인이 거인의 나라에서 사는 것도 허용하지 않았다. 그도 그럴 것이 묠니르의 첫 일격으로 거인의 두개골이 산산조각 나 버렸기 때문이다. 토르가 그 거인을 저 아래 니플헤임(혹은 니플헬)으로 보내 버렸던 것이다.

그런데 당시 스바딜파리와 그런 만남을 가졌던 로키는 나중에 망아지를 한 마리 낳았다. 그 말은 회색 말이었고 다리가 여덟 개였는데, 인간은 물론이고 신들에게서도 최고의 말이었다. 그래서 「무녀의 예언」에 다음과 같이 나와 있다.

48 그때 모든 협의자, 즉 성스러운 신들이
　　재판석으로 가서
　　온 하늘을 독으로 황폐화시키고, 오드의 부인을
　　거인족에게 주자고 한 자가
　　누구인지에 관해 서로 얘기를 나누었다.

49 그 결과, 그들 사이에 오갔던 서약과 발언, 맹세,
　　모든 의미 있는 합의가 깨졌다.
　　분노한 토르가 홀로 그곳에서 공격하였으니,
　　그가 그런 일을 당하고 앉아 있는 경우는 드물다."

43. 배 스키드블라드니르

강글레리가 말했다. "모든 배 가운데에서 최고인 스키드블라드니르에 대해 얘기할 게 있나요? 그만큼 좋은 배는 없지요?"

하르가 답했다. "스키드블라드니르는 최고의 배이고, 최고의 기술로 만들어졌다. 하지만 가장 큰 배는 나글파르이다. 그 배는 무스펠의 것이다. 이발디의 아들들인 난쟁이들 몇몇이 스키드블라드니르를 만들어 프레이르에게 준 것이다. 그 배는 어찌나 큰지 아스 신들이 무기와 장비를 갖추고 모두 오를 수 있을 정도이다. 그 배는 어디로 항해하든 돛을 펴자마자 순풍을 받게 되어 있다. 또 그 배는 매우 많은 재료로 아주 정교하게 만들어져서, 바다로 나가지 않을 때엔 손수건처럼 접어서 주머니에 넣을 수도 있다."

44. 잡아먹은 염소를 다시 살린 토르와 그의 시종이 된 아이들

이에 강글레리가 말했다. "스키드블라드니르는 훌륭한 배로군요. 그것은 완성되기 전에 틀림없이 꽤 많은 마법의 기술이 적용되었을 겁니다. 그런데 토르는 자신보다 더 강하고 마법이 뛰어난 상대를 만난 적이 없습니까?"

하르가 말했다. "내 생각에는 소수의 얼마 되지 않는 자들만이 그런 얘기를 해 줄 수 있을 것이다. 토르에게는 아주 힘들게 노력해야 하는 일들이 많이 있었다. 그러나 토르가 이기지 못할 정도로 강하고 센 자가 있었다 해도, 그에 관해 얘기해서는 안 될 것이다. 왜냐하면 토르가 최고의 강자라는 —이 점은 모두 믿고 있는 바인데 —것에 관한 사례가 아주 많기 때문이다."

이에 대해 강글레리가 말했다. "아무도 얘기할 수 없는 주제에 관해 내가 당신들께 질문을 드린 것 같습니다." 그러자 야픈하르가 말했다. "우리는 사실이라고 하기엔 너무 믿기 어려운 사건을 들었다. 그러나 여기 그대 앞에는 진실을 말할 수 있는 분이 앉아 있다. 그분은 지금까지 거짓말을 한 적이 없는데 이제 와서 처음으로 거짓말을 하지는 않으리라고 믿어야 할 것이다."

강글레리가 말했다. "내가 여기 서서 이 문제에 대해 어떤 대답을 듣게 될지 귀 기울이고 있습니다. 내 질문에 대답할 수 없다면 나는 당신들이 진 것으로 간주하겠습니다."

그러자 트리디가 말했다. "저 사람이 이 일에 관해 듣고 싶은 게 분명하다. 비록 이에 관해 얘기하는 것이 우리는 편치 않지만 말이다.

이 이야기는 다음과 같이 시작된다. 외쿠토르가 염소들이 끄는 전차를 타고, 아스 신족의 일원으로 함께 지내던 로키와 길을 떠났다. 그날 저녁 그들은 어느 농가에 도착해서 그곳에 잠자리를 확보했다. 저녁때 토르는 자신의 염소들을 끌고 와 두 마리를 도살했다. 그리고 그 가죽을 벗기고 염소 고기를 솥에 넣었다. 고기가 다 삶아지자 토르 일행은 저녁 식사를 위해 자리를 잡고 앉았다. 토르가 농부와 그의 부인 그리고 자식들을 식사에 초대했다. 농부의 아들은 탈피, 딸은 뢰스크바라고 했다. 토르는 염소 가죽을 불 앞에 피워 놓고 농부와 그의 가족들이 염소의 뼈를 발라 먹은 다음 그 위에 던지라고 말했다. 농부의 아들 탈피가 염소의 넓적다리뼈를 잡아 칼로 절개하고 쪼개어 골수까지 꺼내 먹었다. 토르는 그곳에서 밤을 보내고 새벽 동이 트기 전에 일어나 옷을 갖춰 입었다. 그는 묠니르 망치를 가져다가 높이 쳐들고 염소 가죽을 향해 주문을 외웠다. 그러자 염소들이 다시 살아났다. 그런데 한 마리가 뒷다리 하나를 절룩거렸다. 토르가 이를 알아채고, 농부나 그의 가족 중 누군가 염소 뼈를 조심스럽게 다루지 않았음에 틀림없다고 말했다. 그리고 염소의 넓적다리뼈가 부서진 것을 확인했다. 여기에 대해선 더 이상 얘기할 것이 없다. 토르가 눈을 치뜨고 눈살을 찌푸리는 모습을 보고 농부가 얼마나 기겁했을지 모두 알 수 있었다. 농부는 토르의 눈을 쳐다보는 것만으로도 죽을 것 같았다. 토르의 손이 대형 망치 손잡이를 어찌나 굳게 잡고 있는지 손가락 관절이 하얗게 보일 정도였다. 농부는 예상되는 행동을 했으니, 그의 가족들도 마찬가지였다. 그들은 비명을 지르며 자비를 빌었다. 그리고 자신들이 가진 것을 모두 바칠 테니 용서해 달라고 했다. 토르는 이들이 두려움에 떠는 모습을 보자 화를 가라앉히고 진정하게 되었다. 그 대가로 토르는 농부의 아이들인 탈피와 뢰스크바를 데려가기로 했다. 그렇게 해서 그들은 토르의 시종이 되었다. 이때부터 이들은 토르가 어디에 가든 수행하게 되었다.

45. 토르와 거인 스크뤼미르

그는 그곳에 자신의 염소들을 남겨 놓고 동쪽 거인들의 나라를 향해 여행을 떠나 바다까지 이르렀다. 그리고 깊은 바다를 건넜다. 그는 해안에 이르러 로키와 탈피, 뢰스크바와 함께 대지를 걸었다. 그들이 얼마 동안 달리자 큰 숲이 나타났다. 그들은 숲 속으로 들어가 하루 종일 어두워질 때까지 걸었다. 그들 중에서 가장 달리기를 잘하는 탈피가 토르의 배낭을 짊어졌지만, 여행용 식량 조달은 형편이 좋지 않았다. 날이 어두워지자 그들은 잠잘 곳을 찾다가 유별나게 큰 집을 하나 발견했다. 문이 한쪽 끝에 있었는데, 집 한 면의 넓이를 다 차지하고 있었다. 그들은 그곳을 숙소로 이용하기로 했다. 그런데 한밤중에 큰 지진이 일어나 그들 아래의 땅이 요동을 치고 집이 흔들거렸다. 그래서 토르가 일어났고 그의 동료들도 마찬가지였다. 그들은 더듬거리며 앞으로 나아가다가 건물 오른쪽에 방이 또 있는 것을 발견하고 그 안으로 들어갔다. 토르가 입구에 앉았고, 다른 이들은 그의 뒤 안쪽에서 두려움에 떨고 있었다. 토르는 대형 망치를 들고 방어 태세를 갖추고 있었다. 그 후 그들은 시끄러운 큰 소리와 굉음을 들었다. 날이 밝자, 토르는 밖으로 나갔다가 멀지 않은 숲 속에 한 남자가 누워 있는 것을 발견했다. 그는 결코 작은 덩치가 아니었는데, 큰 소리로 코를 골며 잠을 자고 있었다. 그때 토르는 밤에 들었던 시끄러운 소리의 정체가 무엇이었는지 이해했다. 그가 힘을 키워 주는 허리띠를 차자 아스 신의 힘이 증강되었다. 순간 남자가 깨어나 튕기듯 재빨리 일어났다. 들리는 얘기로는 그때 토르가 너무 놀라 망치로 그 남자를 가격하지 못했다고 한다. 토르가 그 남자에게 이름을 물어보니 그는 자신을 스크뤼미르라고 소개했다. '하지만 나는 그대의 이름을 물어보지 않겠소. 나는 당신이 아사토르라는 것을 알고 있으니 말이오. 그런데 당신이 내 장갑을 끌고 갔소?'라고 말했다. 그러면서 스크뤼미르가 한 손을 뻗어 그 장갑을 들어 올렸다. 그때 토르는 자신이 밤에 건물로 생각했던 것이 바로 그 장갑이었다는 사실과 그 옆방은 장갑의 엄지손가락 부분이었다는 것을 깨달았다.

스크뤼미르가 토르에게 자신을 일행으로 끼워 주겠느냐고 묻자, 토르가 그러겠노라고 말했다. 그 후 스크뤼미르가 자신의 짐을 풀고 아침 식사를 하기 시작했다. 토르와 그의 일행은 다른 곳에 자리를 잡고 있었다. 스크뤼미르가 같이 식사할 것을 제안했고 토르가 그의 말에 동의했다. 식사 후 스크뤼미르가 그들의 식량을 짐 하나에 모두 꾸려서 묶어 자신의 어깨에 걸쳤다. 그는 낮내내 앞장서 걸었으며 아주 큰 보폭으로 달렸다. 늦은 저녁 스크뤼미르가 그들에게 큰 참나무 아래에 잠잘 곳을 골라 주었다. 그런 다음 스크뤼미르가 자신은 잠을 자겠노라고 하면서 토르에게 다음과 같이 말했다. '당신들은 식량 배낭을 가져다가 당신들이 먹을 저녁을 준비하시오.' 그러고는 곧 그는 잠에 빠져 큰 소리로 코를 골았다. 토르가 짐 꾸러미를 가져다 열려고 할 때, 전하는 말로는, 믿을 수 없는 일이 일어났다. 토르는 그 짐을 묶은 줄의 매듭 하나도 풀 수 없었고, 끈 가장자리 하나도 느슨하게 풀 수 없었으니, 그랬으면 그것이 전보다 더 헐거워졌을 텐데 말이다. 토르는 이 일이 성공할 수 없다는 것을 알게 되자, 분노가 치밀어 양손으로 묠니르를 움켜쥐고 살금살금 스크뤼미르가 누워 있는 곳으로 가서 그의 머리를 가격했다. 하지만 스크뤼미르는 아무 일 없었다는 듯이 깨어나 나뭇잎 하나가 자기 머리에 떨어졌었느냐며 식사는 다하고 야간 휴식 준비는 다 됐느냐고 물었다. 토르는 자기들이 곧 잠자러 갈 것이라고 말했다. 그 후 그들은 다른 참나무 아래로 이동했다. 그러나 사실대로 말하자면, 공포 때문에 아무도 잠들지 못했다. 한밤중에 토르는 스크뤼미르가 코 고는 소리로 온 숲을 진동시키며 깊이 잠든 것을 귀로 확인한 후에 일어나 스크뤼미르에게 다가가 대형 망치를 빠른 속도로 휘두르며 스크뤼미르의 정수리를 힘껏 정확히 가격했다. 그는 그 대형 망치 끝이 두 개골을 깊숙이 파고든 것을 확인했다. 순간 스크뤼미르가 눈을 뜨고 깨어나 말했다. '토르, 지금 무슨 일이 일어났소? 도토리가 하나 내 머리에 떨어졌소? 당신은 무슨 일이오?' 그러자 토르가 재빨리 물러나며 자기도 금방 일어났노라고 대답했다. 그는 한밤중이어서 아직 잘 시간이라고 말했다. 그런 다음 토르는 만일 자기가 세 번째로 가격할 기회를 갖게 된다면 스크뤼미르는 더 이상 (살아 있는 모습을) 볼 수 없을 것이라고 생각했다. 그러면서 그는 누워 스크뤼미르가 다시 깊이 잠들기를 조심스레 기다렸다. 동트기 직전에 토르는 스크뤼미르가 잠든 것을 확인하고 일어나 그에게 달려갔다. 그리고 온 힘을 다해 대형 망치를 휘둘러, 위로 드러난 스크뤼미르의 관자놀이를 가격했다. 망치는 손잡이까지 박혔

스크뤼미르와 토르, 『아스가르드의 영웅들(*The Heroes of Asgard*)』에 수록된 그림,
루이 우아르(Louis Huard), 1891년.

다. 하지만 스크뤼미르는 이번에도 아무 일 없다는 듯 일어나 관자놀이를 쓰다듬으며 말했다.

'내 머리 위 나무에 새가 앉아 있었던 게 틀림없어. 나뭇가지 하나가 내 머리 위에 떨어져 내가 잠에서 깨어난 것 같군. 토르, 일어나셨소? 일어나서 옷을 입을 때군요. 당신들은 조금만 더 가면 우트가르드 성(城)에 도착할 것이오. 나는 당신들끼리 내가 작지 않은 체구라고 서로 속삭이는 소리를 들었소. 하지만 우트가르드에 가면 더 큰 남자들을 보게 될 것이오. 내가 당신들에게 조언 하나 하겠소. 과시하지들 마시오. 우트가르드로키의 신하들은 그런 자들의 허풍을 인정하지 않을 것이기 때문이오. 그렇지 않으려면 돌아가시오, 내가 보기에 그것이 당신들에게 더 나을 듯싶소. 그러나 당신들이 계속 여행하기를 원한다면 동쪽으로 가시오. 나는 이제 당신들이 보고 있는 저 산맥을 향해 북쪽으로 가겠소.'

스크뤼미르는 자신의 짐 꾸러미를 어깨에 걸치고 그들에게서 몸을 돌려 옆쪽으로 벗어나 숲으로 들어갔다. 아스 신들이 그를 다시 보고 싶어 했는지는 전해진 바 없다.

46. 토르와 우트가르드로키의 만남

토르와 그의 일행은 계속 길을 갔고 정오 때까지 바삐 나아갔다. 이윽고 그들은 들판에 성이 하나 서 있는 것을 보게 되었는데, 올려다보기 위해 고개를 젖혀야 할 정도였다. 그들은 성으로 갔다. 성문 앞에서는 격자문이 내려져 있었다. 토르가 그 격자문으로 갔지만 열 수가 없었다. 그러나 온갖 노력을 기울인 끝에 그들은 격자 막대기 사이로 몸을 밀어 넣어 성안으로 들어갔다. 그들은 거대한 회관을 보고 그곳으로 갔다. 문이 열려 있었다. 들어가서 보니 두 개의 벤치에 많은 남자들이 앉아 있었는데, 대부분 몸집이 컸다. 토르 일행은 우트가르드로키 왕 앞으로 가서 인사를 했다. 그러나 왕은 그들을 향해 천천히 몸을 돌리더니 멸시하는 듯한 웃음을 보이며 말했다. '시간이 늦었으니 긴 여행길에 가져온 소식을 묻지는 않겠소. 나는 이 젊은이의 이름이 외쿠토르라고 생각하는데 아니냐? 하지만 그대는 보기보다 더 강한 자임에 틀림없을 것이오. 그대들 일행이 자랑할 만한 능력들은 무엇이오? 여기 있는 이 사람들보다 더 나은 지식이나 능력을 갖지 못한 자는 우리와 함께할 수 없소.'

그러자 맨 나중에 도착했던 로키가 말했다. '내가 기술이 있는데 즉시 솜씨를 발휘해 볼 준비가 되어 있소. 다시 말해 이곳에 있는 사람 중에서 어느 누구도 나보다 더 빨리 음식을 먹을 순 없을 것이오.'

우트가르드로키가 말했다. '그대가 그 일을 해낸다면 그것은 대단한 기술일 것이오. 어디 한번 시험해 보오.' 그는 뒤의 벤치에 있던 로기라는 자를 불러 로키와 대결하라고 말했다. 그런 다음 사람들이 커다란 함지박 하나를 가져다가 바닥에 놓고 그 안에 고기를 가득 채웠다. 로키가 함지박 한쪽 끝에, 로기가 다른 쪽 끝에 자리를 잡고 앉았다. 그리고 각자 최대한 빨리 먹기 시작했는데 함지박 가운데에서 만날 때까지 계속했다. 로키는 뼈에 붙은 고기를 모두 먹어 치웠지만, 로기는 고기와 뼈를 통째로 먹고 함지박까지 삼켜 버리는 바람에 누가 보더라도 로기가 시합에서 졌다.

우트가르드로키가 다른 젊은이는 할 수 있는 게 무엇이냐고 묻자, 탈피가 누구와도 달리기를 겨룰 수 있다고 했고 우트가르드로키가 이에 동의했다. 우트가르드로키는 '그것참 좋은 능력이다, 그가 실력 발휘를 해서 빨리 달릴 수 있을 것이라 기대된다'며, 진짜 그런지 확인해 보자고 서둘렀다. 우트가르드로키는 일어나 밖으로 나갔다. 그곳에는 편평한 들판에 달리기 좋은 트랙이 있었다. 우트가르드로키는 후기라는 젊은이를 불러, 탈피와 달리기 시합을 하라고 명령했다. 그래서 그들은 첫 번째 달리기 시합을 시작했다. 한데 후기가 어찌나 앞서 달려 나갔는지 반환점을 돌아 골인 지점을 향해 달리다가 반환점을 향해 가는 탈피와 마주치게 되었다. 그러자 우트가르드로키가 말했다. '탈피, 자네 좀 더 노력해야겠군, 이 경주에서 이기려면 말이지. 아무튼 지금까지 여기 온 사람들 중에 이 사람보다 더 빨리 달린 자를 나는 본 적이 없소.' 그들은 두 번째 경주를 시작했고, 이번에도 후기가 골인 지점에 들어와 돌아서 보니, 탈피는 화살 사정거리만큼이나 멀리 있었다. 우트가르드로키가 말했다. '내 생각에 탈피가 뛰어난 달리기 선수이기는 하지만, 지금 이 경주에서 이길 것 같지는 않소. 세 번째 시합을 하면 확실히 드러날 것이오.' 그래서 그들은 한 번 더 달렸다. 후기가 목표 지점에 도착해 돌아섰을 때 탈피는 채 절반도 달리지 못했다. 승부는 결정되었다고 모두 말했다.

그런 다음 우트가르드로키는 자신들에게 보여 주고 싶은 또 다른 능력이 있냐고 토르에게 물으면서 토르의 활약상에 관한 이야기들이 많이 퍼져 있더라고 덧붙였다. 그러자 토르는 마시기 시합을 해 보고 싶다고 말했다. 우트가르드로키는 그렇게 하자고 말한 뒤 회관으로 들어가 신하를 불렀다. 그러고는 신하들이 마시는 짐승의 뿔로 만든, 벌주용(罰酒用) 잔을 가져오게 했다. 신하가 잔을 가져와서 토르의 손에 쥐여 주었다. 우트가르드로키가 말했다. '이 잔을 한번에 다 비우면 잘 마시는 것이고, 몇몇 사람은 두 번에 비우기도 하오. 하지만 세 번으로도 다 비우지 못할 만큼 형편없는 사람은 없소.' 토르가 그 뿔잔을 보았다. 아주 크지는 않지만 꽤 길어 보였다. 그때 그는 갈증이 심해서 마시기 시작했다. 그는 벌컥벌컥 마시면서 뿔잔에 자주 고개를 숙이지 않아도 되리라 생각했다. 그리고 숨이 차서 잔을 내려놓았을 때 자신이 얼마나 마셨는지 살펴보았다. 하지만 별로 달라진 게 없었는데, 잔 속의 물은 이전에 비해 아주 조금밖에 줄어들지 않은 것 같았다.

그러자 우트가르드로키가 말했다. '잘 마시긴 하지만 대단한 건 아니군. 아사토르가 더 마실 수 없다는 얘기를 듣는다면 나는 그 말을 못 믿겠소. 나는 그대가 두 번째엔 잔을 다 비울 것으로 알고 있소.' 토르는 대답하지 않고 잔을 입에 대며 이제 자신이 더 많이 마시게 될 것이라고 믿었다. 그는 숨이 찰 때까지 힘껏 마셨다. 그런 다음 보았지만 마음에 들 정도로 잔 끝이 많이 드러나 보이지 않았다. 그가 입에서 잔을 떼고 속을 들여다보니 첫 번째와 비교해 아주 조금밖에 줄어들지 않은 것 같았다. 뿔잔의 가장자리가 겨우 보일 정도였다. 그러자 우트가르드로키가 말했다. '토르, 어찌 된 일이오? 다음 한 번에 다 마시기엔 너무 많이 남지 않았소? 이번 세 번째에 잔을 비운다면, 이번이 가장 많이 마신 양이 될 것 같군. 여기서 보여 준 것보다 더 나은 것을 다음 시합에서 보여 주지 못하면, 우리는 그대를 아스 신들이 부르는 것만큼 위대한 남자로 생각할 수 없소.' 이에 토르가 분노해서 잔을 입에 대고 열심히 마셨다. 그는 아주 애써서 마셨다. 그가 잔 안을 들여다보니 처음으로 어떤 차이가 나타났다. 그러고 나서 그는 잔을 내려놓고 더 이상 마시려 하지 않았다.

그러자 우트가르드로키가 말했다. '그대는 우리가 생각했던 것만큼 그렇게 세지 않군. 그래도 다른 실력을 또 입증해 보이고 싶소? 그대가 여기서 아무것도 성공하지 못한다는 것을 사람들은 이제 알 것이오.'

토르가 답했다. '난 시합을 더 할 수 있소. 그렇게 마신 것을 조금 마셨다고 한다면 고향의 아스 신들에게는 이상하게 보일 것 같소. 이제 내게 무슨 시합을 또 제시할 것이오?'

그러자 우트가르드로키가 말했다. '이곳에선 젊은이들이 내 고양이를 바닥에서 들어 올리는 시합을 하곤 하오. 그리 대단한 일이 아니라고 할 수 있소. 하지만 생각했던 것보다 그대가 훨씬 더 별 볼일 없는 인사라는 사실을 내가 알게 되지 않았더라면, 아사 토르 그대에게 이런 이야기를 할 수는 없었을 것이오.'

이어서 커다란 회색 고양이 한 마리가 회관 중앙으로 뛰어 들어왔다. 토르가 그 고양이에게 가서 양손으로 고양이 몸뚱이 가운데를 감싸고 높이 들어 올렸다. 그러나 고양이는 토르가 팔을 뻗어 움직이는 대로 등을 쭉 구부렸다. 그가 할 수 있는 한 팔을 길게 뻗어 힘껏 들어 올렸을 때, 고양이 다리 하나가 바닥에서 떨어져 올라갔다. 하지만 그게 이 시합에서 토르가 할 수 있었던 것 전부였다.

그러자 우트가르드로키가 말했다. '시합은 내 예상대로 끝났군. 고양이가 상당히 크기는 하지만, 토르가 여기 있는 우리 거인들에 비하면 작고 보잘것없다는 얘기지.'

토르가 말했다. '너희들, 내가 그렇게 약하다고 말하려거든 누구든 나와서 나랑 대결하자. 지금 나 화났다.'

그러자 우트가르드로키가 좌석을 둘러보고는 말했다. '그대와 시합하는 것을 불명예로 생각하지 않을 사람이 이 안에는 없는 것 같소.' 그러면서 덧붙였다. '우선 찾아볼 여유를 주게! 나이 든 나의 유모 엘리를 불러와라. 토르가 원한다면 그녀와 겨루어도 좋다. 엘리는 남자들을 이미 여럿 쓰러뜨린 적이 있는데, 그들이 토르보다 약하다고 생각되지는 않는다.'

그런 다음 노파 한 사람이 회관으로 들어왔다. 우트가르드로키가 그녀에게 토르와 씨름을 한판 하라고 말했다. 이에 관해서는 더 이상 얘기할 것이 없다. 대결은 토르가 애써 넘어뜨리려 하면 할수록 그녀는 더욱더 꿋꿋하게 버티고 서는 양상으로 진행되었다. 그러다 노파가 살짝 피하려 하자 토르의 두 다리가 휘청거렸다. 아주 격렬한 대결이 진행되었으나 오래 지속되지는 않았고, 결국 토르가 한쪽 무릎을 꿇고 말았다. 그때 우트가르드로키가 시합을 중지시켰다. 그러고는 토르가 더 이상 그의 신하들에게 도전할 수는 없다고 말했다. 그사이 밤이 되었다. 우트가르드로키가 토르와 그의 일행에게 잠자리를 제공했고, 그들은 그 밤을 보내며 좋은 접대를 받았다.

47. 우트가르드로키의 마법에 홀렸던 토르

아침이 밝자 토르와 그의 일행은 일어나 옷을 입고 출발 채비를 했다. 그때 우트가르드로키가 와서 그곳에 아침 식사를 가져오도록 했다. 훌륭한 접대였고 음식이며 음료 모두 부족함이 없었다. 그들은 식사를 마치고 출발하려 했다. 우트가르드로키가 그들을 배웅하여 성 밖으로 한동안 따라 나왔다. 그는 작별 인사를 하면서 토르에게 이번 여행이 어떠했는지, 자신보다 더 강한 자를 만난 적이 있는지 물었다. 토르는 자신이 그들을 만나 결코 큰 수모를 겪지 않았다고는 말하지 않을 것이며, '당신들이 나를 약한 남자로 부르리라는 것을 알고 있다. 그것이 불만이다'라고 말했다.

그러자 우트가르드로키가 말했다. '그대가 성 밖으로 나왔으니 이제 진실을 말해 주겠소. 내가 살아 있어 어떤 결정을 내릴 수 있는 한, 당신은 이 성으로 다시 들어올 수 없을 것이오. 당신이 얼마나 센지 내가 미리 알았더라면 분명히 성안에 들이지 않았을 것이오. 당신이 들어와 우리는 아주 위험한 상황에 빠질 뻔했소. 하지만 내가 마법으로 당신을 속였소. 내가 당신들을 처음 만난 것은 숲에서였소. 당신이 아무리 애써도 식량 배낭을 풀지 못했던 것은, 내가 그전에 철사로 묶어 두었기 때문이오. 그다음에 당신은 나를 큰 망치로 세 번 내리쳤는데 첫 번째가 제일 약했소. 하지만 그 충격은 제대로 맞았더라면 내가 죽었을 정도였소. 당신은 내 회관 근처에 산이 하나 있고 거기에 사각형의 골짜기 셋이 있는데, 그중 하나가 특히 깊은 것을 보았을 것이오. 그것들이 당신의 대형 망치에 맞은 자국들이오. 당신이 내 머리를 내리칠 때 내가 그 산을 밀어 막았지만 당신이 알아채지 못했던 것이오. 당신의 일행이 내 신하들과 겨룬 시합에서도 그랬소. 로키가 처음 시합을 했소. 그는 무척 배가 고팠고 그래서 빨리 먹어 치웠소. 그러나 로기라는 자는 사실 거친 불길이었소. 그래서 고기뿐 아니라 큰 함지박까지 재빨리 불태워 버렸던 것이오. 또 탈피와 경주를 벌인 후기는 내 생각이었소. 그래서 탈피는 내 생각보다 더 빠를 수가 없었던 것이오. 당신이 뿔잔에 든 물을 마셨지만 당신의 눈에는 조금도 줄어들지 않은 것처럼 보였을 것이오. 사실 나는 그게 놀랄 일이 아니라는 것을 알고 있소. 그것이 가능하리라고 믿을 수 없었던 것이오. 뿔잔의 다른 쪽 끝이 바깥의 바닷속에 잠겨 있었는데, 당신이 보질 못했던 것이오. 지금 바다로 나가면 당신이 얼마나 많이 마셨는지 확인할 수 있소. 그때 줄어든 물을 지금 썰물이라고 부른다오.'

그가 계속해서 말했다. '당신이 내 고양이를 들어 올린 것도 내게는 결코 사소한 일이 아니었소. 솔직히 말하자면, 당신이 고양이의 한쪽 발을 바닥에서 들어 올리는 모습을 보고 모두 경악했소. 그 고양이는 육지를 둘러싸고 있는 미드가르드 뱀이었소. 거리가 충분치 않아서 꼬리와 머리가 대지에 닿아 있소. 그런데 당신은 하늘 높이 양손을 활짝 뻗어 들어 올렸소. 씨름 시합에서도 아주 놀라운 일이 벌어졌는데, 당신이 엘리와 겨루면서 그토록 오랫동안 버티고 있다가 한쪽 무릎만 꿇었던 일이 그렇소. 왜냐하면 누구나 나이 들어 늙게 되면 세월에 쓰러지는 일을 당할 수밖에 없고 앞으로도 그럴 것이기 때문이오.* 하지만 이제 진실을 말하자면, 우리는 헤어져야 하고 그대들이 더 이상 나를 만나지 않는 것이 서로에게 나을 것이오. 나는 다음번에도 내 성을 이런저런 속임수로 숨길 것이고, 그래서 당신들이 나를 통제하는 일은 없을 것이오.'

토르가 그 말을 듣고 순간적으로 자신의 대형 망치를 잡고 휘둘러 가격하려 했지만 우트가르드로키는 어디에도 없었다. 그래서 토르는 성을 파괴하려고 몸을 돌렸다. 그러나 그곳에는 반짝이는 넓은 들판밖에 보이지 않았다. 성은 어느새 사라지고 없었다. 결국 그는 돌아서서 자신의 여행을 계속하여 트루드방으로 되돌아왔다. 사실대로 말하면, 그는 미드가르드 뱀을 만날 결심을 했는데, 나중에 그런 일이 일어났다. 토르의 이번 여행에 관해 그대에게 더 많은 진실을 들려줄 사람은 아무도 없을 것이다."

48. 토르의 괴물 뱀 외르문간드 낚시

그러자 강글레리가 말했다. "우트가르드로키가 강력하긴 한데, 속임수와 마법을 능숙하게 잘 쓰는군요. 하지만 대단한 힘을 지닌 신하들을 거느리고 있다는 점에서 그 자신이 중요한 인물이라는 사실은 인정할 수 밖에 없겠습니다. 그런데 토르가 이 일에 대해 복수하진 않았나요?"

하르가 답했다. "토르가 방금 얘기한 그 여행을 만회했다는 사실은, 전문가들이 아니라 해도, 사람들이 잘 알고 있다. 토르는 집에 오래 머물지 않고 곧 염소가 끄는 수레도, 수행원도 없이 여행 떠날 준비를 했다. 그는 젊은이처럼 하고 미드가르드를 지나, 어느 날 저녁 휘미르라는 거인의 집에 도착했다. 그곳에서 토르는 하룻밤을 묵었다. 날이 밝자 휘미르가 일어나 옷을 입고 바다로 노를 저어 고기 잡으러 갈 채비를 하자 토르가 벌떡 일어나 곧바로 준비했다. 그런 후 자기도 함께 바다로 노를 저어 가도록 해 달라고 부탁했다. 그러나 휘미르는 토르가 키도 크지 않고 나이도 젊어서 별 도움이 되지 않을 것이라고 말했다. '그리고 나는 오랫동안 밖에서 지내는데, 그러면 그대는 몸이 꽁꽁 얼 것이다.' 하지만 토르는 자신이 육지에서 멀리까지 노를 저어 갈 수 있으며, 휘미르가 먼저 되돌아가자고 할지도 모르는 일이라고 말했다. 그러면서 화가 치밀어 대형 망치로 거인을 당장 쳐 죽일까 하는 생각도 했다. 그러나 자신의 힘을 다른 곳에서 사용할 생각에 그만두었다.

토르가 휘미르에게 무엇을 미끼로 쓸 것인지 묻자, 그는 토르에게 직접 마련해 보라고 했다. 토르는 휘미르가 키우는 황소 떼가 있는 곳으로 갔다. 그는 거기서 히민흐료드(하늘로 소리 지르는)라는 제일 큰 황소의 머리를 뜯어 내, 그걸 갖고 바닷가로 나갔다. 휘미르는 그곳에서 벌써 배를 띄워 놓고 있었다. 토르는 뱃전에 올라 선미(船尾)에 앉았다. 그는 노를 두 개 들고 저었다. 그러나 휘미르는 자신이 젓는 한 개의 노의 힘으로 자신들의 배가 움직이고 있다고 생각했다. 그는 뱃머리 꼭대기에 앉아 노를 빨리 저었다. 그리고 얼마 후 그는 자신이 평소에 넙치를 잡곤 하던 곳에 자신들이 도착했다고 말했다. 그러나 토르는 더 멀리 나가고 싶다고 말했다. 그래서 그들은 계속 빠른 속도로 나아갔다. 마침내 휘미르는 자신들이 아주 멀리 배를 타고 나왔으며, 그래서 미드가르드 뱀 때문에 여기 먼바다에 나와 있는 것이 위험하다고 말했다. 그러나 토르는 한참 동안 노를 더 저어 나가고 싶어 했고 실제로 그렇게 했다. 그 때문에 휘미르는 기분이 몹시 안 좋았다.

토르는 노를 올려놓고 상당히 튼튼한 낚싯줄을 준비했는데, 낚싯바늘 갈고리는 그보다 삭지도 약하지도 않았다. 그는 낚시 갈고리에 황소 머리를 꿰어 뱃전 너머로 던졌다. 낚시 갈고리는 바닥으로 미끄러져 내려갔고, 진실을 말하자면, 그때 토르는 우트가르드 로키가 그에게 양손으로 미드가르드 뱀을 높이 들어 올리도록 해서 그를 바보로 만들었던 때 못지않게 그 뱀을 농락했다. 미드가르드 뱀은 황소 머리를 덥석 물었고 낚싯바늘 갈고리가 뱀의 입천장에 박혔다. 그러자 뱀이 격렬하게 요동쳤고, 낚싯줄을 쥔 토르의 두 주먹이 뱃전 벽에 쿵쿵 부딪혔다. 토르는 분노가 치밀었다.

미드가르드의 뱀 외르문간드와 싸우는 토르,
요한 하인리히 푸즐리(Johann Heinrich Fussli), 1788년.

그러자 그에게 아스 신의 힘이 배가되었다. 그는 힘껏 버텼는데 그러다 보니 그의 두 발이 뱃바닥을 뚫고 바다 밑바닥에 닿게 되었다. 결국 그는 뱀을 뱃전까지 끌어 올렸다. 하지만 이것은 말해야만 하겠는데, 토르가 꿰뚫는 듯한 눈초리로 뱀을 쏘아보고, 뱀이 아래서 위로 노려보며 독을 내뿜는 광경을 볼 수 없었던 자는 모두 그렇게 공포스러운 광경을 경험하지 못한 것이라고 할 것이다. 전해지는 바에 따르면, 거인 휘미르는 그 뱀을 보고, 또 배 안으로 바닷물이 휩쓸려 들어왔다 나가곤 하는 장면을 보고 공포에 떨며 안색이 바뀌고 창백해졌다고 한다. 토르가 대형 망치를 쥐고 휘두르려는 순간, 거인은 미끼 손질용 칼로 뱃전 벽에 뻗어 있던 토르의 낚싯줄을 끊어 버렸다. 그 바람에 뱀이 바다로 가라앉자 토르가 대형 망치를 던졌다. 사람들은 토르가 바다 물결 아래에 있는 뱀의 머리를 맞혔다고들 말한다. 그러나 내가 그대에게 말하건대, 미드가르드 뱀은 아직 살아서 큰 바닷속에 누워 있다고 생각한다. 토르는 휘미르의 귓전에 주먹을 날려 버렸고, 그래서 거인은 배 밖으로 곤두박질쳤으며 그의 발바닥만 보였다. 토르는 걸어서 육지로 나왔다."

49. 발드르의 죽음

강글레리가 물었다. "아스 신들에게 일어난 사건들이 또 있습니까? 그 여행에서 토르는 대단한 영웅적 위업을 달성했군요."

하르가 말했다. "아스 신들에게는 좀 더 불길한 사건에 대해 이야기해야겠구나. 이야기의 시작은 이렇다. 선한 자 발드르는 어찌나 격렬한 꿈들을 자주 꾸었는지 생명의 위협을 느낄 정도였다. 그가 이런 꿈들에 대해 이야기하자, 아스 신들이 함께 모여 의논한 결과, 온갖 위험스러운 것들로부터 발드르의 안녕에 대한 약속을 받기로 결의했다. 프리그는 발드르를 해치지 않겠노라는 서약을 불과 물, 철과 모든 종류의 금속, 돌, 땅, 나무, 질병, 짐승, 새, 독, 뱀에게서 받았다. 이 서약이 이루어지고 널리 공포된 후에, 발드르와 아스 신들이 즐기는 행사가 벌어졌다. 발드르가 군중 앞에 섰다. 그리고 어떤 자들은 쏘고, 어떤 자들은 치고, 어떤 자들은 돌을 던졌다. 하지만 어떤 경우에도 발드르는 조금도 상처를 입지 않았으니, 모두에게 이것은 아주 잘된 일이라고 생각되었다.

라우페이의 아들 로키는 발드르가 상처를 전혀 입지 않는 점이 못마땅했다. 그래서 여자로 변장하고 펜살리르의 프리그를 찾아갔다. 프리그가 아스 신들이 집회에서 무얼 하고 있었는지 아느냐고 여자에게 물었다. 모두 무언가로 발드르를 공격했지만, 그는 전혀 상처를 입지 않더라고 여자가 대답했다.

그러자 프리그가 말했다. '어떤 무기나 나무도 발드르를 해치지 못하지. 내가 그것들 모두에게서 서약을 받아 냈거든.'

여자가 물었다. '발드르를 해치지 않겠노라 모두 서약했다고요?'

프리그가 대답했다. '발할 서쪽에 겨우살이 가지라고 부르는 여린 나뭇가지가 자라고 있는데, 그것에게서는 서약을 받지 않았다. 너무 어려 보였거든.' 그 얘기를 들은 여자는 곧바로 그 자리를 떠다. 그리고 서쪽으로 가서 겨우살이 가지를 잡아 꺾어 들고 연회가 벌어지는 곳으로 왔다. 거기에는 장님 회드가 빙 둘러선 무리들 밖에 서 있었다. 그도 그럴 것이 그는 장님이었던 것이다.

로키가 그에게 물었다. '왜 발드르에게 쏘지 않습니까?'

그가 답했다. '발드르가 어디 있는지 볼 수 없는 데다 내겐 무기도 없으니까.'

그러자 로키가 말했다. '다른 사람들이 하는 것처럼 해 보세요. 그들처럼 발드르에게 경의를 표해 보세요. 제가 발드르가 어디에 서 있는지 가르쳐 드릴게요. 그때 이 가지를 그에게 던지세요.' 회드는 겨우살이 가지를 받아 로키의 안내에 따라 발드르를 향해 던졌다. 그런데 그것이 날아가 발드르를 관통했고, 그는 땅에 쓰러져 죽었다.

신들과 인간들은 엄청난 슬픔과 고통에 잠겼다. 발드르가 쓰러졌을 때, 아스 신들은 아무 말도 할 수 없었고, 그를 일으키기 위해 누구 하나 손을 들어 올릴 수도 없었으며, 서로 쳐다보기만 했다. 누가 이런 짓을 했는지에 관해서는 모두 다 같은 의견이었다. 그러나 누구도 그에 대해 복수할 수 없었다. 그곳은 너무도 평화스러운 성소였기 때문이다. 아스 신이 입을 열어 말하려고 했지만 처음에는 울음만 터져 나올 뿐이었다. 그래서 아무도 자신의 슬픔을 다른 자들에게 말로 표현할 수 없었다. 그중에서도 가장 큰 충격을 받은 이는 오딘이었으니, 그는 발드르의 죽음이 아스 신들에게 얼마나 큰 재앙이고 상실인지를 가장 잘 알았기 때문이다.

신들이 겨우 정신을 차렸을 때, 프리그가 말했다. 아스 신들 중

발드르의 죽음, 크리스토페르 빌헬름 에케르스베르(Christoffer Wilhelm Eckersberg), 1817년.

에 말을 타고 헬로 가서 발드르를 찾아, 그의 몸값을 제공하고 아스가르드로 다시 데려옴으로써 그녀의 모든 사랑과 은혜를 얻을 이는 없는지 물었다. 이 여행에 적합한 자는 오딘의 아들, 용감한 헤르모드였다. 사람들이 오딘의 말 슬레이프니르를 가져와 앞에 세웠고, 헤르모드는 그 말을 타고 출발했다.

한편 아스 신들은 발드르의 사체를 바닷가로 옮겼다. 발드르의 배는 흐링호르니(링호른)로, 배들 중에서 아주 컸다. 신들은 배를 띄우고 발드르를 그 위에서 화장하려 했지만, 배를 움직일 수 없었다. 그들은 거인 나라로 심부름꾼을 보내 여자 거인 휘록킨을 불러왔다. 그녀는 독사들을 고삐 삼아 늑대를 타고 달려왔다. 그녀가 늑대의 등에서 내리자, 오딘은 네 명의 베르세르커를 불러 그 늑대를 지키게 했다. 하지만 그들은 늑대를 단단히 붙잡고 있을 수 없게 되자 때려눕혀 버렸다. 그사이 뱃머리로 간 휘록킨이 한 번에 배를 살짝 밀쳤는데, 배 밑에 놓아둔 굴림대에서 불꽃이 튀고 땅이 흔들렸다. 토르가 격분해서 대형 망치를 손에 쥐었으니, 신들이 모두 공격하지 말라고 부탁하지 않았다면 그녀의 두개골은 이내 부서져 버렸을 것이다. 발드르의 사체가 배에 실렸다. 그런데 발드르의 아내인, 네프의 딸 난나는 그것을 보고 슬픔에 겨워 심장이 터져 죽었다. 그녀도 장작더미 위로 옮겨졌고, 장작에 불이 붙었다. 토르가 곁에 서서 묠니르를 들고 장례 치르는 곳을 정화하는 의식을 진행했다. 그때 리트라는 난쟁이가 그의 발 앞을 달려 지나갔다. 토르가 그를 발로 밟아 불 속으로 걷어차 버렸고, 난쟁이는 불에 타 죽었다.

모든 종족이 이 화장 의식에 참석했다. 처음에 오딘이 프리그와 함께 왔고, 발퀴리들과 오딘의 까마귀들이 수행했다. 프레이르는 굴린보르스티(황금 털) 또는 슬리드루그탄니(면도날 같은 치아)라고 부르는 수퇘지가 끄는 수레를 타고 왔다. 헤임달은 굴톱이라는 말을 타고 왔으며, 프레이야는 고양이들이 끄는 수레를 타고 왔다. 서리 거인과 산악 거인들도 많이 왔다. 오딘은 드라우프니르라는 황금 팔찌를 장작더미 위에 올려놓았다. 이 팔찌는 9일째 밤마다 똑같은 팔찌를 여덟 개씩 만들어 내는 특성이 있다. 재갈과 고삐를 모두 갖춘 발드르의 말도 장작더미 위로 옮겨졌다.

한편 헤르모드에 대해 말하자면, 그는 9일 밤 동안 아무것도 보이지 않는 검고 깊은 계곡들을 말 타고 달렸다. 이윽고 굘 강에 이르러 굘 다리를 건넜다. 그 다리는 빛나는 황금으로 덮여 있었으며, 모드구드라는 처녀가 다리를 지키고 있었다. 그녀는 그의 이름과 출신을 물은 뒤, 그 전날에 죽은 자 다섯 무리가 다리를 건넜다고 말했다. 그리고 물었다. '당신은 혼자인데도 그보다 더 큰 울림 소리가 다리에서 나는구려. 그대는 죽은 사람 같지 않은데 왜 헬로 가는 길을 달리고 있는가?'

그가 대답했다. '나는 발드르를 찾아 헬로 가는 중이오. 혹시 이 길을 지나가던 발드르를 보았소?'

그녀는 발드르가 굘 강의 다리를 건너간 적이 있다고 말하면서, '헬로 가는 길은 아래쪽 북쪽이다'라고 말했다.

헤르모드는 헬을 둘러싼 울타리에 도착하자 말에서 내려 말의 복대(腹帶)를 조인 후 다시 말에 올라 박차를 가했다. 말은 굉장한 힘으로 치솟아 울타리를 넘어 멀리 착지했다. 그는 곧바로 회관까지 말을 달려 도착한 후 말에서 내려 걸어 들어갔다. 그리고 그곳에서 형제 발드르가 명예로운 자리에 앉아 있는 것을 보았다. 헤르모드는 그날 밤 그곳에서 머물렀다.

아침이 밝아 오자 그는, 발드르가 자신과 함께 집으로 가도록 해 달라고 헬에게 요청하며, 아스 신들의 슬픔이 굉장히 크다고 말했다. 그러나 헬은 '그렇게 말하는 것처럼' 정말 발드르가 사랑받고 있는지 알아봐야겠다고 하면서 '세상의 모든 생명체와 죽어 있는 모든 것들이 발드르를 위해 울어 준다면 그는 아스 신들에게 되돌아갈 수 있다. 그러나 어느 누구라도 이의를 제기하거나 그를 위해 울지 않으려 하면, 발드르는 헬에 계속 남아 있을 것이다'라고 말했다. 그 말을 들은 후에 헤르모드는 일어났고, 발드르가 배웅하러 회관 밖으로 나왔다. 발드르는 드라우프니르 팔찌를 오딘에게 기념으로 전해 달라고 했고, 난나는 프리그에게 다른 선물들과 함께 스카프 혹은 손수건을 선물하며, 풀라에게는 금반지를 전해 달라고 했다. 헤르모드는 갔던 길을 되돌아 아스가르드로 와서, 자신이 보고 들은 모든 일들을 말했다.

아스 신들은 곧바로 온 세상에 사자들을 파견하여 발드르가 헬에서 벗어나 돌아올 수 있도록 울어 달라고 요청했다. 그래서 모든 인간과 다른 생명체 그리고 지상의 돌·나무·금속과 같은 것들이 모두 그렇게 했으니, 이런 물건들이 서리 맺혀 있다가 온기를 받을 때 우는 모습을 보아도 알 수 있을 것이다. 전령들은 임무를 수행하고 돌아오는 길에, 동굴 속에 앉아 있는 여자 거인을 보았다. 그녀의 이름은 퇴크였다. 그들은 그녀에게 발드르가 헬에서 돌아올 수 있도록 울어 달라고 했다. 그러자 그녀가 답했다.

50 퇴크는 발드르가 한 줌 재로 돌아간 것에 대해
    울더라도 눈물을 흘리지 않을 것이다.

    그 늙은이의 아들이
    살아 있든 죽어 있든
    거기서 내가 이득을 볼 건 하나도 없다.

    헬은 자신이 소유한 것을 계속 지켜야 할 것이다.

추측건대 바로 그곳에 있던 자는 라우페이의 아들 로키였으니, 그는 아스 신들 중에서 가장 사악한 짓을 했던 것이다."

50. 로키의 처벌

그러자 강글레리가 말했다. "로키는 아주 많은 일을 저질렀군요. 처음엔 발드르가 살해되도록 하는 죄를 저질렀고, 다음에는 발드르가 헬에서 풀려나지 못하도록 막았네요. 이에 대해 그는 어떤 처벌을 받았습니까?"

하르가 말했다. "그는 오랫동안 고통스러운 벌을 받게 되었다. 그에 대한 신들의 분노가 커지자 그는 산으로 도망가서 숨었다. 거기서 그는 문이 네 개인 집을 짓고 사방으로 밖을 경계했다. 낮에는 종종 연어로 변하여 프라낭그르스포르스(프라낭그르 폭포)라는 곳에 몸을 숨겼다. 그는 폭포 안에 숨은 자신을 잡기 위해 아스 신들이 무슨 꾀를 낼 것인지 곰곰 생각했다. 그는 집 안에 앉아 아마로 된 실로 매듭을 지어 만들고 ─이것이 오늘날 그물의 기원이 되었다 ─있었다. 그 앞에는 불이 타오르고 있었다. 그때 그는 멀지 않은 곳에서 아스 신들이 다가오고 있는 것을 알았다. 오딘은 이미 흘리드스칼프에서 로키가 어디에 있는지 알고 있었던 것이다. 로키는 즉시 뛰쳐 일어나 불 속에 그물을 던져 넣고 밖으로 나와 강물로 달려 들어갔다.

  아스 신들이 도착했을 때 맨 먼저 집 안으로 들어간 아는 그들 중에서 가장 현명한 크바시르였다. 그는 그물이 타고 있던 자리에 남은 불 속의 재를 보고, 그것이 틀림없이 물고기를 잡는 도구라고 생각하여 아스 신들에게 그렇게 말했다. 그러자 그들은 즉시 불에 타고 남은 재의 모양을 본떠 로키가 만든 그물을 만들었다. 그물이 완성되자, 아스 신들은 강으로 가서 폭포 속에 던졌다. 토르가 그물 한쪽 끝을 잡고, 나머지 아스 신들이 다른 쪽 끝을 잡고 그물을 끌었다. 로키는 그물을 빠져나가 두 개의 돌 사이에 누워 있었다. 그들은 그의 위로 그물을 끌면서 무엇인가 앞에서 움직이고 있다는 것을 알아챘다. 두 번째로 폭포를 향해 올라가면서 그물을 활짝 던졌다. 그들은 어떤 것도 그 밑에서 빠져나갈 수 없게 무거운 것을 매달았다. 로키는 앞쪽에서 헤엄쳐 가다가 바다가

로키와 시귄, 『운문 에다』에 수록된 모르텐 에스킬 빙에(Mårten Eskil Winge)의 그림, 1863년 .

얼마나 가까이 있는지 살펴보고는, 그물 줄 위로 튀어 올라 서둘러 폭포로 올라가려 했다. 아스 신들은 로키가 어디 있는지 알고 역시 달려 올라가면서 그들의 무리를 둘로 나누었다. 토르가 강 중앙을 따라 거칠게 걷고, 나머지는 바다 쪽으로 달려갔다. 그때 로키는 탈출 수단이 두 가지밖에 없다는 것을 알았다. 목숨을 걸고 바다로 튀어 나가는 것과, 다시 한 번 그물을 뛰어넘는 것이었다. 그는 후자를 택하고, 힘껏 그물 위로 뛰어올랐다. 토르가 손을 뻗어 로키를 잡으려 하자 그 물고기는 토르의 양손 사이를 빠져나가려 했고 그 순간 토르가 꼬리를 붙잡았다. 연어의 꼬리 쪽이 날씬한 것은 이런 연유 때문이다.

이제 로키는 잡혀서 안전을 기약할 수 없게 되었다. 그는 동굴로 끌려갔다. 거기서 아스 신들은 넓적한 바위 세 개를 가져다 모서리를 맞춰 쌓고 그것들을 관통하는 구멍을 하나 뚫었다. 그런 다음 로키의 아들, 발리와 나리 혹은 나르피를 잡아와서는 발리를 늑대로 변신시켜 형제인 나르피를 찢어발기도록 했다. 그들은 나르피의 창자들을 가지고 로키를 날카로운 세 바위에 묶었다. 그리고 창자 줄 하나는 어깨 아래에, 두 번째 창자 줄은 허리 아래에, 세 번째 것은 무릎 뒤 오금 아래에 묶었다. 그러자 창자들이 쇠사슬로 변했다. 그런 다음 스카디가 독사를 한 마리 가져와 로키의 위에 고정시켰다. 그래서 그 독사의 독이 로키의 얼굴에 뚝뚝 떨어졌다. 로키의 아내 시귄이 그 옆에 서서 대야를 받쳐 떨어지는 독액을 받아 냈다. 그릇이 다 차면, 그녀는 다른 쪽으로 가서 독액을 비워 냈다. 하지만 그 와중에도 독액은 로키의 얼굴에 뚝

뚝 떨어졌다. 그러면 로키가 어찌나 심하게 요동을 치는지 대지가 온통 흔들렸다. 사람들은 이것을 지진이라고 했다. 그곳에서 그는 라그나뢰크 때까지 묶인 채 누워 있다."

51. 라그나뢰크

이에 강글레리가 말했다. "라그나뢰크는 무엇을 말하는 것이지요? 저는 그것에 관해 들어 본 적이 없습니다." 하르가 말했다. "그것에 대해서는 얘기할 만한 중요한 사건들이 많다. 먼저 '무시무시한 겨울'이 닥친다. 그런 다음 눈이 하늘 사방에서 내리고, 강력한 서리와 매서운 바람이 지배할 것이다. 태양은 더 이상 세상을 비추지 않는다. 그런 겨울이 연달아 세 번 오지만, 그 중간에 여름은 없다. 하지만 그전에 온 세상에서 살육이 난무하는 참상이 뒤따르는 세 번의 다른 겨울이 있을 것이다. 탐욕에 눈이 멀어 형제들이 서로 죽이는데, 살육과 친·인척 살해에서 부모나 자식을 지키는 이는 아무도 없을 것이다. 「무녀의 예언」에서 말했다.

51 형제들이 서로 싸워
   서로를 죽이고

   누이의 자식들이
   친·인척 관계를 파괴할 것이다.

사람들은 고난에 휩싸일 것이고

많은 가정이 깨지고
도끼의 시대와 검의 시대가 있고,
방패들이 쪼개질 것이다.

바람의 시대와 늑대의 시대도 있을 것이다,
세계가 파멸하기 전에.

그다음에 굉장한 사건이 일어나니, 늑대가 태양을 삼켜 버려 인간에겐 대재앙으로 느껴진다. 그런 다음 또 다른 늑대가 달을 잡아서 마찬가지로 커다란 해악을 끼칠 것이다. 별들이 하늘에서 사라질 것이다. 이런 일들이 벌어지는 가운데 산을 비롯한 대지가 진동하여 나무들이 모두 뿌리 뽑혀 쓰러질 것이다. 산맥이 붕괴하고, 모든 사슬과 결박들이 끊기고 뜯길 것이다. 그때 늑대 펜리르가 풀려날 것이다. 바다가 육지로 범람하여 밀려 들이올 것이니, 미드가르드 뱀이 광분하여 요동을 치며 육지로 기어오르려 하기 때문이다. 또한 그때에 나글파르라고 부르는 배가 출항할 것이다. 이 배는 죽은 자의 손톱으로 만들어지기 때문에, 어떤 사람이 손톱을 깎지 않고 죽으면, 특히 조심해야 한다. 그자는 나글파르 배에 재료를 제공하는 셈이 되는데, 신과 인간들은 그 배가 완성되는 것을 바라지 않기 때문이다. 나글파르는 이 대홍수에 힘입어 운항하게 될 것이다. 나글파르의 선장은 흐림이라는 거인이다. 늑대 펜리르는 위턱이 하늘에, 아래턱이 땅에 닿을 정도로 입을 쩍 벌리고 질풍처럼 달려들 것이다. 그 늑대는 공간이 더 있다면 더 크게 아가리를 벌릴 것이다. 펜리르의 두 눈과 콧구멍에서는 화염이 뿜어져 나올 것이다. 미드가르드 뱀은 어찌나 많은 독을 내뿜는지 세상의 공기와 물이 온통 그 독으로 오염될 것이다. 그 뱀 역시 공포를 불러일으키며 펜리르와 나란히 서게 될 것이다.

하늘이 굉음을 내며 쪼개질 것이고, 거기서부터 무스펠의 아들들이 몰려올 것이다. 수르트가 앞뒤로 불길을 내뿜으며 앞장서 달려올 것이다. 그의 검은 아주 뛰어나서 태양보다 더 번쩍번쩍 빛난다. 이미 말했듯이, 그들이 말을 타고 달려 건너면 비프뢰스트 다리가 붕괴될 것이다. 무스펠의 아들들이 비그리드라는 평원으로 밀려들고, 늑대 펜리르와 미드가르드 뱀도 그곳으로 갈 것이다. 로키와 흐림 역시 모든 서리 거인족을 이끌고 그곳으로 갈 것이다. 헬의 모든 일족이 로키를 뒤따를 것이다. 무스펠의 아들들은 독자적으로 군대를 이룰 것이니, 그 군대는 아주 유명하다. 비그리드 평원의 넓이는 사방 백 마일 크기다. 이런 일들이 벌어지면 헤임달이 일어나 뿔 나팔 갈라호른을 힘껏 불 것이고, 신들은 모두 잠에서 깨어 공동 집회를 열 것이다. 그런 다음 오딘은 미미르의 샘으로 말을 타고 달려가, 자신과 그를 따르는 이들을 위해 미미르의 조언을 들을 것이다. 물푸레나무 위그드라실이 진동할 것이며, 하늘과 대지의 그 어떤 것도 공포에 떨지 않을 수 없을 것이다.

아스 신들과 모든 에인헤레르들은 무장을 갖춰 그 평원으로 나아갈 것이다. 황금 투구와 훌륭한 사슬 갑옷을 걸치고 궁니르라는 이름의 창을 든 오딘이 앞장서 말을 타고 달려갈 것이다. 그는 늑대 펜리르에게 달려갈 것이며, 토르가 그의 곁에 설 것이다. 하지만 그는 오딘을 도울 수 없으니, 그 자신이 미드가르드 뱀과 격렬하게 싸울 것이기 때문이다. 프레이르는 수르트와 맞붙어 격렬한 싸움 끝에 결국 쓰러지면서 자신의 명검을 스키르니르에게 주어 버린 것을 아쉬워하며 죽어 갈 것이다. 그 무렵 그니파헬리르(헬로 향하는 절벽 동굴) 앞에 묶여 있던 사냥개 가름도 풀려날 것이다. 가장 공포스러운 그 괴물은 튀르와 맞서며 서로를 죽일 것이다. 토르는 미드가르드 뱀을 죽이지만 아홉 걸음 정도만 더 걸을 수 있다. 왜냐하면 그 뱀이 뿜어 댄 독기에 쓰러져 죽기 때문이다. 그 늑대는 오딘을 삼켜 버릴 것이고, 그것이 오딘의 최후가 될 것이다. 그러나 그 즉시 비다르가 앞으로 돌진해, 한 발로 늑대의 아래턱을 밟을 것이다. 그가 신고 있는 신발은 모든 시간을 모아 만든 것이다. 또 그 신발은 사람들이 신발의 발가락 부분과 뒤꿈치 부분에서 잘라 낸 가죽 조각으로 만들어진다. 그러므로 아스 신들을 도우려는 의사가 있는 자는 그 조각들을 떼어 내야 한다. 비다르는 한 손으로 늑대의 위턱을 붙잡고 그 주둥이를 찢어 버릴 것이다. 이로써 늑대는 죽음을 맞이할 것이다. 로키는 헤임달과 맞붙어 싸우고, 결국 서로를 죽일 것이다. 수르트는 대지 위에 불을 던지고 그리하여 온 세상이 불에 탈 것이다. 「무녀의 예언」에 다음과 같이 얘기되고 있다.

신과 거인·괴물들 간의 전쟁, 프리드리히 빌헬룸 하이네(Friedrich Wilhelm Heine), 1882년.

52 헤임달은 뿔 나팔을 높이 들어
    큰 소리로 불 것이고,
    오딘은 미미르의
    머리와 의논할 것이다.

    물푸레나무 위그드라실은 떨고,
    그 오래된 나무가 육중한 소리를 낼 때
    거인들은 해방될 것이다.

53 아스 신들은 어떻게 될 것인가?
    엘프들은 어떻게 될 것인가?

    거인 나라 전체가 울린다.
    아스 신들은 모두 회의하러 간다.

    난쟁이들이 돌문 앞에서 신음하고,
    바위 벽의 현자들이여,
    그대들은 무얼 더 아는가?

54 흐룀이 동쪽에서 와
    방패를 앞에 높이 든다.

    외르문간드가 엄청난 분노로

요동을 칠 것이다.

그 뱀이 파도를 일으키고, 독수리가 울부짖는다.
초승달 창백한 빛의 그놈이
죽은 이의 몸을 찢을 것이다.
나글파르가 출항한다.

55 배 한 척 동쪽에서 오는데,
    무스펠의 사람들이
    바다를 건너오니
    로키가 선장이로구나.

    그곳의 거친 악한들이 모두
    늑대와 함께 오고
    뷜레이스트*의 형제를 그들이 데려온다.

56 수르트가 남쪽에서
    '나뭇가지의 파괴자(화염)'를 가지고 오니,

    전쟁의 신들의 검에서
    태양이 빛나고,

    바위들이 무너지며,

트롤 여자들이 넘어지고,

영웅들은 헬로 가는 길을 걷고,
하늘이 쪼개질 것이다.

57 그런 다음 흘린*에게
또 다른 고통이 엄습하니,

오딘이
늑대와 싸우기 위해 가고,

벨리*의 빛나는 살해자가
수르트와 맞서 싸울 때,

프리그가 사랑하는 자가
쓰러질 것이다.

58 늑대를 죽이기 위해
오딘의 아들이 올 것이니

비다르가
살인 동물을 붙잡고,

손에 든 칼로
흐베드룽의 아들(펜리르)의

심장을 찌르니,
아버지의 복수를 하게 되는 것이다.

59 흘뢰된(대지)의 유명한 아들(토르)이
뱀에게서 떨어져 쓰러져 죽어 가니,
장엄하네.

사람들은 모두
고향을 떠나야만 하네,

가득 찬 분노가 미드가르드의 수호자를
타격하기 때문이네.

60 태양은 어두워지고
대지는 바닷속에 가라앉으며,

하늘에서는
빛나던 별들이 추락하리.

화염과 연기가 맹렬하게 뿜어져 나와,

뜨거운 열기가

하늘까지 치솟을 것이다.

여기에 또한 덧붙이기를,

61   수르트와 자비로운 신들 사이에

전투가 벌어지는

평원의 이름은 비그리드라고 한다.

그곳의 넓이는 사방 백 마일의 크기,

그들을 위해 정해진 장소."

52. 죽은 자들의 세상

강글레리가 물었다. "세상이 온통 불타고, 신이 모두 죽고, 에인 헤레르와 인간 종족 전체가 죽고 나면 그 이후에는 어떻게 될까요? 전에 폐하는 인간이 누구나 어느 세상에서 영원히 살 것이라고 말하지 않았습니까?"

이 말에 트리디가 답했다. "좋은 거처도 많고 나쁜 거처도 많이 있다. 가장 좋은 것은 천상의 김레에 있다. 마시기를 좋아하는 자들을 위해 브리미르라는 건물에는 좋은 술이나 마실 것들이 넘치도록 있다. 그 건물은 오콜니르에 있다. 또 니다필(검은 산맥)*

에도 훌륭한 회관이 있다. 그것은 붉은 금으로 지어졌으니, 그 이름은 신드리라고 한다. 이 건물에는 성실하고 선한 사람들이 살게 될 것이다.

나스트뢴드(죽은 자들의 언덕)에는 큰 건물이 있는데, 사악하다. 그 건물의 문들은 북쪽으로 나 있고, 마치 격자 세공(格子細工) 건축물처럼 뱀의 등을 직물처럼 꼬아서 만들어져 있다. 뱀 머리가 모두 건물 내부를 향한 채 독을 내뿜고 있어서, 독액의 강이 건물을 따라 흐른다. 여기에 적혀 있는 것처럼, 맹세를 어긴 자들과 살인자들이 이 강을 걸어서 건너게 된다.

62　회관이 하나 내 눈에 보이니,
　　태양에서 멀리 떨어져 있고 나스트뢴드에 있는데,
　　문들이 북쪽으로 나 있네.

　　독 방울이 지붕 틈새로 떨어지고
　　건물은 뱀의 등을
　　엮어 만들었구나.

63　그곳에서 맹세를 어긴 자들과
　　살인자들은

　　그 힘든 강줄기를
　　건너가야 한다.

그러나 가장 안 좋은 곳은 흐베르겔미르이다.

64 거기에서 니드회그가
　　죽은 자들의 시체를 훼손한다."

53. 새로운 세상

그러자 강글레리가 물었다. "그때도 여전히 신들이 존재하는지요? 대지와 하늘이 그때에도 있습니까?"

하르가 답했다. "육지가 바다에서 솟아오르는데, 그것은 푸르고 멋진 모습일 것이다. 곡식이 저절로 자랄 것이다. 비다르와 발리가 살아 있을 것이니, 그들은 바다에 빠져 죽지도, 수르트의 화염에 불타 죽지도 않았기 때문이다. 그들은 전에 아스가르드가 있던 이다뵐(이다 평원)에서 살 것이다. 토르의 아들들인 모디와 마그니도 그곳으로 와 묠니르를 소유할 것이다. 그 뒤에 발드르와 회드가 헬에서 올 것이다. 그들은 모두 함께 앉아 얘기를 나눌 것이다. 또 그들의 비밀스러운 지식을 회상하고, 전에 있었던 사건들, 미드가르드 괴물 뱀과 괴물 늑대 펜리르에 대해 이야기할 것이다. 그리고 그들은 아스 신족이 소유했던 황금 판을 풀 속에서 발견할 것이다. 이것은 다음과 같이 전해지고 있다.

65 수르트의 불꽃이 꺼질 때

비다르와 발리는
신들의 성소에서 살 것이며,

모디와 마그니는
빙니르의 전투가 끝나면
토르의 묄니르를 소유할 것이다.

호드미미르라는 숲에는 리프와 리프트라시르라는 남녀가 수르
트의 불길로부터 몸을 숨기고 있을 것이다. 그들의 음식은 아침
이슬이다. 이들로부터 많은 인종이 퍼져 온 세상에 번창할 것이다.
다음과 같이 전해지고 있는 것처럼.

66 리프와 리프트라시르, 그들은
   호드미미르 숲에서
   아침 이슬을 먹으며 숨어 지내니,
   그들로부터 대대로 인간들이 퍼져 나가리라.

놀랍게도 태양은 자기 못지않게 아름다운 딸을 낳을 것이다. 그
딸은 어머니가 다니던 길을 운행할 것이다. 여기에 다음과 같이
얘기되고 있다.

67 엘프들의 광채(태양)는 펜리르에게 잡히기 전에
   딸을 하나 낳을 것이니, 예언자(신)들이 죽은 뒤

그녀는 어머니의 길을 마차로 다닐 것이다.

하지만 이제 그대가 더 물어볼 것이 있다 해도, 그대가 어디서 대답을 들을 수 있을지 나는 모르겠다. 왜냐하면 나는 이제껏 세상의 진행에 대해 누가 더 이상 얘기하는 것을 들어 본 적이 없기 때문이다. 그대가 들은 것을 이제 잘 활용하기를."

54. 홀림에서 깨어남

곧이어 강글레리는 주위에서 울려 퍼지는 엄청난 굉음을 듣고 그쪽을 살펴보았다. 그러나 주위를 돌아보니, 자신은 바깥의 편평한 들판에 서 있었고, 회관이며 성은 온데간데없었다.

그 후 그는 길을 찾아 자신의 왕국으로 돌아갔다. 그는 보고 들은 일들을 들려주었고, 이를 들은 사람들이 또 다른 사람들에게 이 이야기들을 전파했다.

아스족은 모여 앉아 대화를 나누고 의견을 나누면서, 전승된 이 이야기들을 모두 기억했다. 그들은 그곳에 있던 사람과 장소에, 이전에 불렸던 것과 같은 이름을 부여했다. 결국 시간이 많이 흘렀을 때 지금 전승되어 이야기되고 있는 아스 신들과 그들을 따라 같은 이름을 부여받은 아스족이 동일하다고 의심 없이 생각하게 되었다. 그곳에서 토르라는 이름이 불렸다. 그는 옛 아사토르이다. 그는 외쿠토르이고, 헥토르가 트로이에서 보여 준 위대한 행적이 그의 것이다. 그런데 터키인들이 오디세우스를 얘기하면서 그들의 아주 강력한 적이었기 때문에 그를 로키로 부른다고 사람들은 믿고 있다.

제2부 스칼드*의 시 창작법

1. 에기르에게 들려준 브라기의 첫째 이야기

에기르 혹은 흘레르라고 불리는 남자가 있었다. 그는 오늘날 레쇠* 혹은 흘레세이*라는 섬에 살고 있었다. 그는 마법에 능통했다. 그가 아스가르드로 여행을 떠났는데, 아스 신들은 그가 오는 것을 알고 있었다. 그는 손님으로서 잘 영접받았으나 눈속임 환상으로 처리된 것이 많았다. 저녁때 술을 마시는 자리에서 오딘이 여러 자루의 검을 홀(hall)로 가져오게 했다. 그 검에서 빛이 나와 환했기 때문에 사람들이 술을 마시며 앉아 있을 때 다른 빛이 필요 없었다. 그런 다음 아스족이 연회에 모였는데, 재판관들인 열두 신이 높은 자리에 앉았다. 그들은 토르, 뇌르드, 프레이르, 튀르, 헤임달, 브라기, 비다르, 발리, 울, 회니르, 포르세티, 로키였다. 여신들도 있었는데 그 이름은 프리그, 프레이야, 게퓬, 이둔, 게르드, 시귄, 풀라, 난나였다. 에기르에게는 그곳에서 보이는 것들이 화려하게만 느껴졌다. 벽은 온통 아름다운 방패로 덮여 있었다. 그들은 꿀술을 마셨고 많이 취했다. 에기르 곁에는 브라기가 앉아 있었는데, 둘은 함께 술을 마시면서 이야기를 나누었다. 브라기는 아스신들의 행적에 대해 에기르에게 많은 이야기를 해 주었다. 그가 들려준 이야기는 다음과 같다.

독수리로 변신한 거인 탸지와 로키의 밀약

언젠가 오딘과 로키, 회니르가 함께 길을 떠났다. 그들은 산맥을 넘고 인적이 드문 황야를 가로질러 갔는데 식량 조달이 쉽지 않았다. 한데 어느 계곡에 이르렀을 때 황소 떼가 있는 것이 아닌가. 그래서 그들은 황소 한 마리를 잡은 뒤 땔감 속에 파묻고 굽기 시작했다. 이제 고기가 다 익었겠다고 생각되었을 때 그들은 고기를 확인했다. 그러나 고기는 조금도 익지 않았다. 한참 후에 덮인 땔감과 재를 다시 열어 보았지만 고기는 여전히 익지 않은 상태였다. 그들은 어찌 된 일이냐고 서로 의논했다. 그때 그들의 머리 위 참나무에서 말소리가 들렸다. 그 내용은 자기가 불의 열기를 조절해서 고기를 익지 못하도록 만들었다는 것이다. 신들이 올려다보니 나무에는 독수리 한 마리가 웅크리고 앉아 있었는데, 그 몸집이 결코 작지 않았다.

독수리가 말했다. "황소 고기 한 덩어리를 내게 주면 땔감 속의 고기가 익을 것이다." 신들이 그의 말에 동의했다. 그러자 독수리가 나무에서 미끄러지듯 내려와 은은한 불길 옆에 앉더니 황소의 넓적다리 두 개와 어깻죽지 두 개를 가져갔다. 이에 로키가 분노해

138

서 긴 막대기를 들고는 독수리의 몸통을 겨냥해 막대기를 휘둘렀다. 독수리가 살짝 피하며 막대기 한쪽 끝으로 날아올라 뒤쪽으로 막대기를 꼭 붙잡았는데, 막대기의 다른 쪽 끝에는 로키가 매달려 있었다. 독수리는 적당한 높이로 날아가면서 로키의 두 다리가 돌무더기, 돌덩이들, 나무들에 휩쓸리듯 부딪치게 했다. 로키는 자신의 두 팔이 어깨에서 떨어져 나가는 듯한 고통에 비명을 지르며 독수리에게 평화를 간청했다. 그러자 독수리는 로키가 이둔을 그녀의 사과와 함께 아스가르드 바깥으로 데리고 나오겠노라 맹세하지 않으면 이 상황에서 풀려날 수 없을 것이라고 말했다. 로키는 그러겠다고 약속했다. 그런 후 로키는 풀려나서 자기 일행에게 되돌아갔다. 그들이 고향으로 다시 돌아갈 때까지 어떻게 여행을 계속했는지에 관해서는 더 이상 전해지는 바가 없다.

이둔의 납치와 탸지의 죽음

약속한 날짜가 되자 로키는 이둔을 아스가르드에서 꾀어내 숲으로 데리고 갔다. 이둔에게 아주 좋은 사과들을 발견했는데 그녀의 사과를 가져가서 비교해 보자고 말했던 것이다. 그곳에 거인 탸지가 독수리로 변신해서 기다리고 있다가 이둔을 납치해 트륌헤임에 있는 자신의 큰 집으로 날아갔다.

그런데 이둔이 사라지자 아스 신들에게는 심각한 일이 벌어졌다. 신들이 금세 흰머리가 늘고 늙어 갔던 것이다. 신들은 회의를 열어 누가 이둔에 대한 가장 최근의 정보를 가지고 있는지 조사했다. 결국 이둔을 마지막으로 본 것은 그녀가 로키와 함께 아스가르드 밖으로 나가고 있을 때였다는 것이 밝혀졌다. 로키를 잡아 회의에 끌고 온 신들은 그에게 말을 듣지 않으면 죽이거나 고문하겠다고 위협했다. 로키는 두려움에 떨며 프레이야가 갖고 있는 매의 날개옷을 빌려 주면 그것을 입고 요툰헤임으로 날아가 이둔을 찾아보겠다고 약속했다. 로키는 그 옷을 받자 거인들의 나라인 북쪽으로 날아가서 거인 탸지의 집에 도착했다. 탸지는 마침 바다에 나가 있었고 이둔은 집에 있었다. 로키는 이둔을 호두로 변신시킨 뒤 발로 쥐고 최대한 빨리 도망쳤다.

탸지가 집에 돌아와 이둔을 찾았으나 그녀가 없어진 것을 알고는, 독수리로 변신해서 로키를 뒤쫓았다. 호두를 쥔 매가 날아오고 그 뒤를 독수리가 뒤쫓아 오는 모습을 본 아스 신들은 아스가르드 앞으로 달려 나가 엄청난 대팻밥을 그곳에 쌓았다. 성채 위로 날아온 매는 곧장 성벽 아래로 하강하여 숨었다. 그 순간 아스 신들이 대팻밥 더미에 불을 붙였다. 하지만 매가 눈앞에서 사라져 버렸을 때 독수리는 비행을 멈출 수가 없었다. 불길이 깃털을 덮쳐 독수리는 땅에 떨어질 수밖에 없었다. 그때 그곳에 아스 신들이 있다가 거인 탸지를 아스 신들의 성문 앞에서 죽였다. 이 살해 사건은 꽤 유명하다.

탸지의 딸 스카디의 협상

탸지의 딸 스카디가 아버지의 죽음에 복수하기 위해, 갑옷 차림에 투구를 쓰고 완전 무장을 한 채 아스가르드를 찾아가자 아스 신들은 그녀에게 화해와 보상을 제안했고, 이에 따라 그녀는 아스 신들 중에서 남편감을 고르기로 했다. 그런데 다른 것은 보지 않고 발만 보는 조건이었다. 그녀가 한 남자의 발을 발견하고 말했다. "이 발을 고르겠소. 이렇게 아름다운 발의 주인은 오직 발드르뿐일 것이오." 하지만 그는 노아툰의 뇌르드였다. 그들이 화해의 협약에서 또 하나 합의한 것이 있었는데, 스카디의 생각에 아스 신들이 할 수 없을 듯한 것을 그들이 해 주기로 했으니, 바로 그녀를 웃기는 일이었다. 이 일은 로키가 맡아서 했다. 그는 밧줄을 염소의 수염에 묶고 그 다른 쪽은 자신의 불알에 묶었다. 염소와 로키는 서로를 왔다 갔다 잡아당겼고 양쪽 모두 매애애~, 아얏 비명을 질렀다. 그러다 로키가 스카디의 품 안으로 쓰러지자 그녀가 웃음을 터뜨렸다. 이로써 스카디와 아스 신들 사이에 화해의 협약이 이루어졌다. 전하는 바에 따르면, 오딘은 탸지의 두 눈을 하늘에 던져 별 두 개를 만들어 줌으로써 그녀에게 보상했다고 한다.

그러자 에기르가 말했다. "탸지가 꽤 중요한 인물이었나 봅니다. 그의 출신은 어떻게 되지요?"

브라기가 대답했다. "그의 아버지는 욀발디인데, 그에 관한 내 얘기는 중요합니다. 그는 금이 매우 많았습니다. 그런데 그가 죽자 아들들은 유산을 나누어야 했는데, 그 금을 똑같이 나누는 방법으로 다음과 같이 했습니다. 즉 각자 입안에 금을 가득 담았는데 그 양이 모두 똑같았습니다. 그중 첫째가 탸지, 둘째가 이디, 셋째가 강이었답니다. 그래서 우리에게는 아직도 금을 '거인들의 입으로 셈하기'라고 부르는 표현이 있으며, 우리는 이것을 '거인들의 언어, 거인들의 어법, 거인들의 셈'이라고 룬 문자나 시 예술에서 비유적으로 표현한답니다."

시 문학의 기원

이에 에기르가 "룬 문자로 그렇게 다시 표현된다니 좋은 것 같군요"라고 말하면서 계속 이야기했다. "당신들의 시 문학은 어디서 비롯되었는지요?" 브라기가 대답했다. "그 시작은 다음과 같습니다.

태초에 아스 신들이 반 신족과 전쟁을 벌이다가 서로 강화 조약을 맺게 되었는데, 평화 협정은 그들이 차례차례 항아리 앞에 나와서 그 안에 자신의 침을 뱉는 방식으로 이루어졌다. 모임이 끝나고 헤어질 때 아스 신들이 그 항아리를 가져갔다. 신들은 그 평화의 상징을 잃지 않으려고 그것에서 한 남자를 창조해 냈다. 그의 이름은 크바시르였는데, 어찌나 똑똑한지 누가 물어도 대답 못하는 것이 없었다. 그는 사람들에게 자신의 지식을 가르치기 위해 세상을 널리 돌아다녔다. 어느 날 그가 팔라르와 갈라르라고 부르는 난쟁이들의 초대를 받아 찾아갔을 때, 그들은 비밀스러운 이야기를 들려주겠다고 유인한 뒤 그를 죽여 버렸다. 그러곤 그의 피를 통 두 개와 주전자 한 개에 담았는데, 그 주전자의 이름은 오드뢰리르였고 두 통의 이름은 손과 보든이었다. 그들은 크바시르의 피에 꿀을 섞어 술을 만들었는데, 그 술을 마시면 시인이나 학자가 되는 힘이 있었다. 난쟁이들은 크바시르가 너무 똑똑해서 목졸려 죽었다고, 그의 지식을 물어서 알 수 있을 정도로 똑똑한 사람은 아무도 없었기 때문이라고 아스 신들에게 보고했다.

얼마 후 그 난쟁이들은 길링이라는 거인과 그의 부인을 초대했다. 그들은 거인에게 배를 타고 바다로 나가자고 제안했다. 그러고는 육지를 따라 항해하다가 암초로 배를 몰아 배가 뒤집히게 만들었다. 길링은 수영을 할 줄 몰라 익사하고 말았다. 난쟁이들은 배를 다시 일으켜 세운 뒤 노를 저어 육지로 돌아왔다. 그리고 거인의 부인에게 그 사건에 관해 이야기해 주었다. 그녀는 매우 슬퍼하며 통곡했다. 그때 팔라르가 그녀에게 물어보기를, 남편이 빠져 죽은 바다를 바라보면 마음이 조금 가벼워지지 않겠느냐고 말했다. 이에 그녀가 동의했다. 팔라르는 자기 형제 갈라르에게 문 위로 올라가 있다 그녀가 나갈 때 그녀의 머리 위에 맷돌을 떨어뜨리라고 말했다. 그녀가 비통하게 계속 우는 것이 싫다는 이유에서였다. 그래서 갈라르는 그렇게 했다.

길링의 아들 수퉁이 소식을 듣고 찾아와 난쟁이들을 붙잡았다. 그는 그들을 끌고 바다로 가서 만조 때 잠기는 암초 위에 올려놓았다. 난쟁이들은 수퉁에게 살려 달라고 애원하며 자비를 베풀면 아비를 죽인 배상으로 그 귀중한 꿀술을 주겠노라고 제안했다. 이로써 그들은 화해했다. 수퉁은 꿀술을 집으로 가져와 흐니트뵈르그라는 곳에 보관하고 자신의 딸 군뢰드에게 지키도록 했다. 그래서 우리는 시 문학을 '크바시르의 피', '난쟁이의 음료(혹은 용량)', '오드뢰리르(혹은 보든·손)의 액체', '난쟁이들의 교통수단(배)' —

암초의 섬에서 그들의 목숨을 구한 것이 그 꿀술이었기에 ─'수퉁의 꿀술', '흐니트뵈르그의 액체'라고 부른다."

그러자 에기르가 말했다. "시 문학을 그런 이름으로 부른다는 것이 저에게는 이해하기 어려운 표현처럼 보입니다. 그런데 당신들 아스 신들은 어떻게 그 수퉁의 꿀술을 갖게 되었나요?"

브라기가 대답했다. "그 이야기는 다음과 같습니다.

오딘이 궁성을 떠난 뒤 여행길에서 노비 아홉 명이 풀을 베고 있는 곳을 지나가게 되었다. 오딘은 그들에게 원한다면 그들의 큰 낫을 갈아 주겠다고 말했다. 그들이 좋다고 말하자 오딘은 허리춤에서 숫돌을 꺼내 낫을 갈아 주었다. 그들은 낫이 예리하게 잘 갈아진 것을 알고 그 숫돌을 사고 싶어 했다. 그러나 오딘은 그들이 그것을 사려면 상당한 물건을 내놔야 할 만큼 가격을 매우 비싸게 불렀다. 모두 그 가격에 동의하고 그 숫돌을 자신들에게 팔라고 요구했다. 하지만 오딘은 그 숫돌을 공중으로 높이 던져 버렸다. 그러자 노비들이 그 숫돌을 차지하려고 팔을 휘두르다가 서로 뒤죽박죽되어 각자의 낫으로 상대방의 목을 베어 버리게 되었다.

오딘은 바우기라는 거인의 집에서 하룻밤 묵어 가기로 했는데, 그는 수퉁의 형제였다. 바우기는 살림 형편이 좋지 않다면서 자신의 아홉 노비가 서로 죽이고 죽임을 당한 것 같다고 말했다. 게다가 새로 일꾼을 구할 희망도 많지 않다고 말했다. 자신을 뵐베르크라고 소개한 오딘은 바우기에게 노비 아홉 사람 몫의 일을 해 주겠다고 제안하며 그 대가로 수퉁의 꿀술 한 모금을 요구했다. 바우기는 그 꿀술이 자신에겐 없고 수퉁만이 가지고 있다고 말했다. 그러나 뷜베르크를 데려가서 그 꿀술을 얻을 수 있도록 노력해 볼 생각은 있다고 말했다.

뷜베르크는 그 여름에 아홉 장정의 일을 했다. 겨울 무렵에 그는 바우기에게 자신의 수당을 달라고 했다. 그래서 그들은 수퉁을 찾아갔다. 바우기는 자기 형제에게 뷜베르크와 계약한 내용을 설명했다. 그러나 수퉁은 한 방울의 꿀술도 허락하지 않았다. 뷜베르크는 바우기에게 꿀술을 얻을 수 있는 방법을 찾자고 제안했고 그가 이 말에 동의했다. 뷜베르크가 곧 라티라는 커다란 송곳을 가져와 바우기에게 그것으로 바위에 구멍을 뚫으라고 말했다. 한참 후 바우기가 바위를 다 뚫었다고 말했다. 그러나 뷜베르크가 구멍 안으로 혹 하고 바람을 불어넣자 돌가루가 그의 면전으로 날아왔다. 바우기가 자신을 속이려 하고 있다는 것을 알아챈 뷜베르크는 바우기에게 구멍을 계속 뚫으라고 명령했다. 그가 다시 구멍을 뚫었다. 얼마 후 뷜베르크가 두 번째로 구멍에 후욱 바람을 불어넣었을 때는 돌가루가 안으로 흩날려 들어갔다. 그러자 그는 뱀으로 변신하여 구멍 속으로 기어 들어갔다. 바우기가 뒤에서 큰 송곳으로 그를 찔러 댔지만 실패했다. 뷜베르크는 군뢰드가 있는 곳으로 가서 그녀 곁에서 사흘 밤을 잤다. 그녀는 꿀술을 세 모금 정도 마시는 것을 허락했다. 그는 첫 번째 모금에 오드뢰리르 주전자의 꿀술을 다 마셨고, 두 번째 모금에서는 술통 보든의 것을, 세 번째 모금에서는 술통 손의 것을 다 비웠으니, 이로써 꿀술을 모두 차지했다.

그는 독수리로 변해 그곳에서 전속력으로 도망쳤다. 독수리가 날아가는 것을 보고 수퉁은 자신도 독수리로 변신해서 오딘의 뒤를 쫓았다. 아스 신들은 오딘이 날아오는 모습을 보고 궁성 바깥에 항아리를 내놓았다. 아스가르드에 도착한 오딘은 꿀술을 그 그릇에 토해 놓았다. 그러나 수퉁이 그를 붙잡을 정도로 가까이 와 있었기 때문에 꿀술을 조금 흘렸는데, 그 꿀술은 주의를 끌지 못했다. 원하는 사람은 누구나 그 술을 마실 수 있었고, 우리는 그것을 '재능 없는 시인의 몫'이라고 부른다. 그러나 아스 신과 시를 지을 수 있는 인간들에게는 오딘이 수퉁의 꿀술을 주었다. 이런 이유로 우리는 시 문학을 '오딘의 노획물', '오딘의 발견물', '오딘의 술', '오딘의 선물' 혹은 '아스 신들의 음료'라고 부른다."

시 창작의 언어

그러자 에기르가 물었다. "시 문학을 창작할 때 당신들은 언어를 어떤 방식으로 다양하게 표현하고, 시 문학의 본질적인 요소들은 얼마나 되는지요?"

이에 브라기가 말했다. "시 문학 전체를 나누는 본질 요소가 둘 있지요."

"그 둘은 무엇입니까?"

"(비유적) 언어와 운율입니다."

"시 문학을 표현하는 방식에는 어떤 것들이 있습니까?"

"시 문학 창작의 언어에는 세 부류가 있습니다."

"어떤 것이지요?"

"어느 것이든 사물을 이름 그대로 부르는 방식이 있습니다. 두 번째는 다른 이름으로 부르는 방식입니다. 그리고 세 번째 표현법은 케닝*입니다. 이 방식은 우리가 오딘, 토르, 튀르 혹은 어떤 아스 신이나 엘프를 우리가 규정하는 방식으로 부르는 것입니다. 이 경우 저는 아스 신들의 특성이나 그들의 업적 중 하나를 이름으로 덧붙입니다. 이에 따라 원래의 이름이 아닌 그 이름으로 불리는 것입니다. 그래서 우리는 '승리-튀르'* 혹은 '교수형을 당했던 튀르'* 혹은 '운송물의 튀르'*라는 말을 합니다. 이 경우 이것은 오딘의 이름들이고, 우리는 이것들을 특징을 잘 나타내 주는 이름(케닝 이름)들이라고 부릅니다. 오딘을 '전차-튀르'라고 표현할 때도 마찬가지입니다.

그러나 이제 젊은 시인들에게 애기해야 할 것은 시 창작의 언어를 사용하고, 옛 이름들의 어휘를 섭렵하는 데 뜻을 두거나 시를 다양하게 바꿔서 표현하는 방법을 알기 위해 노력해야 된다는 것입니다. 그들은 이 책을 그들의 지식과 즐거움을 위해 이용해도 될 것입니다. 이러한 전승물이 잊혀서는 안 되고, 이미 주요 스칼드들이 선호한 옛 케닝을 사용하는 것이 잘못된 것으로 간주해서도 안 될 것입니다. 하지만 기독교도들은 비기독교적인 신들을 믿지 말아야 할 것이니, 이 책 서두에서 밝힌 바와 같이 이 이야기가 진실된 것이라 믿고 이해해서도 안 될 것입니다."

2. 케닝의 예

이제 주요 스칼드들이 헤이티*와 케닝에 따라 시를 창작하는 것을 얼마나 중요하게 생각하고 있었는지 예문을 통해 보여 줄 것이다. 예컨대 귀족 시인 아르노르는 이와 비슷하게 오딘을 만물의 아버지로서 다음과 같이 표현하고 있다.

> 이제 나는 남자들에게
> ─ 늦게야 내 걱정이 사라진다 ─
> 끔찍하게 규정된 귀족의 속성에 대해 얘기하려 하니,
> 만물의 아버지의 엿기름이 발효되어 부글부글 끓는구나.

여기서 그는 시 문학을 또한 '만물의 아버지의 엿기름의 발효'라고 부르고 있다.

절름발이 하바르드는 다음과 같이 시를 지었다.

> 이제 독수리의 날개가 평원을 지배하고 있다.
> 바다의 마목(馬木)들이, 내 생각에는,
> 매달린 신의 고리를 받고 그의 초대를 받는구나.

(이제 독수리가 평원을 날고 있으니, 전사들은 오딘의 팔찌를 받고 발할로 오라는 오딘의 초대를 받은 것 같네.)

게이리의 아들 글룸은 다음과 같이 시를 지었다.

> 전사들은 매달린 튀르의 모자를 쓰고
> 언덕 위로 달려가려 하지 않았으니,
> 그들은 그리고 싶지 않았으리라.

레프는 다음과 같이 시를 지었다.

> 그 선한 이는 까마귀 아스 신의
> 성스러운 잔의 은총을 자주 보여 주었네,
> 뱃머리 목재 나라(바다)의 빛인 발드르가
> 시인 앞에 죽어 누워 있네.

(그 선한 이는 나에게 시 문학의 은총을 자주 보여 주었네, 그 전사는 죽어서 시인 앞에 누워 있네.)

망나니 스칼드 에위빈드는 다음과 같이 시를 지었다.

> 운송물-튀르의 백조들*에게 선발된*
> 하딩의 가마우지의 맥주*를 주었던 시구르드, 그에게서
> 외글로에 사는 대지의 통솔자들이
> 생명을 빼앗았네.

(까마귀들에게 피를 주었던 시구르드, 외글로의 영주들이 그에게서 목숨을 빼앗았네.)

글룸은 다음과 같이 시를 지었다.

> 그곳에서 승리-튀르가 손수 아탈 짐승들의
> 공격 정령 속에 들어가 있었으니,
> 신들이 그 호의적인 나무 바람의
> 베이미를 조종하였네.

(그곳에서 오딘이 전사 속에 직접 들어가 있었으니, 신들이 그 전사를 조종했네.)

에위빈드는 다음과 같이 시를 지었다.

> 가우타튀르가 괸둘과 스쾨굴을 보내
> 왕들 가운데 윙비 종족 중 누가 오딘에게
> 여행 와서 발할에 있게 될지 선발하도록 했네.

(오딘이 발퀴리들을 보내 죽을 운명의 왕을 고르도록 했네.)

우기의 아들 울프가 다음과 같이 시를 지었다.

그 유명한 '사자(死者)들의 튀르'가

아들의 거대한 장작더미로 말을 타고 오는 동안

내 입에서는 찬송이 흘러나오네.

(오딘이 발드르를 화장하기 위해 쌓아 놓은 장작더미 있는 곳으로 말을 타고 오는 사이에 나는 시를 읊는다.)

흐빈의 툐돌프가 다음과 같이 시를 지었다.

전사자들이 모래 속에 파묻혀,

프리그의 팔에 안겨 사는 애꾸눈에게 봉헌되어 있었으니,

우리는 그런 업적들에 기뻐했다.

(전사자들이 모래 속에 파묻혀 오딘에게 봉헌되어 있으니, 우리는 그것에 기뻐했다.)

할프레드가 다음과 같이 시를 지었다.

바람말〔風馬〕을 탄 정복자는

전나무로 뒤덮인 트리디의 부인을

여러 칼의 진실된 말로써 강력하게 정복하였네.

(바다의 전사가 전투를 벌여 육지를 정복했다.)

여기 있는 예는 시 창작에서 대지가 오딘의 부인으로 표현된 경우다.

이제 에위빈드가 어떻게 시를 썼는지 말해 보자.

> '사자들의 튀르'가 말했다. 헤르모드 그리고 브라기,
> 그대들은 저 격분한 자를 마중하라.
> 훌륭한 전사로 보이는 한 왕이 이곳 홀을 찾아왔구나.

코르마크는 다음과 같이 시를 지었다.

> 돛을 올려 항해해서 땅을 차지한 승리자가 디아르 피오르
> 의 올곧은 작가를 머리띠로 장식해 주네, 위그가 마법으로
> 소를 얻네.

(영주가 스칼드에게 금 머리띠를 상으로 주고, 오딘은 마법으로 소를 얻는다.)

스테인토르가 다음과 같이 시를 지었다.

> 아주 옛날에 (산양들의) 뿔에서 뚝뚝 떨어진 액체, 군뢰드
> 가 양팔로 껴안은, 수줍은 짐(운송물)의 액체를 나는 찬송
> 해야 하네. 한데 그게 썩 좋지가 않네.

(아주 옛날의 음유 시인들이 마시던 꿀술을 나는 칭송해야 하는데, 그것이 별로 성공적이지 않다.)

우기의 아들 울프가 다음과 같이 시를 지었다.

나는 알고 있지, 발퀴리들이 성스러운 희생물의 음료와 까마귀들의 음료를 위해 지혜로운 전투의 나무를 따라다니는 것을. 그 안에서 사람들은 옛날이야기를 듣는다.

(거기서 나는 발퀴리들이 피를 위해 오딘을 수행한다는 것을 알게 되네.)

스칼라그림의 아들 에길이 다음과 같이 시를 지었다.

나는 빌리의 형제, 신들의 수호자에게 희생으로 바치지 않으니, 그것을 좋아하지 않기 때문이네. 하지만 미미르의 친구가 나에게 그 손해를 많이 보상해 주었으니, 내겐 그게 더 낫네.

(나는 오딘에게 희생으로 바치기를 좋아하지 않지만, 그가 내게 손해를 보상해 주었네.)

늑대의 적, 전투에 능숙한 분이

예술적 완벽함, 무결점을 내게 주었네.

여기서 오딘은 신들의 수호자, 미미르의 친구, 늑대의 적으로 표현된다.

레프가 다음과 같이 시를 지었다.

> 눈처럼 하얀 갈기를 휘날리며 달리는 말과도 같은
> 파도를 헤치고 달리는 배를 능숙하게 조종하는
> 당신, 유명한 발가우트*에게 나는
> 난쟁이의 음료 팔스에 대해 감사해야겠어요.

(오딘 당신에게 나는 시 창작에 대해 감사해야겠습니다. 당신은 하늘을 지배하는 힘에 친숙해 있지요.)

'에이나르 접시 울림 소리'가 다음과 같이 시를 지었다.

> 나는 배를 신속히 움직이는 자를 위해
> 베인그노드의 음료, 헤르튀르의 음료를
> 따르는 일을 시작하고 싶다,
> 그의 주문을 기다리진 않으련다.

(나는 바다의 전사를 위해 시를 쓰련다, 그의 주문을 먼저 기다

리지 않고.)

우기의 아들 울프가 다음과 같이 시를 지었다.

　　신들이 가장 똑똑한 까마귀 심판자의 죽은 아들을 위해 쌓은
　　장작더미 있는 곳으로
　　위풍 있는 헤임달이 말 타고 가네.

(헤임달이 발드르를 화장하기 위해 쌓아 놓은 장작더미 있는 곳
으로 말을 타고 간다.)

에이리크의 노래에는 다음과 같이 적혀 있다.

　　오딘이 말하길, 날이 밝기 전에 기상하는 것,
　　죽은 용사들을 위해 발할을 정비하는 것이 무슨 꿈인지 생
　　각한다.
　　나는 에인헤례르를 깨워 일어나라 명령하고, 의자들을 갈
　　대로 깔아 놓으라고,
　　맥주 통을 씻으라고 명령하네,
　　발퀴리들은 와인을 가져오네. 영주가 왔구나.

코르마크가 다음과 같이 시를 지었다.

왕비 종족의 뛰어난 조정자께 나 윰어는
활을 쥔 손으로 나를 잡아 달라고 기도하네,
흐로프트가 궁니르를 들고 있었네.

(나 윰어는 오딘에게 나를 지켜 달라고 기도한다. 오딘은 자신의
창 궁니르를 들고 있었다.)

토랄프가 다음과 같이 시를 지었다.

용맹하고 두려움 없는 하레크의 전사들이 죽은 곳에서,
흘리드스칼프의 지배자, 그는
생각하고 있는 것을 그들에게 직접 말했네.

에위빈드는 다음과 같이 시를 지었다.

날아다니는 강자가 수르트의 깊은 계곡에서부터
하늘로 운반한 그것을.

(오딘이 음유 시인의 꿀술을 공중으로 실어 날랐다.)

그리고 브라기는 다음과 같이 시를 지었다.

일찍이 인류의 아버지의 아들이

대지를 감싸고 바다를 출렁이는 놈에게 자신의 강한 힘을
시험해 보려 했다는 것을 나는 알게 되었다.

(토르가 미드가르드 뱀과 힘을 겨루려 했다는 사실을 나는 알
게 되었다.)

에이나르는 다음과 같이 시를 지었다.

아무리 뛰어나고 유명한 자라 해도 베스틀라의 아들에 관
해서는
그대보다 이해하는 바가 훨씬 적을 것이니,
나는 그 투쟁을 칭송하기 시작했네.

(그대는 오딘에 가장 가까이 있고, 나는 내 찬가를 시작하였다.)

그리고 음유 시인 토르발트는 다음과 같이 시를 지었다.

부리의 상속자인 보르의 아들의 꿀술에
이제 나는 많은 것을 포함시켰네.

(나는 많은 것을 시 속에서 말했다.)

3. 시 문학의 케닝

스칼드들이 앞에서 적은 개념으로 시 문학을 어떻게 바꿔 표현했는지 사람들은 이제 듣게 될 것이다. 여기서 사람들이 시 문학을 크바시르의 피라 부르고, 난쟁이의 배, 난쟁이의 꿀술, 거인의 꿀술, 수퉁의 꿀술, 오딘의 꿀술, 아스 신들의 꿀술, 거인들의 아버지의 배상물, 오드뢰리르의 액체, 보든의 액체, 손의 액체, 오드뢰리르의 바다, 보든의 바다, 손의 바다, 흐니트뵈르그의 액체, 오딘의 획득물·발견물·짐·선물이라고 부르는 것처럼 말이다. 접시 울림 소리 에이나르가 지은 시에서도 그렇게 표현되어 있다.

시 문학은 난쟁이들의 액체 혹은 바다라고 불린다. 왜냐하면 크바시르의 피가 꿀술로 만들어지기 전에 오드뢰리르 주전자 안에 액체로 있었기 때문이다. 그 꿀술은 주전자 안에서 만들어졌고, 그래서 오딘의 주전자 액체라고 불린다. 에위빈드의 시에도 그렇게 나와 있다.

또 시 문학은 난쟁이들의 배 혹은 보트로 표현된다. 보트라는 말은 맥주를 의미하기도 하고 배를 의미할 수도 있다. 그래서 시 문학이 난쟁이들의 배라고 불리는 것이다.

4. 토르

토르는 어떻게 표기해야 할까? 사람들은 그를 오딘과 외르드의 아들, 마그니·모디·트루드의 아버지, 시프의 남편, 울의 의붓아버지, 묠니르·파워 허리띠·빌스키르니르 건물의 사용자 겸 소유자, 아스가르드와 미드가르드의 수호자, 거인의 적·살해자, 흐룽니르·게이뢰드·트리발디를 죽인 자, 탈피와 뢰스크바의 주인, 미드가르드 뱀의 적, 빙니르와 흘로라의 수양아들이라고 부른다. 이는 스칼드 브라기의 시에도 나와 있다.

5. 발드르

발드르를 바꿔 표현한다면 어떻게 해야 할까? 사람들은 그를 오딘과 프리그의 아들, 난나의 남편, 포르세티의 아버지, 흐링스호르니와 드라우프니르의 주인, 회드의 적, 헬의 동반자, 슬픔의 신으로 표현한다. 우기의 아들 울프는 「가정(家庭)의 시」에서 발드르 이야기에 관해 길게 썼다. 발드르가 그렇게 표현된 사례들이 그전에 이미 있었다.

6. 뇌르드

뇌르드를 달리 표현하면 어떻게 해야 할까? 사람들은 그를 반 신족으로 부르고 반 신족의 친척, 프레이르와 프레이야의 아버지, 선물(풍요)의 신이라고 부른다. 그래서 샤레크의 아들 토르드는 다음과 같이 말한다.

> 구드룬 자신이 아들들을 죽음에 이르게 했고,
> 그 신의 신부는 그 반 신이 마음에 들지 않았네.
> 칼라르가 말을 아주 잘 길들였는데,
> 사람들이 함디르에게 칼 장난을 자제하지 말라고 말했네.

위에서 말한 대로, 스카디가 뇌르드를 떠난 것이 여기서 언급되고 있다.

7. 프레이르

프레이르를 달리 표현하면 어떻게 될까? 사람들은 그를 뇌르드의 아들, 프레이야의 오빠, 반 신, 반 신족의 친척, 반족, 풍요의 신, 선물(베풂)의 신이라고 부른다. 그래서 스칼라그림의 아들 에길이 다음과 같이 시를 지었다.

> 프레이르와 뇌르드가 그료드뵈른에게 금을 넘치도록 선물했기에.

프레이르는, 망나니 스칼드 에위빈드가 다음과 같이 말한 것처럼, 벨리의 적이라 불린다.

프레이르, 요하네스 게흐르츠(Johannes Gehrts), 1901년.

그 귀족 상대가 벨리의 적의 바깥길을 구축하려 했을 때.

(그 영주가 할로갈란드에서 살려고 했을 때.)

프레이르는 스키드블라드니르를 소유하고 있고 굴린보르스티라고 부르는 수퇘지의 주인이어서 다음과 같이 전해지고 있다.

> 이발디의 아들들이 태초에 와서,
> 뇌르드의 능력 있는 아들, 빛을 발하는 프레이르에게
> 최고의 배 스키드블라드니르를 만들어 주었네.

우기의 아들 울프가 다음과 같이 말한다.

> 싸움에 능한 프레이르가 금빛 털 수퇘지를
> 타고 맨 먼저
> 오딘의 아들을 화장하기 위한 장작더미 있는 곳으로 가서
> 무리를 이끌었네.

그 수퇘지는 또한 슬리드루그탄니라고도 불린다.

8. 헤임달

　헤임달을 어떻게 바꿔 표현하는가? 그를 아홉 어머니에게서 태어난 아들, 앞에서 언급한 대로 신들의 파수꾼, 하얀 아스 신, 로키의 적, 프레이야 목걸이의 탐색자라고 달리 부를 수 있다. 칼을 헤임달의 머리라고 한다. 헤임달이 인간의 머리에 의해 베어졌다는 얘기가 전해지고 있다. 이에 관해서는 시 「헤임달의 마법 노래」에서 표현되었는데, 이때부터 사람들은 머리를 헤임달의 '정해진 것(운명)'이라고 부른다. 칼을 '남자의 운명'이라고도 부른다. 헤임달은 굴톱*의 주인이다. 그는 바가스케르와 싱가스테인을 찾아갔다. 그 후 브리싱가멘을 두고 로키와 싸웠다. 그를 빈들러라고도 한다. 우기의 아들 울프는 「가정의 시」에서 이 이야기를 길게 썼는데, 여기에서는 그들이 바다표범의 모습으로 표현되고 있다. 헤임달 역시 오딘의 아들이다.

9. 튀르

　튀르를 어떻게 바꿔 부르는가? 사람들은 그를 외팔이 아스 신이라고 부르고 늑대의 양부(養父), 전투의 신, 오딘의 아들이라고 부른다.

10. 브라기

브라기를 어떻게 바꿔 부르는가? 사람들은 그를 이둔의 남편, 시인의 원조, 수염을 기른 아스 신, 오딘의 아들이라고 부른다. 그래서 수염이 긴 사람을 브라기의 이름을 따라 '수염 브라기'라고 부른다.

11. 비다르

비다르를 어떻게 바꿔 부르는가? 사람들은 그를 침묵의 신, 쇠신발의 주인, 늑대 펜리르의 적, 펜리르의 처단자, 신들의 복수를 한 아스 신, 아버지의 땅에 정착하여 산 아스 신, 오딘의 아들, 아스 신들의 형제라고 부른다.

12. 발리

발리를 어떻게 바꿔 부르는가? 사람들은 그를 오딘과 린드의 아들, 프리그의 의붓자식, 아스 신들의 형제, 발드르의 복수를 한 아스 신, 회드의 적으로서 그를 죽인 자, 아버지의 땅에 터전을 잡고 정착한 아스 신이라고 부른다.

13. 회드

회드를 어떻게 바꿔 부르는가? 사람들은 그를 장님의 아스 신, 발드르의 살해자, 겨우살이 가지를 던진 자, 오딘의 아들, 헬의 동반자, 발리의 적이라고 한다.

14. 울

울을 어떻게 바꿔 부르는가? 사람들이 그를 시프의 아들로 부름에 따라, 그를 토르의 의붓자식이라고도 부르고, 눈 신발〔雪上靴〕을 신은 아스 신, 활의 신, 사냥의 신, 방패의 신이라고 부른다.

15. 회니르

회니르를 어떻게 바꿔 부르는가? 사람들은 그를 오딘의 식사 친구, 오딘의 동반자·친구, 긴 다리의 빠른 아스 신, 땅(흙)의 왕이라고 부른다.

16. 로키

로키를 어떻게 바꿔 부르는가? 사람들은 그를 파르바우티와 라우페이의 아들, 날의 아들이라 부르고, 빌레이스트와 헬블린디의 형제, 늑대 펜리르인 바나르간드의 아버지, 미드가르드 뱀인 외르문간드의 아버지, 헬과 나리 및 알리의 아버지라고 부른다. 또 그는 오딘의 친척·숙부이고, 오딘이나 아스 신들과 함께하는 봄의 동행자, 또 악의 동반자이며 식사 친구이다. 또한 그는 게이뢰드의 방문자이자 그의 궤짝에 노리개처럼 갇힌 자이며, 거인들의 도둑, 전차를 끄는 염소의 도둑, 브리싱가멘과 이둔의 사과를 훔친 도둑, 슬레이프니르의 아버지, 시귄의 남편, 신들의 적, 시프의 머리카락을 자른 자, 손해를 만들어 내는 자, 교활한 아스 신, 신들을 모욕하고 속이는 자, 발드르를 죽이도록 사주한 자, 사슬에 묶인 아스 신, 헤임달 및 스카디와 갈등을 빚는 적이다. 때문에 우기의 아들 울프는 다음과 같이 말하고 있다.

> 신들의 길을 지키며, 현명하게 조언하는 유명한 파수꾼이
> 파르바우티의 교활한 아들과 함께 싱가스테인으로 갔네.
> 아홉 어머니에게서 태어난 용기 있는 그 아들이 빛나는 바다 암석을 먼저 얻었으니,
> 내가 이를 이렇게 칭찬의 한 부분으로 알리노라.

여기서 헤임달은 아홉 어머니의 아들로 얘기되고 있다.

17. 토르 케닝의 한 근원 이야기. 토르와 거인 흐룽니르의 대결

여기 설명 없이 기록된 케닝들이 어디서 비롯했는지에 관해 이제 또 얘기할 것이다. 브라기가 에기르에게 다음과 같이 얘기했다.

토르가 트롤을 쳐부수기 위해 동쪽으로 여행을 떠났다. 한편 오딘은 슬레이프니르를 타고 거인들의 나라로 달려가 흐룽니르라는 거인에게 갔다. 거인은 금빛 투구를 쓰고 바람과 물을 뚫고 달려온 당신은 어떤 인물이냐고 물었다. 그리고 타고 온 말이 정말 훌륭하다고 말했다. 오딘은 목을 걸고 말하건대 거인들의 나라엔 이만큼 좋은 말이 없을 것이라고 말했다. 흐룽니르는 그 말이 참으로 좋은 말이긴 하지만 훨씬 더 빠른 말이 있으며 그 말의 이름은 굴팍시(황금 갈기)라고 주장했다. 그는 화가 나서 자신의 말에 뛰어올라 오딘의 뒤를 쫓아 질주하며 자신이 큰소리친 것을 입증하려 했다. 오딘은 아주 빨리 달려서 금세 다른 쪽 언덕에 올라가 있었다. 흐룽니르는 따라다니느라 흥분한 나머지 아스 신들의 성문에 이른 줄도 모르고 내달렸다.

그가 회관 문 앞에 도달하자 아스 신들이 같이 술을 마시자고 초대했다. 그는 건물 안에 들어가서 마시겠다고 했다. 토르가 즐겨 마시던 술통을 여럿 가져다주었고 흐룽니르가 그것들을 차례로 벌컥벌컥 마셔서 다 비웠다. 술에 취하자 그는 큰소리를 아끼지 않았다. 그는 발할을 높이 들어 거인들의 땅으로 가져갈 것이며, 아스가르드를 몰락시키고 신들을 모두 죽이겠노라고 떠벌렸다. 오직 프레이야와 시프만 살려서 거인들의 땅으로 데려가고 싶다고 했다. 프레이야가 홀로 그에게 술을 따라 주는 용기를 냈고, 그는 아스 신들의 맥주를 모두 마셔 버리겠다고 했다.

그의 허풍이 지겨워진 아스 신들은 토르를 불렀다. 그가 즉시 회관으로 와서 큰 망치를 휘둘러 댔다. 그는 엄청 화가 나 있었다. 그는 똑똑한 척하는 거인들에게 누가 여기서 술을 마시도록 했고, 누가 발할에서 흐룽니르가 마음 놓고 거들먹거리게 했냐고, 왜 프레이야가 아스 신들의 잔치 때처럼 그에게 술을 따라 주느냐고 물었다. 그러자 흐룽니르가 대답했는데, 토르를 바라보는 눈빛이 결코 우호적이지 않았다. 그는 오딘이 술자리에 초대하여 자신이 안전을 보장받았다고 생각했다고 말했다. 그러자 토르는 흐룽니르가 여기서 나가기 전에 그 초대에 대해 후회할 것이라고 말했다. 흐룽니르는 아사토르가 무장도 하지 않은 자신을 죽이면 명예롭지 못할 것이라고 말했다. 그러면서 좀 더 용기 있다면 그료투나가르다르의 접경 지대에서 자신과 대결하자고 말했다. 그가 말했다. "내가 내 방패와 숫돌을 집에 두고 온 게 큰 실수였소. 이곳에 내 무기들을 가지고 왔다면 우리는 지금 대결을 벌일 수 있을 텐데. 하지만 현 상태에서 그대가 무장하지 않은 나를 죽이려 한다면 나는 그대를 비열한 자라고 비난할 것이오."

토르는 도전받은 대결을 피할 생각이 전혀 없었다. 지금까지 아무도 그에게 도전한 적이 없었기 때문이다. 그래서 흐룽니르는 서둘러 거인들의 땅으로 갔다. 그곳에서 거인들 사이에 그의 여행은 아주 유명해져 있었고, 토르와 대결하기로 했다는 소식도 마찬가지였다. 거인들은 누가 이기냐에 따라 결과가 크게 달라질 것이라고 생각했다. 그들은 흐룽니르가 질 경우 토르로부터 받게 될 좋지 않은 결과를 두려워했다. 흐룽니르가 거인들 가운데 가장 강했기 때문이다. 그래서 거인들은 그료투나가르다르에 진흙으로 남자를 하나 만들었는데, 그것은 키가 9마일, 가슴너비가 3마일이었다. 그들은 그 진흙 남자에 맞는 큰 심장을 구하지 못했는데, 결국 암말의 심장을 쓰기로 했다. 그러나 토르가 올 때까지 심장이 그 안에서 확실하게 기능하지 못했다. 흐룽니르가 지니고 있는 심장은 유명했다. 그것은 단단한 돌로 된 심장이었고 삼각형 모양이었다. 이때부터 이와 비슷하게 만들어진 형상을 흐룽니르의 심장이라 부르게 되었다. 그의 머리도 돌로 만들어졌고 넓고 두꺼운 그의 방패도 마찬가지였다. 그는 그료투나가르다르에 서서 방패를 들고 토르를 기다리며 서 있었다. 무기로는 숫돌을 가지고 있었는데 그것을 어깨에 둘러메고 있었다. 그의 옆에는 뫼쿠르칼피(안개 다리/장딴지)라고라고 불리는 진흙 거인이 서 있었고, 그는 아주 불안해했다. 전하는 말에 따르면 그는 토르를 보자 오줌을 싸 버렸다고 한다.

토르는 대결하러 탈피와 함께 왔다. 흐룽니르가 서 있는 곳으로 탈피가 달려가서 말했다. "무모한 거인이여, 여기서 방패를 들고 서 있구나. 토르는 너를 간파했다. 그는 땅 밑에서 너를 공격할 것이다." 그러자 흐룽니르는 방패를 두 발 밑에 집어넣고 그 위에 서서 양손으로는 숫돌을 쥐었다. 곧이어 그에게 번개가 보이고 천둥 소리가 울려 퍼졌다. 그는 분노에 찬 아스 신 토르를 보았다. 토르가 질풍처럼 달려들어 망치를 휘두르다가 먼 거리에서 흐룽니르를 향해 그것을 던졌다. 흐룽니르는 양손으로 숫돌을 들어 올려 마주 던졌다. 숫돌은 날아오는 망치와 충돌해 두 조각으로 갈라 졌다. 그중 하나가 땅 위에 떨어졌는데, 거기서 온통 숫돌로 된 산 들이 생겨났다. 하지만 다른 숫돌 조각 하나는 날아서 토르의 머리에 박혔다. 토르는 그 충격으로 땅에 쓰러졌다. 반면에 묄니르 망치는 흐룽니르의 두개골 한가운데에 명중해서 머리를 산산조 각 내 버렸다. 그런데 그가 토르의 몸 위에 쓰러지면서 그의 다리가 토르의 목을 눌렀다. 그사이 탈피가 뫼쿠르칼피를 공격하자 그는 볼품없이 치욕스럽게 쓰러졌다. 그런 후 탈피가 토르에게 달려 와 흐룽니르의 다리를 토르에게서 들어 옮기려 했지만 꿈쩍도 하지 않았다. 토르가 쓰러졌다는 소식을 듣고 아스 신들이 모두 거기로 왔다. 그들도 흐룽니르의 다리를 토르의 몸에서 옮겨 놓으려 했지만 성공하지 못했다. 그때 토르와 야른삭사의 아들인 마그니가 나타났다. 태어난 지 3일 된 아이였다. 마그니는 흐룽니르의 다리를 토르의 몸에서 집어 던지며 말했다. "내가 늦게 오는 바람에 아버지가 걱정을 많이 하셨겠군요. 내가 이 거인을 만났더라면 내 주먹으로 저놈을 저승으로 보내 버렸을 텐데요." 토르가 일어나, 자기 아들에 대해 기뻐하며, 그 녀석이 커서 큰 인물이 될 것이라고 덧붙이곤 다음과 같이 말했다. "흐룽니르가 타고 다니던 말 굴 팍시를 너에게 주겠다." 이에 대해 오딘은 토르가 그 좋은 말을 아 버지인 자신에게 주지 않고 여자 거인에게서 태어난 자식에게 주는 것은 잘못이라고 말했다.

토르는 자기가 사는 트루드방으로 되돌아갔다. 하지만 숫돌 조각은 여전히 그의 머리에 박혀 있었다. 그는 용사 아우르반딜의 부인인 주술사 그로아에게 갔다. 그녀는 숫돌 조각을 빼내기 위해 토르에게 주문을 읊었다. 그녀가 그 돌을 제거하게 될 것 같은 생각이 들고 그에 대한 희망이 있어 보이자, 토르는 보상을 함으로써 그녀를 기쁘게 해 주고 싶어졌다. 그는 그녀에게 자신이 북방에서 엘리바가르 강을 어떻게 건넜는지 이야기했다. 그가 큰 바구니에 아우르반딜을 담아 등에 짊어지고 북방 거인의 나라에서 데려왔었다는 것이다. 이는 그때 그의 발가락 하나가 밖으로 삐져나와 얼어 버렸기 때문에 토르가 그것을 떼어 내어 하늘로 던져 아우르반딜스타라는 별로 만들었다는 데에서도 드러난다고 말했다. 아우르반딜이 집에 돌아올 날이 머지않았다고 토르가 말하자 그로아는 너무 기쁜 나머지 주문을 까먹고 말았다. 그래서 그 숫돌 조각은 여전히 토르의 머릿속에 박혀 있게 되었다. 이때부터 사람들은 숫돌을 바닥 위로 가로질러 던지지 않았다. 그렇게 하면 토르의 머릿속에 있는 돌이 움직이기 때문이라는 것이다.

18. 토르와 거인 게이뢰드의 대결

에기르가 말했다. "흐룽니르가 대단한 인물 같습니다. 토르가 거인들을 만났을 때 보여 준 영웅적인 행동들이 또 있나요?" 이에 대해 브라기가 다음과 같이 대답했다.

"토르가 게이뢰드의 땅에 간 중요한 이야기를 하는 것이 좋겠군요. 그때 토르는 망치 묄니르도 없었고 힘을 증강시키는 허리띠와 쇠 장갑도 없이 떠났는데, 그것은 로키의 잘못 때문이었답니다. 그가 토르를 데리고 갔거든요.

로키는 언젠가 프리그의 매 날개옷을 빌려 입고 날아다니다가 호기심에 게이뢰드의 땅으로 가게 되었다. 거기서 그는 큰 저택을 발견하고 내려가서 지붕에 난 구멍을 통해 안을 들여다보았다. 그러나 게이뢰드가 이를 눈치채고 로키 쪽으로 몸을 돌려 가리키며 저 새를 잡아오라고 명령했다. 하인이 아주 높은 벽을 타고 낑낑대며 올라왔다. 로키가 보기에 그가 자신이 있는 곳까지 오려면 꽤 많은 노력을 들여야 할 것 같아서, 그가 다 올라오기 전까지는 애써 날아오를 필요가 없을 것 같았다. 그러다 그 남자가 가까이 올라오자, 로키는 날개를 펴며 두 발로 박차고 날아오르려 했다. 하지만 그 순간 두 발이 바닥에 붙은 듯 움직이지 않았다. 로키는 하인에게 붙잡혀 거인 게이뢰드 앞으로 압송되었다. 게이뢰드는 로키의 눈을 들여다보고는 그것이 새가 아니라 인간일 것이라고 생각했다. 그래서 로키를 심문했지만 그는 침묵으로 저항했다. 그러자 게이뢰드는 로키를 큰 궤짝에 가두고 3개월이나 굶겼다. 그가 로키를 다시 꺼내 자백하라고 요구하자 그제야 로키는 자신의 정체를 밝혔다. 그러고는 자신을 살려 주면, 토르가 마법의 망치 묄니르와 힘을 강화시켜 주는 파워 허리띠를 놔두고 빈 몸으로 게이뢰드의 땅에 오게 하겠다고 맹세했다.

토르는 (후에 로키에게 유인되어 가다가) 여자 거인 그리드의 집에서 숙박을 했다. 그리드는 침묵의 신 비다르의 어머니였다. 그리드는 게이뢰드에 대해 사실대로 설명했다. 게이뢰드가 아주 교활하므로 어울려서 좋을 게 없는 거인이라는 것이었다. 그리드는 자신이 가지고 있던, 힘을 강화시켜 주는 파워 허리띠와 쇠 장갑 그리고 지팡이 그리다뵐(그리드의 막대)을 토르에게 넘겨주었다.

그 후 토르는 걸어서 물살이 아주 센 비무르 강으로 갔다. 그는 힘을 강화시켜 주는 허리띠를 차고 그리다뵐로 물살을 이기며 몸을 지탱했다. 로키는 허리띠를 꼭 맸다. 토르가 강 가운데에 이르렀을 때 수위가 갑자기 높아지더니 토르의 어깨까지 차올랐다. 이때 그는 다음과 같이 말했다.

비무르, 너 이제 그만 불어나라, 나는 너를 건너야만 하리니
거인에게 가기 위함이다. 너는 알아야만 할 것이니, 네가 불어나면
아스 신의 힘은 내게 하늘만큼 높이 불어나리다.

그러다 그는 상류 쪽 골짜기 암벽 사이에서 게이뢰드의 딸 걀프가 강 양옆에 두 발을 댄 채 가랑이를 벌리고 서서 강물이 불어나도록 하고 있는 모습을 보게 되었다. 토르가 강 속에서 큰 돌멩이를 하나 집어 걀프를 향해 던지며 말했다. "강물의 근원을 막아버려야겠다." 돌멩이는 실수 없이 목표물을 향해 날아가 박혔다. 그 순간 토르는 강가에 접근하여 마가목 줄기를 붙잡았다. 덕분에 그는 강에서 벗어나 올라갈 수 있었다. 이런 연유로 마가목을

'토르의 구원물'이라고 말하는 표현이 생기게 되었다.

토르가 게이뢰드에게 갔을 때, 토르 일행에게는 염소 우리가 숙소로 제공되었다. 그곳에는 의자가 하나 있어서 거기에 토르가 앉았다. 토르는 앉자마자 그 의자가 밀리며 지붕 서까래 쪽으로 쑥 올라가는 것을 느꼈다. 그는 그리다뷜을 뻗어 지붕 대들보에 대고 의자가 내려가도록 힘껏 밀었다. 우지끈 하는 큰 소리가 났고 비명 소리가 뒤따랐다. 의자 밑에 게이뢰드의 딸 걀프와 그레이프가 있었는데, 둘 다 깔려서 척추가 부러졌던 것이다.

그러자 게이뢰드는 토르를 저택으로 불러 결투를 신청했다. 저택을 따라 큰 불꽃이 타오르고 있었다. 토르가 마주 서자, 게이뢰드가 이글거리는 쇳덩이를 집게로 집어 토르를 향해 던졌다. 그러나 토르는 쇠 장갑으로 그것을 잡아 공중에 휘돌렸다. 게이뢰드가 펄쩍 뛰어 쇠기둥 뒤로 몸을 숨겼다. 토르가 그 쇳덩이를 던지자 그것은 기둥을 뚫고, 게이뢰드를 관통한 뒤에도, 벽을 뚫고 바깥 땅으로 날아갔다.

이 이야기에 따라 구드룬의 아들 에이리프가 「토르 시」에서 노래했다.

19. 프리그

프리그는 어떻게 바꿔서 표현하는가? 프리그는 푀르귄의 딸, 오딘의 부인, 발드르의 어머니, 외르드·린드·군뢰드·그리드와 함께 오딘의 부인 중 하나이며 난나의 시어머니, 남녀 아스 신들의 안주인, 풀라의 주인마님, 매 깃털 옷의 주인, 펜살리르의 주인으로 불린다.

20. 프레이야

프레이야는 어떻게 표현할 수 있는가? 프레이야는 뇌르드의 딸, 프레이르의 누이, 오드의 부인, 흐노스의 어머니, 전장에서 죽은 용사 영혼들의 주인, 세스룸니르의 주인, 고양이들의 주인, 브리싱가멘의 주인, 반 신족의 여신, 반족의 여인, 눈물이 아름다운 여신, 사랑의 여신 등으로 표현한다.

모든 아스 여신들을 이렇게 다른 이름, 그들의 소유물, 행동, 혈족으로 좀 더 자세히 나타내는 방식으로 표현할 수 있다.

21. 시프

시프는 어떻게 바꿔서 표현하는가? 시프를 토르의 부인, 울의 어머니, 아름다운 머리카락의 여신, 야른삭사와 함께 토르의 부인이며 트루드의 어머니로 불린다.

22. 이둔

이둔은 어떻게 표현하는가? 그녀는 브라기의 부인, 아스 신들의 청춘을 보장하는 사과의 주인으로 불린다. 이둔은 또한 거인 탸지에게 납치되기도 했는데, 그 내용은 앞에서 얘기했다. 이런 이야기에 따라 흐빈의 툐돌프가 시 「가을-동안」을 지었다.

아스 신들은 이렇게 고유한 이름을 다른 이름으로 부르고, 고유한 활동이나 소유물 혹은 친족으로서 표시한다.

23. 하늘

하늘은 어떻게 표현하는가? 사람들은 그것을 위미르의 해골, 거인의 해골, 난쟁이들의 노고나 짐, 베스트리·아우스트리·수드리·노르드리의 지붕, 태양·달·별의 나라, 수레와 폭풍의 나라, 대기·대지·태양의 지붕이나 집이라고 부른다. 그래서 귀족 시인 아르노르가 시로 노래한 적이 있다.

24. 대지

대지는 어떻게 표현하는가? 대지는 위미르의 살, 토르의 어머니, 오나르의 딸, 오딘의 신부, 프리그·린드·군뢰드와 함께 오딘의 부인 중 하나, 시프의 시어머니, 폭풍의 집의 마루와 바닥, 동물들의 바다, 나트의 딸, 아우드와 다그의 누이라고 부른다. 그래서 망나니 스칼드 에위빈드가 시로 노래하였다.

25. 바다

바다는 어떻게 표현하는가? 사람들은 그것을 위미르의 피, 신들의 방문자, 란의 남편, 다음의 이름을 갖고 있는 에기르 딸들의 아버지라고 비유적으로 표현한다. 히밍글레바, 두파, 블로두가다, 헤프링, 우드, 흐뢴, 뷜갸, 바라, 콜가. 또한 바다는 란의 나라, 에기르 딸들의 나라, 선박의 나라, 선박 이름의 나라, 배(배의 용골)·뱃머리·널판자의 나라, 생선과 얼음의 나라, 바다 왕들의 항로, 섬들의 고리, 백사장의 집, 해초와 암초로 된 섬, 어구(漁具)의 나라, 바닷새의 나라, 산들바람의 나라 등으로 부른다. 이에 관해 바라의 시인 오름이 시를 지었다.

26. 태양

태양은 어떻게 표현하는가? 그것은 문딜파리의 딸, 마니(달)의 누이, 글렌의 부인, 하늘과 대기의 불 등으로 불린다. 그래서 토르스테인의 아들 스쿨리가 이에 대해 시를 지었다.

27. 바람

　바람은 어떻게 표현하는가? 사람들은 바람을 포르뇨트의 아들, 에기르(바다)의 형제, 불의 형제, 나무(숲)의 파괴자, 나무의 손상·죽음 혹은 나무의 사냥개와 늑대, 돛 혹은 삭구(索具)의 개와 늑대라고 부른다. 그래서 스베인이 「북쪽 마을의 시」에서 이에 관해 시를 지었다.

28. 불

　불은 어떻게 표현하는가? 사람들은 불을 바람의 형제, 에기르(바다)의 형제, 나무(숲)·주택의 파괴와 손상, 할프의 살해자, 주택의 태양이라고 부른다.

29. 겨울

　겨울은 어떻게 표현하는가? 사람들은 겨울을 빈드스발의 아들, 뱀의 살해자, 폭풍의 계절이라고 부른다. 그래서 스테인토르의 아들 오름이 이에 관해 시를 지었다.

30. 여름

여름은 어떻게 표현하는가? 사람들은 여름을 스바수드의 아들, 뱀의 구원, 인간의 성장이라고 부른다. 그래서 스칼라그림의 아들 에길이 이에 관해 시를 지었다.

31. 남자와 여자

남자를 어떻게 표현하는가? 사람들은 남자를 그의 행동, 그의 업적, 그가 획득하거나 이룬 소유물에 따라 비유적으로 표현한다. 남자는 또한 그가 소유하거나 선물한 것에 따라 표현되기도 한다. 그리고 그의 출신이나 그가 낳은 혈족에 따라 불리기도 한다. 이러한 것들로 남자를 어떻게 바꾸어 표현하는가? 사람들은 남자를 자신의 여행이나 행동을 완수하고 실행하는 사람, 전투 혹은 항해에 대해, 사냥, 무기 혹은 배에 대해 행동을 완수하고 실행하는 사람이라 부른다. 남자는 무기를 테스트해 보는 사람(마가목), 투쟁의 수행자(나무)이기 ─ '테스트해 보다'와 '마가목'처럼, '수행자'와 '나무'도 의미가 같은 단어이다 ─ 때문에, 그는 다시없는 실행자이다. 나무는 큰 나무를 의미하고, 마가목도 나무이다. 이런 이름에 따라 시인들은 남자를 서양물푸레나무 혹은 단풍나무 그리고 작은 숲이라 불렀고, 마찬가지로 정원 숲 혹은 다른 남성적인 나무 이름과 함께 그리고 전투, 배 혹은 재산을 가지고서 그를 더 자세히 묘사했다. 남자는 모든 아스 신 이름으로도 바꿔 표현되며, 거인으로 비유하는 경우도 있지만, 대부분 조롱이나 비웃는 것으로 간주된다. 엘프에 비유하는 것은 좋은 듯싶다.

여자는 모든 여성 의상으로서, 그리고 금과 보석, 맥주, 와인 혹은 여자가 제공하거나 따르는 다른 음료로 표현된다. 뿐만 아니라 일하고 접대하는 일에 여자들이 맡아서 하는 맥주 통과 모든 대상들로 표현된다. 여자를 그녀가 나누어 주는 것을 주는 자(버드나무) 혹은 사용하는 자(나무줄기)로 바꿔 표현하는 것은 옳은 일이다. '주는 자'와 '사용하는 자'에 해당하는 단어 또한 나무 이름이다. 버드나무와 나무줄기는 나무에 속한다. 그래서 여자는 케닝에서 모든 여성적인 나무 이름으로 표현된다. 그리고 여자는 보석이나 유리 같은 돌을 통해 더 자세히 불린다. 그도 그럴 것이 고대에는 보석 목걸이가 있었기 때문이다. 여자들은 이것들을 목에 두르고 다닌다. 지금은 이것이 케닝에서 사용되어 여자가 보석과 모든 돌 이름을 통해 규정된다. 여자는 모든 아스 여신들, 발퀴리, 노른(운명의 여신)들, 디스*로도 바꿔 표현된다. 여자는 모든 행동, 재산 혹은 친·인척에 따라 비유적으로 표현될 수 있다.

32. 금

　금은 어떻게 표현하는가? 사람들은 그것을 바다의 불, 글라시르의 나뭇잎, 시프의 머리카락, 풀라의 머리띠, 프레이야의 눈물, 거인이 입으로 계량한 것,* 거인의 목소리·연설, 드라우프니르의 방울, 드라우프니르의 비 혹은 소나기, 프레이야의 눈, 오테르의 배상금, 아스 신의 배상금, 퓌리스펠더(퓌리 들판)의 씨앗, 횔기 무덤의 지붕, 모든 하천의 불, 팔(손)의 불, 팔의 돌·암초 섬 혹은 팔의 광채 등으로 부른다.

33. 금과 바다

　금은 왜 바다(에기르)의 불이라 불리는가? 이는 앞에서 말했던, 에기르가 아스가르드 연회에 초대받았을 때의 이야기와 관련이 있다. 에기르는 고향으로 돌아갈 채비를 다 갖추게 되자 오딘과 아스 신들을 3개월 이내에 와 달라고 모두 초대했다. 그래서 먼저 오딘이 갔고, 다음에 뇌르드, 프레이르, 튀르, 브라기, 비다르, 로키 그리고 프리그, 프레이야, 게퓬, 스카디, 이둔, 시프 등의 여신들도 도착했다. 토르는 거기에 없었다. 동쪽으로 트롤을 쳐부수러 갔던 것이다. 신들이 자리에 앉자 에기르가 바닥에 빛나는 금을 쏟아부어 불처럼 환하게 건물을 밝혔다. 마치 발할에서 검이 불처럼 환히 밝혔던 것처럼, 금이 연회를 밝히는 데 이용되었던 것이다.

그곳에서 로키는 모든 신들에게 악담을 퍼부었고, 에기르의 종 피마펭을 쳐 죽였다. 다른 종의 이름은 엘디르라고 했다. 에기르의 부인은 란인데, 이들은 앞에서 얘기한 대로, 딸이 아홉이다. 이 연회에서는 음식뿐만 아니라 맥주, 그리고 잔치에 필요한 모든 것들이 저절로 식탁에 차려졌다. 여기서 아스 신들은 란이 바다에서 죽은 사람들을 모두 받아들이는 그물을 가지고 있는 것을 알았다.

이 이야기는 금이 에기르의 불·빛·광채, 란의 불·빛·광채 혹은 에기르의 딸들의 불·빛·광채로 불리는 연원을 말해 주고 있다. 이런 케닝들에서 요약해 보건대, 에기르와 란이 바다와 관련된 명칭을 갖는 것처럼 금은 바다의 불, 그리고 바다를 표시하는 모든 것들의 불로 불린다. 때문에 금은 또한 물의 불, 혹은 강의 불, 그리고 강을 지칭하는 모든 이름들의 불로 불린다. 그래서 이런 이름들은 다른 이름 그리고 케닝과 같은 방식으로 이용된다. 젊은 스칼드들은 선배 음유 시인들의 예에 따라 그들의 시에 담긴 대로 시를 지어 왔다. 그때 이래로 이것은, 예전에 시로 지어졌던 것과 같이, 즉 물이 바다이고 강이 물인 것처럼, 그리고 강이 시냇물에 상응하는 것처럼 그와 비슷하게 보이는 부분 속에서 표현되기 때문이다. 이미 전에 사용된 이름이 확장되면 이 모든 것은 새로움이라고 할 수 있다. 신빙성과 속성을 간직하고 있으면 모두 좋은 것이다. 그래서 음유 시인 브라기가 이에 관해 시를 지었다.

34. 금 – 글라시르의 나뭇잎

금을 글라시르의 나뭇잎이라고 하는 이유는 무엇인가? 아스가르드에는 발할에 들어가는 문 앞에 글라시르라는 이름의 작은 숲이 있는데 그곳의 나뭇잎들이 모두 붉은 금으로 되어 있었다. 이는 다음과 같은 시로 노래되었다.

글라시르가 금 이파리들을 달고 서 있었으니 '승리-튀르'의
저택 앞이었네.

이 숲은 인간 세상뿐만 아니라 신들의 세상에서도 가장 아름다운 곳이다.

35. 난쟁이들이 만들어 준 신들의 보물

금을 시프의 머리카락이라고 하는 이유는 무엇인가?

라우페이의 아들 로키가 어느 날 심술궂게 시프의 머리카락을 모두 잘라 버렸다. 토르가 이를 알고 로키를 잡아와 그의 뼈를 다 부러뜨려 버리겠다고 했다. 그러자 로키는 검은 엘프들에게 말해서 시프를 위해 금으로 된 머리카락을 만들어 주겠다고 맹세하며 그 머리카락이 다른 머리카락처럼 자라날 것이라고 말했다. 그러고는 이발디의 아들들이라고 하는 난쟁이들에게 갔다. 난쟁이들

은 머리카락과 스키드블라드니르, 그리고 ─나중에 오딘에게 주어져 궁니르라고 불리게 된─창을 만들었다. 로키는 이것들을 가지고 난쟁이 브로크에게 내기를 걸었는데, 그의 형제 신드리가 이것들만큼 멋지고 값어치 있는 것 세 개를 만들 수 있으면 자기 머리를 내놓겠노라고 했다. 그들은 대장간으로 갔다. 그리고 신드리가 돼지가죽을 화로 속에 집어넣고 브로크에게 풀무질을 하도록 주문하며 자신이 넣은 것을 꺼낼 수 있을 때까지 풀무질을 멈추지 말아 달라고 말했다. 신드리가 대장간을 나가고, 브로크가 거기서 계속 일하고 있는데, 날벌레 한 마리가 그의 손에 앉아 간지럽혔다. 그러나 브로크는 신드리가 화로에서 뭔가를 꺼낼 때까지 풀무질을 계속했다. 그렇게 해서 꺼낸 것은 황금으로 된 억센 털을 가진 멧돼지였다.

신드리는 다음에 또 금을 화로에 넣고 자신이 다시 돌아올 때까지 풀무질을 멈추지 말라고 브로크에게 시켰다. 브로크가 풀무질을 시작하자 그 날벌레가 날아와 그의 목을 간질였는데 전보다 두 배는 더 강했다. 하지만 그는 풀무질을 계속했다. 그리고 신드리는 화로에서 드라우프니르라는 금팔찌를 꺼냈다.

그런 다음에 또 신드리는 철을 집어넣으며 브로크에게 계속 풀무질을 하라고, 풀무질이 약해지면 쓸모없는 게 만들어질 것이라고 얘기했다. 그때 날벌레가 또다시 와서 브로크의 양 눈 사이에 앉아 눈꺼풀을 쏘았다. 피가 흘러 눈으로 들어가 아무것도 보이지 않자 그는 풀무질을 잠시 멈추고 재빨리 손으로 피를 훔쳐 내고 날벌레를 쫓았다. 그때 신드리가 와서 혹시 이제 화로 안에 있는 것이 쓸모없게 되었을지도 모른다고 걱정하며 불 속에서 큰 망치를 하나 꺼냈다. 그리고 물건들을 모두 브로크에게 넘겨주며 그것을 가지고 아스가르드에 가서 내기의 승부를 보라고 말했다.

브로크와 로키가 그 물건들을 내놓자 아스 신들이 판정석에 자리를 잡았고, 판정은 오딘, 토르, 프레이르가 내리기로 했다. 로키는 오딘에게 궁니르 창을, 토르에게는 시프에게 줄 황금 머리카락을, 프레이르에겐 스키드블라드니르를 선물하며 각각의 물건에 대해 설명했다. 그 창은 무엇이든 다 꿰뚫을 수 있으며, 그 머리카락은 시프의 머리에 붙이면 곧바로 자랄 것이라고, 그리고 스키드블라드니르는 돛을 펼치면 즉시 순풍을 받아 어디든 가고자 하는 곳으로 항해할 수 있으며, 원하면 손수건처럼 접어서 주머니에 넣어 가지고 다닐 수도 있다고 설명했다.

그다음엔 브로크가 자신의 보물을 선보였다. 그는 오딘에게 팔찌를 선물하며, 그것은 9일 밤마다 여덟 개의 똑같은 팔찌를 만들어 낼 것이라고 설명했다. 그는 프레이르에게는 멧돼지를 주면서, 그 멧돼지는 어느 말보다 더 빨리 밤낮으로 하늘과 물속을 달릴 수 있다고 말했다. 그리고 이 돼지는 털에서 빛이 나기 때문에 빛이 없는 곳에서도 밤이나 어둠 속에서도 환하게 밝힐 것이라고 말했다. 그런 다음 그는 토르에게 망치를 선물하며, 그 대형 망치를 사용하면 앞에 있는 것이 무엇이든 박살 낼 수 있을 것이라고 말했다. 그리고 망치를 던지면 목표를 백발백중 맞히고, 아무리 멀리 던져도 다시 토르의 손으로 돌아올 것이라고 설명했다. 또 원하면 작게 해서 셔츠 안에 숨길 수도 있다고 했다. 그러나 한

가지 단점이 있다면 망치 손잡이가 약간 짧게 만들어진 것이라고 말했다.

세 신은 그 망치가 최고의 물건이고, 서리 거인들을 가장 잘 막아 줄 수 있는 무기라고 판정 내렸다. 신들은 난쟁이 브로크가 내기에서 이긴 것으로 결정했다. 내기에서 진 로키가 머리 대신 다른 것으로 지불하겠다고 제안했으나, 난쟁이는 이를 거부했다. 로키가 "그러면 나 잡아 봐라" 하고 말했다. 하지만 브로크가 그를 잡으려 했을 때, 그는 멀리 달아나 있었다. 로키는 하늘이건 물속이건 달릴 수 있게 해 주는 신발을 신고 있었다. 그래서 난쟁이는 토르에게 무슨 일을 해서든 로키를 붙잡아 달라고 빌었다. 그렇게 해서 잡혀 온 로키에게서 난쟁이는 머리를 잘라 내려 했다. 그러나 로키는 "내 머리를 가져가 봐. 하지만 내 목은 건들지 말고"라고 말했다. 그래서 브로크는 가죽 구두끈과 칼을 들고 로키의 입술에 구멍을 내어 입을 꿰매 버리려 했다. 하지만 그 칼로는 잘 되지 않았다. 그는 "내 형제의 송곳이 지금 내게 있으면 더 나을 텐데"라고 말했다. 그 말이 떨어지자마자 송곳이 나타났고, 그것으로 입술에 구멍을 뚫게 되었다. 그리고 입술을 꿰맸다. 로키는 그 구멍을 찢어 가며 가죽끈을 뜯어냈다. 로키의 입을 꿰맨 그 끈의 이름은 바르타리라고 한다.

36. 금 – 풀라의 머리띠

사람들은, 망나니 스칼드 에위빈드의 시에도 나와 있듯이, 금을 풀라의 머리띠라고 바꿔 쓰는 것을 듣게 된다.

37. 금 – 프레이야의 눈물

금은 전에 얘기한 것처럼, 프레이야의 눈물로 불린다. 이는 토르 스테인의 아들 스쿨리가 지은 시에도 나와 있다.

38. 금 – 거인의 목소리

앞에서 이미 얘기한 대로, 금을 거인의 말·목소리라고도 부른다. 이는 스칼드 브라기가 지은 시에도 나와 있다.

39. 금 – 수달의 배상금, 안드바리의 보물

금을 수달의 배상금이라 부르는 근거는 무엇인가?
이것은 다음과 같이 얘기된다. 아스 신 오딘·로키·회니르가 세상을 탐방하기 위해 여행을 떠났다. 세 신은 강가에 이르러 강을 따라 쭉 이동하여 어느 폭포에 닿게 되었다. 거기에는 수달 한 마리가 있었는데, 폭포 속에서 연어를 잡아 눈을 거의 감은 채 먹고 있었다. 그때 로키가 돌을 집어 들어 수달에게 던져 머리를 맞혔다. 로키는 자신이 사냥하여 얻은 고기를 자랑스러워했다. 단 한 번의 돌팔매질로 수달과 연어를 한꺼번에 잡았다는 것이다. 신들은 연어와 수달을 집어 들고 근처의 농장 안으로 들어갔다. 그곳에 살고 있던 농부는 이름이 흐레이드마르였는데, 아주 건장하고 특히 (흑)마법에 능통했다. 아스 신들은 하룻밤 묵어 가기를 청하면서 먹을거리도 충분히 가져왔노라 말하고, 자신들이 잡아온 고기들을 농부에게 보여 주었다. 그러나 흐레이드마르는 그 수달을 보고는 자기 아들들인 파프니르와 레긴을 불러다가, 너희들의 형제인 오트르가 맞아 죽었으니 그 짓을 한 놈들도 그렇게 되어야 할 것이라고 말했다.

이윽고 아버지와 아들들은 아스 신들을 급습하여 붙잡아 묶었다. 그리고 그 수달이 흐레이드마르 자신의 아들이었노라고 말했다. 아스 신들은 자신들을 풀어 주면 그가 요구하는 대로 다 해주겠다고 제안했다. 이것이 그들에게 받아들여져 서약으로 뒷받침되었다. 흐레이드마르는 수달 가죽을 벗겨 들고 거기에 붉은 금으로 가득 채우고 밖에서도 안 보일 정도로 금으로 덮어씌워 줄 것을 요구했다. 그래야만 화해가 가능할 것이라고 말했다.

그래서 오딘은 로키를 검은 엘프들의 땅으로 보냈다. 난쟁이 안드바리에게 간 로키는 물고기로 변신해 물속에 있던 안드바리를 잡아 쥐었다. 그는 살고 싶으면 바위틈에 숨겨 둔 금을 모두 내놓으라고 명령했다. 그들이 바위 속으로 들어갔고, 난쟁이는 가지고 있던 금을 모두 내놓았다. 그것은 엄청난 규모의 재화였다. 그때 난쟁이가 한쪽 손에 조그만 금반지 하나를 재빨리 숨겼다. 로키가 그 모습을 보고 당장 반지를 내놓으라고 명령했다. 난쟁이는 그 반지만은 빼앗아 가지 말아 달라고 애원했다. 그것만 있으면 자신의 재산을 얼마든지 다시 키울 수 있었기 때문이다. 하지만 로키는 난쟁이가 아무것도 남겨서는 안 된다며, 난쟁이에게서 그 반지까지 빼앗아 밖으로 나갔다. 그러자 난쟁이는 그 반지를 소유하는 자는 반드시 죽게 될 것이라고 저주했다. 로키는 그것참 맘에 드는 소리라며, 그 반지를 소유할 자에게 이 말을 전해 줄 테이니, 그의 저주대로 될 것이라고 응답했다.

그 후 로키는 흐레이드마르의 집에 돌아와 오딘에게 난쟁이에게서 빼앗은 금을 보여 주었다. 오딘이 그 반지가 맘에 들어 보물 더미에서 빼냈다. 그리고 나머지 금을 흐레이드마르에게 주었다. 흐레이드마르가 수달 가죽에 금을 다 채우고 그 가죽을 세웠다. 그런 다음 오딘이 다가왔다. 그가 금으로 수달 가죽을 둘러 덮어씌워야 했던 것이다. 오딘이 그 일을 다 마치고는, 흐레이드마르에게 수달 가죽이 충분히 덮어씌워졌는지 살펴보라고 말했다. 흐레이드마르는 아주 꼼꼼히 살펴보고 나서 수염 하나가 보이는 것을 알아챘다. 그는 그것도 덮으라고 요구하며 그렇지 않으면 그들 사이의 평화는 없을 것이라고 말했다. 그래서 오딘이 반지를 꺼내 그 수염을 덮은 뒤, 이로써 수달에 대한 배상은 다 이루어졌노라고 말했다.

오딘이 자신의 창을 들고 로키가 자신의 신발을 신게 되어, 그들이 더 이상 두려워할 이유가 사라지자, 로키는 안드바리가 말한 저주가 실현될 것이라고 말했다. 그 반지와 금을 소유한 자는 죽을 것이라고 했는데, 이때부터 그 저주가 실현되었던 것이다. 이런 이야기 때문에 금이 수달의 배상금, 아스 신들의 배상금, 분쟁의 광물로 불리게 되었다.

40. 안드바리 반지의 저주의 실현 – 흐레이드마르 부자의 비극

그 금에 대해 더 이야기할 것은 무엇이 있는가?

흐레이드마르는 그 금을 아들의 배상금으로 받아들였다. 한편 파프니르와 레긴은 형제를 잃은 데에 대한 배상금이니 자기들의 몫을 달라고 요구했다. 그러나 흐레이드마르는 그들에게 한 푼도 주지 않았다. 그러자 형제는 작당해서 아비를 쳐 죽였다. 이런 일이 벌어진 뒤, 레긴은 파프니르에게 그 금을 절반씩 나눌 것을 요구했다. 그러나 파프니르는 금을 차지하기 위해 아비까지 죽인 마당에, 그 금을 동생과 나눈다는 것은 있을 수 없노라고 말했다. 그리고 레긴에게, 아버지 흐레이드마르처럼 되고 싶지 않으면 당장 사라지라고 명령했다. 파프니르는 흐레이드마르가 쓰던 투구를 자기 머리에 썼다. 그것은 공포의 투구라고 불렸는데 사람이든 짐승이든 모든 생물이 그것을 보는 순간 질겁했기 때문이었다. 그는 흐로티라고 불리는 칼을 집어 들었다. 레긴은 레필이라는 검을 가지고 있었다. 그는 그곳에서 도망쳤다. 파프니르는 그니타 황야로 올라가 은신처를 정했다. 그는 드래곤으로 변해서 황금을 깔고 누웠다.

한편 레긴은 햘프레크라는 왕이 있는 툐드로 가서 왕의 대장장이가 되었다. 거기서 시구르드를 맡아 길렀는데, 시구르드의 아버지는 뵐숭 왕의 아들 시그문드였고, 어머니는 에윌리미스 왕의 공주 회르디스였다. 시구르드는 혈통이나 힘, 용기에서 그 어느 영웅보다 유명했다. 레긴은 그에게 파프니르가 금을 지키고 있는 곳을 알려 주며 그 금을 차지하라고 부추겼다. 그리고 그람이라는 칼을 만들어 주었다. 그 칼은 매우 예리해서 흐르는 물에 넣으면 떠내려오던 양털 뭉치가 삭둑 베어질 정도였다. 시구르드가 그 칼을 내리치자 레긴의 모루가 둘로 쪼개지고 그 밑에 놓인 통나무에까지 들어가 박혔다.

시구르드와 레긴은 그니타 황야로 떠났다. 시구르드는 파프니르가 지나다니는 길에 구덩이를 파고 그 안에 들어가 앉았다. 그는 파프니르가 물을 마시러 기어 나와 구덩이 위를 지나갈 때 검으로 깊숙이 찔러 죽였다. 그러자 레긴이 다가와서 말했다. "네가 내 형을 죽였구나" 하면서 속죄의 의미로 파프니르의 심장을 꺼내 불에 구울 것을 요구했다. 그리고 레긴은 몸을 굽혀 파프니르의 피를 마시고는 누워 이내 잠에 빠졌다.

시구르드는 심장을 구우면서 그것이 충분히 익었는지 살펴보았다. 손가락으로 고기가 얼마나 단단해졌는가를 살펴보았다. 그때 심장에서 나온 즙이 그의 손가락으로 흘러 불에 덴 듯하자, 그는

"앗! 뜨거워" 하면서 얼른 손가락을 입속으로 가져갔다. 그때 드래곤 심장의 피가 그의 혀에 닿으면서, 그는 새의 말을 알아들을 수 있는 능력이 생겼다. 나무에 앉은 박새 가운데 한 마리가 말했다.

> 저기 시구르드가 앉아서, 피를 뚝뚝 떨어뜨리며
> 파프니르의 심장을 불에 굽고 있네.
> 반지의 파괴자가 저 희뿌연 생명의 근육을
> 먹는 게 현명할 것 같은데.

그러자 다른 새가 말했다.

> 저기 레긴이 누워 있네. 궁리하고 있으니,
> 그는 자신을 믿는 사람을 배반하려 하네.
> 분노에 차서 나쁜 일을 꾸미고 있으니,
> 저 음모의 대장장이가 형의 복수를 꿈꾸고 있구나.

이 소리를 알아듣고 시구르드는 레긴을 쳐 죽였다. 그런 다음 애마(愛馬) 그라니가 있는 곳으로 간 그는 말을 타고 파프니르의 은신처였던 곳으로 가서 금을 모두 끄집어내 끈으로 묶어 운반용 짐으로 꾸렸다. 그러고는 그 짐을 그라니의 등에 묶은 후 자신도 그 위에 올라타고 길을 떠났다. 이것이 바로 금을 파프니르의 침소 혹은 거처, 그니타 황야의 광물, 그라니의 짐이라고 부르게된 유래다.

41. 시구르드의 결혼과 죽음 그리고 뒷이야기

시구르드는 말을 타고 계속 달리다가 산 위에 있는 집 한 채를 발견했다. 집 안에는 한 여인이, 투구와 갑옷을 입은 채 누워 잠자고 있었다. 시구르드는 검을 빼서 그녀의 갑옷을 풀어 주었다. 그러자 그녀가 잠에서 깨어나 자신의 이름이 힐드라고 밝혔다. 그녀는 발퀴레였는데, 그래서 브륀힐드라고 불렸다.

시구르드는 그 후 규키 왕에게 갔다. 그의 왕비는 그림힐드였고 자식은 군나르, 회그니, 구드룬, 구드뉘였다. 고트호름은 의붓아들이었다. 시구르드는 그곳에 오랫동안 머무르며 규키 왕의 공주 구드룬과 결혼했다. 그리고 군나르, 회그니와는 의형제를 맺었다. 그 후 시구르드는 규키 왕의 아들들과 함께 부들리의 아들인 아틀리에게 갔다. 아틀리의 누이 브륀힐드를 군나르의 부인으로 맞게 해 달라고 청혼하기 위해서였다. 브륀힐드는 힌다팔(힌다 산)에 살았는데, 그녀의 성은 너울거리는 불꽃 울타리로 둘러싸여 있었다. 그런데 그녀는 말을 타고 바버로에*를 당당히 뚫고 들어온 남자와만 결혼하겠노라고 이미 서원(誓願)한 상태였다. 그래서 시구르드는 니플룽엔이라고도 부르는 규쿵 사람들과 함께 말을 타고 그 산을 올라갔다.

이제 군나르가 말을 타고 바버로에를 뚫고 들어가야 했다. 그는 고티라는 준마를 타고 있었는데 이 말이 불 속으로 뛰어들려고 하지 않았다. 그래서 시구르드와 군나르가 모습과 이름을 서로 바꾸었다. 그라니가 시구르드 외에는 어느 누구도 태우려 하지 않

브륀힐드를 깨우는 시구르드, 찰스 어니스트 버틀러(Charles Ernest Butler), 1909년.

았기 때문이다. 그래서 시구르드가 그라니를 타고 바버로에를 뚫고 달려 들어갔다. 바로 그날 저녁 그는 브륀힐드와 첫날밤을 같이 지냈다. 그러나 신랑 신부가 침대에 들었을 때, 시구르드는 검그람을 칼집에서 빼내 두 사람 사이에 놓았다. 다음 날 아침 그가 일어나 옷을 입은 다음, 로키가 안드바리에게서 빼앗았던 금반지를 브륀힐드에게 '첫날밤 다음 아침에 주는 선물'로 주었다. 그리고 그녀의 손에서 다른 반지를 빼내어 기념으로 받은 뒤 시구르드는 자신의 말을 타고 달려 일행이 있는 곳으로 가서 군나르와 다시 서로 모습을 바꾸었다. 그들은 브륀힐드를 데리고 고향 땅으로 규키 왕에게 갔다. 시구르드는 구드룬과의 사이에서 시그문드와 스반힐드라는 아들과 딸을 얻었다.

어느 날 브륀힐드와 구드룬이 머리를 감으러 물가로 가게 되었다. 그들이 강에 이르자, 브륀힐드가 강 언덕에서 먼저 들어가며 말했다. "나는 구드룬이 머리 감은 물을 내 머리에 닿게 하고 싶지 않다. 왜냐하면 나는 고귀한 남자를 남편으로 두었기 때문이다." 그러자 구드룬이 그녀의 뒤를 따라 강으로 들어가며 말했다. "내가 상류에서 머리를 감아야겠어요. 왜냐하면 나는 군나르 오라버니는 물론이고 세상의 어느 남자와도 비교할 수 없는 용기를 지닌 남자를 남편으로 두고 있기 때문이죠. 그도 그럴 것이 내 남편은 파프니르와 레긴을 죽이고 그 둘의 유산을 차지했기 때문이에요." 이에 브륀힐드가 대답했다. "내 남편 군나르가 말 타고 바버로에를 돌파한 것이 더 의미 있는 일이지. 시구르드는 그렇게 못했거든." 그러자 구드룬이 웃으며 말했다. "새언니는 오라버니가 바버로에를 말 타고 돌파했다고 믿나 보군요. 내가 알기론, 내게 이 금반지를 선물한 사람이 그때 새언니 침대로 간 사람입니다. 새언니가 결혼 선물로 받아 손에 끼고 있는 반지는 안드바리의 작품이라 불리는 반지랍니다. 저는 군나르 오라버니가 그니타 황야에서 그걸 얻었다고 생각하지 않거든요." 이에 브륀힐드는 아무 말도 못하고 궁으로 갔다.

그 후 브륀힐드는 군나르와 회그니에게 시구르드를 죽이라고 독촉했다. 하지만 그들은 시구르드와 의형제 서약으로 묶여 있었기 때문에, 배다른 동생 고트호름을 꾀어 시구르드를 죽이도록 사주했다. 고트호름은 잠들어 있는 시구르드를 검으로 찔렀다. 시구르드는 부상을 당했다고 느끼는 순간, 자신의 칼 그람을 고트호름에게 던져 그의 몸 가운데를 갈랐다. 그곳에서 시구르드뿐만 아니라 그의 세 살 된 아들 시그문드도 죽었다. 그들이 아들까지 죽였던 것이다.

이 사건이 있은 후 브륀힐드는 칼로 자결했고 시구르드와 함께 화장되었다. 그러나 군나르와 회그니는 파프니르의 유산과 안드바리의 보물을 차지하고 여러 나라를 지배했다.

부들리의 아들이자 브륀힐드의 오빠인 아틀리 왕은 시구르드의 부인이었던 구드룬을 부인으로 맞아들여 아이들을 낳았다. 아틀리 왕은 군나르와 회그니를 초청했고, 이들은 초청에 응했다. 하지만 그들은 자기 나라를 떠나기 전에 파프니르의 유산인 금을 라인 강에 숨겼다. 이것은 그 뒤로 아무도 발견하지 못했다. 아틀리 왕에게는 충직한 부하들이 있었는데 이들이 군나르와 회그니와 전투를 벌여, 결국 그들을 생포했다. 아틀리는 살아 있는 회그니의 몸에서 심장을 도려내도록 명령하고, 군나르는 뱀 굴에 집어던지도록 했다. 군나르에게는 비밀스럽게 하프가 전달되었다. 양손이 묶인 그는 발가락으로 하프를 연주했다. 그가 하프를 어찌나 기막히게 연주했던지 뱀들이 모두 잠에 빠져들었다. 그러나 독사 한 마리만은 예외였다. 뱀이 미끄러지듯 기어 와서 그의 가슴속으로 머리를 들이밀었다. 뱀은 그가 죽을 때까지 그의 간을 물고 늘어졌다. 군나르와 회그니는 니플룽족과 규쿵족으로 불렸다. 그래서 사람들은 금을 니플룽족의 보물 혹은 니플룽족의 유산이라고 부른다.

얼마 뒤 구드룬은 자신의 두 아들을 죽이고, 그들의 해골을 은과 금으로 장식하여 술잔으로 만들었다. 그런 후 니플룽족의 장례식이 거행되었다. 그들의 제례 식사 때 구드룬은 아이들의 피가 섞인 꿀술을 그 잔에 담아 아틀리 왕에게 권했다. 그녀는 또한 아이들의 심장을 구워 왕에게 주었다. 이런 일이 모두 이루어지자 그녀는 악담을 퍼부으며 전모를 밝혔다. 도수 높은 술이 부족하지 않을 정도로 있었기 때문에 거기에 있던 사람들이 대부분 앉은 자리에서 잠에 빠져들었다. 밤중에 왕이 잠들어 있을 때 그녀와 회그니의 아들이 왕에게 접근하여 그를 죽였다. 그러고 나서 그들은 건물에 불을 질러 그 안에 있던 사람들을 모두 불태웠다.

그런 후 그녀는 바다로 가서 몸을 던졌다. 자살하려 했던 것이다. 하지만 그녀는 파도에 밀려 해협을 건너 요나크 왕이 다스리는 땅에 닿았다. 요나크 왕은 그녀를 받아들여 그녀와 결혼했다. 그들은 세 아들을 낳았으니, 그 이름이 쇠를리, 함디르, 에르프였다. 이들의 머리는 모두 군나르, 회그니 등 다른 니플룽족과 같이 까마귀처럼 검은색이었다.

시구르드가 젊었을 때 낳은 딸 스반힐드는 그곳에서 자랐다. 그녀는 어느 누구보다 아름다웠다. 그 소문은 세력이 막강한 외르문레크 왕의 귀에도 들어갔다. 그는 그녀의 부모에게 딸을 달라고 청혼하기 위해 아들 란드베르를 보냈다. 요나크 왕은 란드베르가 오자, 스반힐드를 그에게 맡겼다. 그가 그녀를 외르문레크 왕에게 데려가기로 되어 있었다. 그때 빅키 백작이, 란드베르가 스반힐드를 부인으로 얻는 게 더 어울릴 것 같다고 말했다. 두 사람은 젊지만, 외르문레크는 늙었기 때문이라는 것이다. 이 조언을 그 젊은 사람들이 아주 마음에 들어 했다. 곧이어 빅키는 외르문레크 왕에게 이 사실을 이야기했다.

그러자 외르문레크는 자기 아들을 교수형에 처하도록 붙잡아 보내라고 명령했다. 란드베르는 자신이 기르던 매의 깃털을 다 뽑아낸 뒤에 아버지에게 보내도록 명했다. 그러고 나서 그는 교수형을 당했다. 매를 본 외르문레크 왕은, 그 매가 깃털이 없어 날 수 없는 것처럼, 늙고 아들도 없는 자신에게는 이제 권력이 종말을 맞을 것이라는 점을 깨달았다. 왕은 사냥하던 숲에서 궁으로 돌아오다가 스반힐드를 보게 되었다. 그녀는 앉아서 머리를 감고 있었다. 그들은 말에 올라탄 채 그녀에게 달려갔고, 그녀는 말발굽에 짓밟혀 죽었다.

이 소식을 들은 구드룬은 아들들에게 스반힐드의 복수를 부추겼다. 그들이 떠날 채비를 끝내자, 구드룬은 어떤 쇠 무기에도 견뎌 낼 강한 갑옷과 투구를 주었다. 그녀는 외르문레크 왕에게 가면 그가 잠든 밤에 공격해야 한다고 충고하며 쇠를리와 함디르가 그의 손과 발을, 에르프가 그의 머리를 잘라야 한다고 했다.

그들이 가는 도중에 쇠를리와 함디르가 에르프에게, 외르문레크 왕과 마주쳤을 때 그가 어떤 도움이 될 것인지 물었다. 그는 손이 발을 돕듯이 그들을 돕겠다고 대답했다. 그러자 그들은 발이 손의 도움에 의지하는 경우는 결코 없을 것이라고 말했다. 그런 후 그들은 증오에 찬 말을 쏟아 내며 자신들을 그 길로 내몬 어머니에 대한 분노가 치밀었다. 그들은 그녀를 가슴 아프게 하려고 에르프를 쳐 죽였다. 어머니가 그를 가장 사랑했기 때문이다. 얼마 후 쇠를리는 걷다가 발이 미끄러져 넘어지게 되자 손을 짚어 몸을 지탱했다. 그러면서 그가 말했다. "방금 손이 발을 도왔다. 에르프가 살아 있으면 좋을 텐데!"

그들은 밤중에 외르문레크 왕이 잠들어 있는 곳으로 가서 그의 손과 발을 베었다. 그때 왕이 잠에서 깨어 부하들에게 일어나라고 소리쳤다. 그러자 함디르가 말했다. "만약 에르프가 살아 있으면 그의 머리를 베었을 텐데!" 외르문레크 왕의 부하들이 일어나 그들을 공격했지만 무기로는 그들을 부상 입힐 수 없었다. 외르문레크 왕은 돌로 쳐 죽이라고 말했다. 그래서 그 말대로 이루어졌고 쇠를리와 함디르는 그곳에서 죽었다. 이로써 규키 종족은 대가 끊겼다. 갑옷이 함디르와 쇠를리의 옷 혹은 의복이라 불리는 이유가 여기에 있다.

시구르드는 젊어서 아슬라우그라는 딸을 남겼다. 그녀는 흘림탈에 있는 헤이미르의 집에서 자랐다. 그녀에게서 위대한 가문들이 나왔다.

사람들은 말하기를, 뵐숭의 아들 시그문드는 매우 강해서, 독을 마시고도 아무렇지 않았다고 한다. 그리고 그의 아들 신푀틀리와 시구르드는 피부가 매우 단단해서, 보호 장구 없이 몸에 독을 맞아도 아무런 해를 입지 않았다고 한다. 스칼드 브라기가 이에 관해 시를 지었다.

42. 프로디의 맷돌

금을 왜 '프로디의 밀가루'라고 부르는가?

오딘의 아들 가운데 스쾰드가 있었는데, 스쾰둥족이 그의 후손이다. 그는 오늘날의 덴마크 —당시엔 고틀란드*로 불렸던 —지역을 다스렸고, 그 땅에 왕궁을 두었다. 스쾰드에게는 프리들레이프라는 아들이 있었다. 그가 스쾰드의 뒤를 이어 나라를 다스렸다. 프리들레이프의 아들은 프로디였다. 그는 아우구스투스 황제가 온 세상에 평화를 가져다주던 시대에 아버지로부터 왕위를 넘겨받았다. 그 당시 예수도 태어나 있었다. 프로디는 북유럽 왕 중에서 가장 강력했기 때문에, 북유럽 언어권 전체에서는 평화를 그의 이름을 따서 부르게 되었다.* 그래서 사람들은 평화를 '프로디-평화'라고 말했다. 사람들은 서로 상해를 입히는 일이 없었다. 아버지나 형제를 죽인 자를 만나, 그 문제를 해결했건 못했건 간에, 상대방에게 상해를 입히지는 않았다. 도둑이나 강도도 없어서 야랑스헤이데(야랑의 황야)에 놓인 금반지도 오랫동안 제자리에 있었다.

어느 날 프로디 왕은 푈니르 왕의 초대를 받아 스웨덴으로 가게 되었다. 거기서 그는 페냐와 메냐라는 두 처녀를 얻었다. 그들은 몸집이 컸고 힘이 셌다. 이 시기에 덴마크에는 커다란 맷돌 두 개가 있었는데 어찌나 큰지 그 맷돌을 돌릴 수 있는 사람이 아무도 없었다. 그런데 이 맷돌에는 그것을 돌리며 원하는 것을 말하면 그것을 만들어 내주는 힘이 있었다. 맷돌 이름은 그로티였다. 프로디 왕에게 이 맷돌을 준 사람은 헹기쾨프트라고 했다. 프로디는 맷돌 있는 곳으로 두 처녀를 데리고 가서 맷돌을 돌려 황금을 만들어 내라고 명령했다. 그들은 그렇게 했다. 그들은 맷돌을 돌려 처음에는 황금을, 그러고 나서는 프로디의 평화와 행운을 만들어 냈다. 왕은 그녀들에게 휴식이나 잠을 거의 허락하지 않았으니, 뻐꾸기가 노래하기를 멈추고 침묵하는 동안 또는 사람들이 시를 하나 읊을 정도의 시간보다 더 긴 휴식이나 잠을 허락하지 않았다. 그녀들은 '그로티의 노래'를 불렀다고 한다. 그 노래의 시작은 다음과 같다.

이제 왕의 궁정으로 앞날을 내다보는 두 사람이 왔으니,
페냐와 메냐로구나.
이들은 프리들레이프의 아들 프로디를 위해 일하는데,

이 힘센 처녀들이 노예로 취급되네.

그들은 이 노래를 끝내자마자 프로디의 반군(反軍)을 만들어 내기 시작했으니, 밤이 되자 뮈싱이라는 이름의 바다의 왕이 쳐들어와 프로디를 죽이고 그의 재산을 약탈했다. 이로써 프로디의 평화는 끝이 났다. 뮈싱은 그로티를 가져갔고 페냐와 메냐도 데려가서 그들에게 소금을 만들어 내라고 명령했다. 그리고 한밤중에 페냐와 메냐가 뮈싱에게 물었다.

"이제 소금이 지겹지 않은가요?"

하지만 뮈싱은 계속 소금을 만들라고 명령했다. 페냐와 메냐는 그로티 노래를 부르면서 맷돌을 계속 돌려 소금을 만들었다. 그들이 소금을 계속 만들자 얼마 안 있어 배가 바닷속에 가라앉고 말았다. 바다의 소용돌이는 그때 거기서 맷돌 구멍으로 물이 빨려 들어가 생긴 것이었다. 이날 이후로 바닷물은 소금기 있는 물이 되었다.

43. 금 – 크라키의 씨앗

금을 왜 '크라키의 씨앗'이라고 부르는가?

덴마크에 흐롤프 크라키라는 왕이 있었다. 그는 후덕함, 용맹, 상냥함으로 옛 왕들 중에서 가장 유명하다. 이야기에 많이 등장했던 그의 자상함에 대한 예가 여기 있다.

그 이야기에 따르면, 뵈그라고 부르는 허약하고 가난한 젊은이가 있었다. 그가 흐롤프의 궁전에 찾아왔다. 그 당시 왕은 젊고 사랑스러운 모습이었다. 뵈그가 왕 앞으로 와서 그를 올려다보자 왕이 물었다. "이봐 젊은이, 그렇게 나를 보면서 무슨 말을 하고 싶은 거냐?" 뵈그가 답했다. "제가 집에 있을 때 사람들이, 레이레의 흐롤프 왕이 북유럽에서 가장 위대한 분이라고 말하는 것을 들었습니다. 그런데 여기 높이 왕좌에 웬 작은 장대(막대기)가 앉아 있군요. 그리고 많은 분들이 왕이라 부르는군요!" 왕이 답했다. "젊은이, 그대가 내게 이름을 주었다. 그래서 나는 앞으로 흐롤프 크라키*라 불릴 것이다. 그런데 이름을 준 다음에는 선물도 주는 것이 관습이다. 지금 내가 보기에 그대는 내 권위에 어울리는 물건을 내게 선물할 수 없다. 그러니 줄 것이 있는 사람이 상대방에게 주면 될 것이다." 그러고는 자기 손가락에서 반지를 빼내 젊은이에게 주었다. 그러자 뵈그가 말했다. "왕이시여, 폐하의 선물에 대해 성은이 망극하옵니다. 이에 저는 폐하를 죽이는 자를 제가 죽일 것을 맹세합니다." 그러자 왕이 웃으며 말했다. "뵈그는 사소한 것에도 기뻐하는구나."

또 다른 예로 흐롤프 왕의 용맹함을 말해 주는 이야기가 있다. 아딜스라는 왕이 웁살라를 다스릴 때의 이야기이다. 그는 흐롤프 크라키의 어머니 위르사와 결혼했다. 그는 노르웨이 왕 알리와 오랫동안 전쟁 중이었다. 그들은 서로 합의하여 베니 호수의 얼음 위에서 전투를 벌였다. 아딜스 왕은 의붓자식 흐롤프 크라키에게 전령을 보내 자신을 도와 달라고 하면서 그 대가로 원정 온 용사들에게 전리품을 주겠다고 약속했다. 그리고 흐롤프 크라키 왕에게는 스웨덴에서 귀한 선물 세 가지를 골라 가지게 하겠노라고 말했다. 크라키 왕은 작센족과의 전쟁 때문에 가지 못하고, 자신의 열두 베르세르커를 아딜스 왕에게 보냈다. 그중에는 뵈드바르 뱌르키, 용기 있는 할티, 용맹한 흐비트세르크, 뵈트, 베세티, 스비프다그와 베이구드 형제 등이 있었다.

그 전투에서 알리 왕과 그의 병사들 대부분이 죽었다. 아딜스 왕은 죽은 알리 왕에게서 힐디스빈(전투 돼지)이라는 투구와 그의 말 흐라픈을 얻었다. 흐롤프 크라키의 열두 베르세르커는 자기들 몫으로 각자 3파운드의 금과, 흐롤프 크라키 왕을 위해 그들이 선택한 보물들을 요구했다. 그것은 힐디괼트(전투 멧돼지)라는 투구, 어떤 무기로도 뚫리지 않는 갑옷 핀슬레이프(핀란드인의 가보) 그리고 아딜스 왕의 선조 대부터 보유하고 있던 스비아그리스(스웨덴 돼지)라는 금 고리였다. 그러나 아딜스 왕은 이 세 보물을 모두 거부했을 뿐만 아니라 용사들에게 지불하기로 한 급료도 거의 지불하지 않았다. 기분이 상한 베르세르커들은 흐롤프 크라키 왕에게 돌아가 상황을 보고했다. 그러자 그는 즉시 웁살라로 출정했다. 여러 척의 배를 타고 퓌리 강을 따라서 간 뒤, 다시 말을 타고 자신의 열두 베르세르커와 함께 웁살라로 향했다. 모두 평화를 얻게 되리라는 보장이 확실치 않은 상황이었다.

어머니 위르사가 반갑게 맞으며 숙소까지 그를 안내했지만, 왕의 궁전 안에까지는 그러지 않았다. 그들을 위해 불이 여럿 피워지고, 사람들이 그들에게 맥주를 따라 주었다. 그때 아딜스 왕의 남자들이 와서 불에 장작을 던졌는데, 그 짓을 아주 심하게 해서 흐롤프 크라키 왕과 그의 용사들의 옷이 불에 탔다. 그들은 말했다. "흐롤프 크라키와 그의 베르세르커들은 불 앞에서도, 무기 앞에서도 도망치지 않는다는 것이 사실인가?" 이때 흐롤프와 다른 모든 사람들이 뛰쳐 일어났다. 그가 말했다.

우리 아딜스 궁전에 더 크게 불을 지르자.

그는 자기 방패를 들어 불 위에 던지고 방패가 타는 동안 그 위를 뛰어넘었다. 그리고 그가 또 말했다.

불 위를 넘어 달리는 자, 불을 피해 도망가지 않는다.

그의 용사들이 차례로 그렇게 했다. 그리고 그들은 불을 크게 키웠던 자들을 잡아 화염 속에 던져 버렸다.

그런 후 위르사가 와서 흐롤프 크라키에게 금이 가득 들어 있는 뿔로 만든 술잔과 금 고리 스비아그리스를 주었다. 그녀는 그의 부하들에게 말을 몰아 달려가라고 부탁했다. 그들은 말 위에 올라타고 '퓌리 들판'을 달려갔다. 그때 그들은 아딜스 왕이 완전 무장한 군대를 이끌고, 자신들을 죽이기 위해 말을 타고 추격해 오는 것을 보았다. 흐롤프 크라키 왕은 오른손으로 뿔 술잔에서 금을 집어 길에 흩뿌렸다. 그것을 본 병사들은 말안장에서 뛰어내려, 각자 가질 수 있는 만큼 차지했다. 그러나 아딜스 왕은 그들에

게 계속 추격하라고 명령한 뒤, 그 자신도 아주 빨리 달렸다. 그
가 탄 말은 이름이 슬룅비르였는데, 말 중에서 제일 빨랐다. 흐롤
프 크라키 왕은 아딜스 왕이 점점 더 가까이 따라잡아 온 것을 알
아채고 스비아그리스를 꺼내 그에게 던지며 선물이니 받으라고 했
다. 아딜스 왕은 그 금 고리를 향해 달려가, 그것을 창끝으로 꿰어
창 자루를 타고 미끄러져 내리게 했다. 이때 흐롤프 크라키 왕이
몸을 돌려, 아딜스 왕이 몸을 숙이는 모습을 보았다. 그리고 다음
과 같이 말했다.

나는 스웨덴의 최강자로 하여금 돼지처럼 몸을 굽히도록
만들었다.

그러고 나서 그들은 헤어졌다. 이런 연유로 금을 '크라키가 뿌린
씨앗' 혹은 '퓌리 들판의 씨앗'이라고 부른다. 망나니 스칼드 에위
빈드가 이와 관련된 시를 지었다.

44. 횔기의 무덤

횔기라는 왕은 할로갈란드*라는 이름의 연원이 된 사람인데, 토
르게르드 횔가브루드의 아버지이다. 그 두 사람에게 봉헌되어, 횔
기의 무덤 봉분이 다음과 같이 쌓여 있다. 즉 2층으로 되어 있는
데, 한 층은 금과 은으로 덮였고 ―이것은 봉헌된 헌금이었다―

다른 한 층은 흙과 돌로 덮여 있다. 토르스테인의 아들 스쿨리가
이에 관해 시를 지었다.

45. 금과 은

금은 케닝에서 손의 불, 관절의 불 혹은 팔의 불로 표현되는데,
붉은색이기 때문이다. 그리고 은은 눈, 얼음 혹은 서리로 불린다.
흰색이기 때문이다. 동일한 방식으로 사람들은 금과 은을 주머니,
도가니 혹은 물거품으로 표현하기도 한다. 금과 마찬가지로 은도
팔의 돌, 혹은 목에 장식을 즐겨 하고 다니는 사람의 목걸이라고
할 수도 있다. 목걸이와 반지는, 다른 방식으로 표현되지 않으면,
은과 금 모두를 나타낸다. 매력 있는 남자 토르네이크가 이에 관
해 시를 지었다.

46. 남자, 고래, 여자

사람들은 남자를, 검둥이 오타르가 이에 관해 시를 지은 것처
럼, 금 파괴자라고 부른다.

고래는 비드블린디의 멧돼지로 불린다. 비드블린드는 거인이었
고 고래를 물고기처럼 잡았다. 고래의 나라는 바다이고 바다의 호

박(琥珀)은 금이다. 여자는 금(金)의 버드나무이고, 이 금을 선물한다. 버드나무에 대해 의미가 같은 단어는 나무이다. 이는 앞에서 여자는 모든 종류의 여성적인 나무의 특징으로 바꾸어 표현될수 있다고 언급한 것과 같다.

남자는 나무들로 표현된다. 남자는 무기의 마가목 혹은 전투의마가목으로 불린다. 항해의 마가목, 행위의 마가묵, 배의 마가목, 그리고 그가 맡고 경험한 모든 것의 마가목으로 불린다. 우기의아들 울프가 이에 관해 시를 지었다.

47. 전투

전투는 어떻게 바꾸어 표현해야 할까?

사람들은 전투를 무기의 폭풍우, 방패의 폭풍우, 오딘의 폭풍우, 발퀴리의 폭풍우 혹은 장수의 폭풍우, 굉음의 폭풍우, 소음의 폭풍우라고 부른다. 호른클라우에가 이와 관련해 시를 지었다.

48. 무기와 장비

무기와 장비는 전투와 비교해 불릴 수 있고, 오딘·발퀴리·군 통수권자들로 비교해 표현된다. 투구를 모자나 두건으로, 갑옷을 저

고리나 셔츠로, 방패를 커튼으로, 그리고 방패로 둘러싼 방어벽은 궁전과 지붕, 벽과 마루청으로 비유된다. 방패는 군선(軍船), 태양, 달, 이파리, 광채 혹은 배의 격벽으로 돌려 표현된다. 어떤 방패는 울의 배라 불리기도 하며 '흐룽니르의 두 발'로 돌려서 표현되기도 한다. 흐룽니르가 방패를 딛고 선 적이 있기 때문이다. 낡은 방패의 가장자리를 칠하는 관습이 있었는데, 이를 바우그(고리)라고 불렀다. 그래서 방패가 이런 고리로 돌려 표현되기도 했다. 후려치는 무기인 도끼나 칼은 피의 불, 상처의 불로 불렸다. 칼은 오딘의 불꽃으로 불리며, 도끼의 이름은 트롤 부인들의 이름으로 명명하고, 피, 상처, 숲 혹은 나무로 그 특징을 드러낸다. 찌르기 공격용 무기는 뱀과 물고기로 비유된다. 쏘는 무기는 우박, 눈보라, 소나기로 돌려서 표현되는 경우가 가장 많다. 이 모든 케닝은 다양한 방식으로 변이된다. 송가(頌歌)에서 이러한 케닝을 필요로 하는 것이 가장 많이 작시(作詩)되기 때문이다. 비가글룸이 이와 관련해 시를 지었다.

49. 끝없는 전투

전투는 햐드닝족(헤딘의 전사들)의 폭풍 혹은 햐드닝족의 폭풍우로, 무기는 햐드닝족의 불 혹은 지팡이로 불린다. 이에 관한 이야기가 여기 있다.

회그니 왕에게는 힐드*라는 이름의 공주가 있었다. 그런데 햐란디의 아들인 헤딘 왕이 그녀를 납치해 갔다. 그 당시 회그니 왕은 다른 지도자들과의 회합에 참석하기 위해 잠시 나라를 떠나 있었다. 회그니 왕은 자기 나라가 약탈당하고 공주가 납치되었다는 소식을 듣자, 군대를 이끌고 헤딘 왕을 추격했다. 그는 헤딘 왕이 해안을 따라 북쪽으로 갔다는 정보를 들었다. 그러나 노르웨이에 도착해 보니, 헤딘이 바다를 건너 서쪽으로 갔다는 것을 알게 되었다. 회그니 왕은 헤딘을 뒤쫓아 오크니 제도*까지 갔다. 그리고 헤이* 섬에 다다랐다. 거기에 헤딘 왕이 자기 군대와 함께 있었다.

힐드가 아버지를 찾아와 헤딘 왕의 이름으로 목걸이 하나를 화해의 표시로 제시했다. 그러나 그녀는 다른 한편으로 다음과 같이 말했다.

"헤딘 왕은 전투 준비를 다 갖추어 놓았어요. 아버님은 헤딘 왕이 굴복하기를 기대하지 마세요."

회그니는 자기 딸에게 냉랭한 대답을 주어 돌려보냈다. 헤딘 왕에게 돌아온 힐드가 말했다.

"회그니 왕은 타협할 생각이 없어요."

그리고 왕에게 전투 준비를 하라고 조언했다. 양 진영은 모두 준비를 하고 섬에 상륙하여 전투 대열을 갖추었다. 헤딘이 장인인 회그니에게 큰 소리로 화해를 청하며 많은 금을 보상으로 내놓겠다고 제안했다. 이에 대해 회그니가 대답했다.

"타협하자고 그런 걸 제안하기에는 너무 늦었다. 왜냐하면 나는 이미 다인슬레이프를 뽑아 들었고, 난쟁이들이 만든 이 칼은 한

번 뽑을 때마다 반드시 사람들을 죽이기 때문이다. 이 칼은 휘둘렀을 때 절대 빗나가는 법이 없고, 이로 인해 생긴 상처는 결코 아물지 않는다."

헤딘이 대답했다.

"당신이 자랑하고 있는 것은 칼이지, 승리가 아니오. 자기 주인에게 충직한 것이 좋은 것이지요."

이후 그들은 전투를 시작했다. 햐드닝족의 전투라고 불린 이 전투에서 그들은 하루 종일 싸웠다. 저녁이 되자 두 왕은 각자 배로 돌아갔다. 하지만 힐드는 밤에 전투가 벌어졌던 곳으로 가서 죽은 자들을 마법으로 깨워 모두 일어나게 했다. 그래서 다음 날 날이 밝자 왕들이 다시 전장에 나와서 싸웠는데, 전날 죽었던 자들도 모두 함께 싸웠다. 이렇게 전투는 하루하루 계속되었다. 모든 죽은 자들, 방패를 비롯하여 전장에 널려 있는 모든 무기들은 돌이 되었다. 하지만 날이 밝으면 쓰러진 자들이 모두 다시 일어나 전투를 계속했다. 무기도 다시 새것이 되었다. 시를 통해 표현된 바에 의하면, 햐드닝족은 라그나뢰크가 올 때까지 이 전투를 계속해야만 한다.

이 이야기에 따라 스칼드 브라기는 이와 관련한 시를 썼다.

50. 배

배는 어떻게 표현할까?

그것은 바다 왕의 말이나 바다 왕의 동물, 바다 왕의 나무토막이라고 부르기도 한다. 혹은 바다의 말(馬), 바다의 동물, 바다의 나무토막이라고 부른다. 혹은 배 장비의 말·동물·나무토막이라고 부르거나, 폭풍의 말·동물·나무토막이라고 부른다. 큰 파도의 말이라고도 하는데, 이는 호른클라우에가 시에서 쓴 것과 같다.

51. 예수

예수는 어떻게 표현하는가?

사람들은 예수를 하늘의 창조주, 대지의 창조주, 천사의 창조주, 태양의 창조주, 세상의 지배자, 하늘나라의 지배자, 천사들의 조종자, 하늘의 왕, 태양의 왕, 천사들의 왕, 예루살렘의 왕, 요르단의 왕, 그리스의 왕, 사제들의 명령자, 성자들의 군주라고 부른다. 옛 음유 시인들은 예수를 우르드의 샘이나 로마로 바꿔 표현했다. 이는 구드룬의 아들 에일리프가 쓴 시에서도 비슷하다.

52. 케닝

케닝들은 아주 비슷하다. 때문에 우리는 어느 왕에 대해 얘기되고 있는지 판별할 때도 시를 보고서 해야 한다. 비잔틴의 황제를 그리스의 왕으로 표현할 수 있고, 팔레스타인을 지배하는 왕을 예루살렘의 왕으로 표현하는 것도 마찬가지로 옳기 때문이다. 그래서 사람들은 로마의 황제를 로마의 왕으로, 그리고 잉글랜드를 지배하는 사람을 잉글랜드의 왕으로 부를 수도 있다. 예수를 인간의 왕으로 표현하기 위해 사용된 케닝은 또한 모든 왕에게 적용될 수 있다. 모든 지배자들을 '나라의 명령자', '나라의 수호자', '나라를 얻은 자', '신하들의 우두머리', '민중의 지킴이'라고 돌려 말하는 것도 옳다.

13 **베르세르커** Berserker. 곰 가죽을 둘러쓰고 싸우던 용맹한 게르만 전사.

21 **셸란드** 수도 코펜하겐이 있는 덴마크의 가장 큰 섬, 오늘날 셸란 (Sjælland) 섬이라고 불림.

25 **트리디(셋째 분)이십니다"라고 말하였다** 여러 외국어 번역본에 따르면, 이 이름들을 '높으신 분, 똑같이 높으신 분, 셋째 분'으로 번역하는 경우도 있다. 우리나라에서 『산문 에다』를 처음으로 번역하는 점을 고려하여, 이 책에서는 게르만 신화의 용어를 제대로 잡아줄 필요가 있고, 매우 빈번하게 등장하는 인물의 이름이기에 '하르, 야픈하르, 트리디'로 소개하고자 한다.

26 **알푀드** 알푀드(르)(Alföðr, 북구어), 알파더(Allfather, 영어), 알파터(Alvater, 독일어), '만물의 아버지'.

27 **서리 거인** 얼음과 서리에서 태어난 태초의 거인 위미르(Ymir) 혹은 위미르에서 비롯된 거인들. 몹시 추워 공포스러운 북유럽의 자연이 거인으로 형상화된 것으로 해석될 수 있다.

「무녀(巫女)의 예언」 『운문 에다』의 가장 중요한 부분으로서 신통력 있는 여자 거인이 세상의 천지 창조부터 종말까지 독백 형식으로 예언하는 내용이다. 게르만 신화의 중요한 기본 전승 자료이다. 스노리도 자신의 『에다』를 집필하면서 이를 많이 참고한 것으로 보인다. 『에다』(임한순 외 옮김, 서울대학교 출판부) 참고.

44 **메트(꿀술)를 마신다** '전사자들의 아버지'는 오딘을, '노동의 대가'는 오딘이 거인 바우기에게 노비 아홉 명 몫의 일을 해 주는 수고를 하고 그의 형 수퉁에게서 현자 크바시르의 피를 섞어 만든 꿀술을 훔친 뒤, 독수리로 변신한 수퉁에 쫓겨 가며 아스가르드로 옮긴 것을 의미한다.

49 **알프헤임** Alfheim. 영어로는 'Elf-home'이라고 한다.

50 **김레** Gimle 여기서 건물(회관, 홀)의 이름으로도, 그 건물이 있는 장소로도 표현된다. 즉, 세 번째 하늘에 있는, 수르트의 불길도 미치지 않아 라그나뢰크 이후에도 안전한 낙원으로 묘사되기도 하고, 거기에 있는 훌륭한 회관(홀)으로도 표현된다. 이것은 기록자들(스노리와 「무녀의 예언」의 기록자)이 서로 다르기 때문인 것으로 보인다.

53 **항가구드** Hangagud. 세계수 위그드라실에 매달려 고행을 하며 마법과 룬 문자를 만든 오딘.

파르마구드 Farmagud. 크바시르의 피를 섞어 만든 꿀술을 옮긴 오딘.

55 **아사토르** Asa-Thor. 아스 신 토르.

외쿠토르 Ökuthor. 전차 타고 다니는 토르.

「**그림니르의 노래**」 오딘이 그림니르라는 가명으로 변장하여 자신의 양자였던 게이로드 왕을 찾아가서 나눈 대화와 관련 사건을 다룬 게르만 신화 에피소드. 『운문 에다』의 한 부분이다.

64 **그의 행위** 로키의 꾐에 넘어가 자신의 형제인 발드르를 죽게 한 행위를 말한다.

65 **그에게 크게 의지한다** 비다르는 라그나뢰크 때 오딘을 죽인 펜리르를 발로 밟고 찢어 죽인다.

105 **그럴 것이기 때문이오.** 여기서 세월이나 시간이 노파 엘리로 표현되

있다.

126 **뷜레이스트** Byleist. 로키의 형제이다.

127 **흘린** Hlin. 프리그를 모시는 여신 중 하나 혹은 프리그 자신을 지칭한다는 설도 있음.

벨리 Beli. 프레이르와 싸우다가 수사슴 뿔에 찔려 죽은 거인.

129 **니다펠** Nidafjöll. 지하 세계에 있는 산맥. 지하 세계에서 죽은 자들의 시체를 먹고 산다는 드래곤 니드회그가 이곳 출신이다.

135 **스칼드** skald. 고대 및 중세에 북유럽의 궁정 등에서 활약하던 음유 시인을 일컫는 말이다.

137 **레쇠** Læssφ. 오늘날 덴마크의 섬.

홀레세이 Hlesey. 흘레르의 섬.

147 **케닝** Kenning. 북유럽 중세의 운문 시가에서 많이 사용된 완곡 대칭(婉曲代稱)의 비유법. 스칼드들이 많이 사용하였다.

승리-튀르 튀르는 보통 외팔이 신, 전투의 신 튀르를 지칭하지만, 특히 복합어에서는 일반적으로 '신'이라는 의미로 쓰인다. 이때 신은 '오딘'을 의미하기도 한다. 튀르가 신화사적으로 초창기에 오딘보다 주신(主神)의 지위에 있었고, 나중에 오딘이 튀르를 능가하는 주신으로 올라선 게 아닌가 하는 연구들이 있다. 그래서 여기서도 튀르가 '신'을 대표하는 이름으로 주신 오딘과 일치되는 흔적을 남긴 것이 아닌가 생각할 수 있다. 한편 오딘은 '전쟁의 신'으로서 그가 전투를 승리로 이끌어 준다는 믿음을 전사들이 갖고 있었기에, 오딘을 '승리의 신'이라 부르기도 한다.

교수형을 당했던 튀르 오딘이 위그드라실에 거꾸로 매달려 목숨을 건 자해의 고행을 통해 세상을 다스리는 마법을 터득하고 룬 문자를 만들었다는 에피소드에서 나온 이름이다.

운송물의 튀르 오딘이 시 창작과 예술의 재능을 주는, 난쟁이들이 크바시르의 피로 만든 꿀술을 거인에게서 훔쳐 입속에 담아 운반했다는 에피소드에서 나온 별명이다.

148 **헤이티** Heiti. 중세 북유럽의 스칼드 시에서 자주 쓰인 표현법으로, 별명이나 상상의 비유적 언어를 사용하여 표현하는 기법이다.

149 **백조들** 오딘의 까마귀.

선발된 살해된.

가마우지의 맥주 피.

154 **발가우트** Valgaut. '전사한 용사들의 신'이라는 의미로, 스칼드 시에서 자주 나오는 오딘의 별명이다.

163 **굴톱** Gulltopp. 헤임달이 타고 다니는 명마(名馬).

180 **디스** 영어, 고대 북구어로 단수는 디스(dis), 복수는 디시르(disir)이고 독일어로 디젠(Disen)이다. 예언과 다산, 풍요의 하위급 여신이며, 노른이나 발퀴리와 성격이 중첩되기도 한다.

181 **거인이 입으로 계량한 것** 아버지의 유산으로 남은 금을 입에 가득 머금어 부피를 재서 나누어 가진 탸지와 그의 형제 거인 이야기에서 비롯되었다.

193 **바버로에** Vaberlohe. 고대 북구어로는 바프를로기(Vafrlogi). '불꽃 울타리'.

200 **고틀란드** Gotland. 이와 비슷한 Gottland는 '신의 나라'라는 뜻이다.

프로디는~부르게 되었다. 북유럽과 같은 게르만 언어인 독일어의 '프리데(Friede)'도 프로디와 발음이 비슷하고, 그 뜻은 '평화'이다.

203 **크라키** kraki. '장대, 막대기'.

206 **할로갈란드** Halogaland. 아이슬란드를 마주 보고 있는 노르웨이 북서쪽 해안 지역 이름. 중세에 작은 왕국이 있었다.

210 **힐드** Hild. 독일어 Hilde는 고고(高古) 독일어의 hiltja라는 단어에서 유래했으며, '전투'라는 뜻이다.

오크니 제도 Orkneys. 영국 스코틀랜드 북방의 섬들.

헤이 Haey. 영어로는 Hoy이다.

ㄱ

가름 Garm : 니플헤임 입구에 있는 동굴 그니파헬리르 앞을 지키고 있는 개. 라그나뢰크가 되면 묶여 있던 끈에서 풀려나와 전쟁의 신 튀르와 싸워 서로 죽이고 죽는다.

가우타튀르 Gauta-Tyr : 오딘의 별명.

가우트 Gaut : 오딘의 별명. 오딘이 변장하고 고트족의 왕 게이로드의 궁전을 찾아갔을 때 사용한 이름.

간달프 Gandalf : 「무녀의 예언」에 나오는 난쟁이들 중 하나.

갈라르 Galarr : 난쟁이. 형제인 퍌라르와 함께 현인 크바시르를 죽인 후 그 피로 꿀술을 만들었다.

강 Gang : 거인 탸지의 형제. 아버지 욀발디의 유산인 황금을 형제들과 나눌 때 입에 가득 담아 계량해서 나누었다.

강글레리 Gangleri : 귈피의 다른 이름. 혹은 오딘이 게이로드 왕을 찾아갔을 때 자신을 소개한 이름.

강글뢰트 Ganglöt : 지하 세계 죽은 자들의 여왕 헬의 하녀.

걀라호른 Gjallarhorn : 헤임달의 뿔 나팔.

걀프 Gjalp : 거인 게이뢰드의 딸. 토르를 처음엔 자신의 월경 피로 불어난 급류 속에 익사시키려 했고, 나중에는 지붕 서까래에 받히게 해 죽이려 했다.

게르드 Gerd: 프레이르가 한눈에 반한 서리 거인족 여인. 결국 프레이르와 맺어진다.

게리 Geri: 오딘을 수행하는 두 마리 늑대 중 하나.

게비스 Gevis: 『산문 에다』의 '프롤로그'에 나오는 오딘의 한 후손.

게이라회드 Geirahöd: 발퀴리의 이름 가운데 하나.

게이로드 Geirrod: 고트족의 왕. 오딘의 총애를 받았으나 나중에 오딘인지 몰라보고 고문하여 자신의 칼 위로 넘어져 죽는다.

게이뢰드 Geirröd: 자신의 땅에 방문한 토르와 대결하다 죽임을 당한 거인.

게이르비물 Geirvimul: 흐베르겔미르 샘에서 발원한 강의 이름.

게픈 Gefjun: 아스 신족의 일원으로 풍요와 보호의 여신. 오딘이 북쪽 지역을 정찰하라는 임무를 주어 그녀를 파견한다.

게픈 Gefn: 프레이야의 다른 이름.

겔갸 Gelgja: 펜리르를 단단히 묶어 놓기 위해 만든 밧줄.

고인 Goin: 세계수 위그드라실 아래에서 가지를 해치며 살아가는 뱀.

고트호름 Gotthorm: 규키 왕의 의붓아들로, 배다른 형제 군나르와 회그니의 사주를 받아 시구르드를 검으로 찔러 죽였다.

고틀란드 Gotland: 오딘의 아들 스쾰드가 다스리던 땅.

고티 Goti: 군나르의 말.

괴물 Gömul: 흐베르겔미르 샘에서 발원한 강의 이름.

괴풀 Göpul: 흐베르겔미르 샘에서 발원한 강의 이름.

괸들리르 Göndlir: 오딘의 별명. 오딘이 변장하고 고트족의 왕 게이로드의 궁전을 찾아갔을 때 사용한 이름.

굘 Gjöll [1]: 펜리르를 묶은 밧줄을 고정시킨 두꺼운 석판.

굘 Gjöll [2]: 헬에서 가장 가까운 강. 헤르모드가 발드르를 되찾기 위해 건넜다.

굘 Göll: 발퀴리의 이름 가운데 하나.

구드 Gud: 전투에서 전사할 자를 고르고, 승리를 결정하는 발퀴리.

구드뉘 Gudny: 규키 왕와 그림힐드 왕비의 자식.

구드룬 Gudrun: 규키 왕과 그림힐드 왕비의 딸. 군나르, 회그니 및 고트호름의 여자 형제. 차례로 시구르드·아틀리·요나크의 부인이 된다. 군나르를 비롯한 니플룽족이 아틀리 왕에게 살해되자 왕에게서 낳은 자신의 두 아들을 죽이고 남편까지도 살해한다.

군나르 Gunnar: 규키 왕과 그림힐드 왕비의 아들이자 구드룬, 회그니, 고트호름의 남자 형제. 아틀리에게 시구르드의 유산(보물)을 넘겨주기를 거부하고, 최후의 규쿵족(니플룽족)으로 남아 하프를 연주하며 뱀 굴에서 죽어 간다.

군뢰드 Gunnlöd: 거인 수퉁의 딸로 흐니트뵈르그라는 곳에서 꿀술을 지킨다.

군트라 Gunnthra: 흐베르겔미르 샘에서 발원한 강의 이름.

군트라인 Gunnthrain: 흐베르겔미르 샘에서 발원하여 아스 신들이 사는 지역을 통과하여 흐르는 강.

굴린보르스티 Gullinborsti: 로키가 난쟁이 형제 신드리와 브로크에게 내기를 걸어 만들도록 한 황금 멧돼지. 프레이르에게 선물된다.

굴린타니 Gullintanni: '황금 치아'라는 뜻으로, 헤임달의 다른 이름.

굴톱 Gulltopp: '황금 갈기'. 아스 신들의 말 중 하나. 스노리는 헤임달의 말이라고 적고 있다.

굴팍시 Gullfaxi: '황금 갈기', '황금 말'. 오딘의 말과 경주한 거인 흐룽니르의 말. 토르는 훗날 이 말을 아들 마그니에게 선사한다.

궁니르 Gungnir: 목표물을 놓치는 법이 없는 오딘의 창. 이발디의 아들들이라 불린 난쟁이들이 만들어 주었다.

귀미르 Gymir: 게르드의 아버지.

귈리르 Gyllir: 아스 신들의 말 중 하나.

귈피 Gylfi: 스웨덴의 신화적인 왕. 노인으로 변장하고 아스가르드를 찾아가 강글레리라는 이름을 대고 세 왕을 만나 게르만 신화에 관해 이야기를 듣는다.

규키 Gjuki: 시구르드를 죽인 형제들의 아버지이자 시구르드의 아내 구드룬의 아버지.

그나 Gna: 아스 여신 중 하나로 세상 각지에서 프리그의 임무를 수행한다.

그니타 Gnita: 파프니르가 드래곤이 되어 안드바리의 보물을 배 밑에 깔고 지키며 사는 황야로, 그곳에서 시구르드가 파프니르를 살해한다.

그니파헬리르 Gnipahellir: 헬로 가는 입구 앞에 있는 동굴로 그 앞에 사냥개 가름이 묶여 있다. 가름은 라그나뢰크 때 그 사슬을 풀고 나와 튀르와 싸우게 된다.

그라니 Grani : 시구르드의 말.

그라드 Grad: 아스 신들이 사는 지역을 통과하여 흐르는 강.

그라바크 Gravak: 세계수 위그드라실 아래에서 가지를 해치며 살아가는 뱀.

그라프뵐루드 Grafvöllud: 세계수 위그드라실 아래에서 가지를 해치며 살아가는 뱀.

그라프비트니르 Grafvitnir: 세계수 위그드라실 아래에서 가지를 해치며 살아가는 뱀.

그람 Gram: 시구르드의 검. 시구르드는 이 칼로 레긴의 모루를 두 동강 내고, 파프니르를 살해하며 보물을 차지한다. 이후 그는 레긴을 죽인다.

그레이프 Greip: 거인 게이뢰드의 딸로 걀프의 자매.

그로아 Groa: 용사 아우르반딜의 아내이며 스비프다그의 어머니. 아들 스비프다그가 죽은 그녀를 깨워 예언을 하게 한다. 토르의 머리에 박힌 숫돌 조각을 빼내 주려고 한 여자 주술사.

그로티 Grotti: 마법의 맷돌.

그료투나가르다르 Grjotunagardar: 거인 흐룽니르와 토르가 전투를 벌인 곳.

그리다뵐 Gridavöl: 그리드가 토르에게 준 지팡이.

그리드 Grid: 거인족 여인으로 토르가 거인 게이뢰드로부터 자신을 방어할 수 있도록 쇠 장갑과 파워 허리띠와 지팡이를 넘겨주었다.

그림 Grim: 오딘의 별명. 오딘이 게이로드 왕을 찾아갔을 때 자신을 소개한 이름.

그림니르 Grimnir: 오딘의 별명. 오딘이 변장하고 고트족의 왕 게이로드의 궁전을 찾아갔을 때 사용한 이름.

그림힐드 Grimhild: 규키 왕의 아내이자 구드룬·군나르·회그니·구드뉘의 어머니.

글라드 Glad: 아스 신들의 말 중 하나.

글라드스헤임 Gladsheim: 아스가르드에 있는 오딘의 궁성으로 안팎이 황금
으로 이루어져 있다.

글라시르 Glasir: 아스가르드에 있는 발할의 대문 앞에 있는 황금 이파리 나
무숲.

글라프스비드 Glapsvid: 오딘의 별명. 오딘이 변장하고 고트족의 왕 게이로
드의 궁전을 찾아갔을 때 사용한 이름.

글레이프니르 Gleipnir: 신들이 늑대 펜리르를 묶을 수 있도록 난쟁이들이
만들어 준 마법의 끈, 족쇄.

글렌 Glen [1]: 솔(해)의 남편.

글렌 Glen [2]: 아스 신들의 말 중 하나.

글로라 Glora: 토르에게 죽임을 당한 트라킨 왕국의 왕비.

글로인 Gloinn: 「무녀의 예언」에 나오는 난쟁이들 중 하나.

글리트니르 Glitnir: 발드르의 아들 포르세티의 궁전. 은과 금으로 만들어졌다.

기슬 Gisl: 아스 신들의 말 중 하나로 '길스(Gils)'라고도 불린다.

기풀 Gipul: 흐베르겔미르 샘에서 발원한 강의 이름.

긴나르 Ginnarr: 「무녀의 예언」에 나오는 난쟁이들 중 하나.

긴눙가가프 Ginnungagap: 천지 창조 이전에 무스펠과 니플헤임 사이에 존
재하던 어두운 커다란 협곡. 이곳에서 세상의 창조가 시작되었다.

길링 Gilling: 수퉁의 아버지. 아내와 함께 난쟁이 퍌라르와 갈라르에게 죽임
을 당한다.

김레 Gimle: 하늘에 있는 낙원. 금으로 덮여 있다. 하늘의 세 번째 층위에 있
는, 착한 사람들이 죽어서 가는 곳. 수르트의 불길이 닿지 않아 라그나뢰
크 이후에도 살 수 있다.

ㄴ

나글파르 Naglfar: 세계가 몰락할 때 항해를 시작하여, 신들에 맞서 싸우도

록 무스펠의 아들들을 태우고 온다. 가장 큰 배로 알려졌으며, 죽은 자들의 손톱으로 만들어지는 것으로 전해진다.

나글파리 Naglfari: 노트(Nott)의 남편. 그녀와의 사이에서 아들 아우드(Aud)를 얻었다.

나르 Nar: 「무녀의 예언」에 나오는 난쟁이들 중 하나.

나르피 Narfi: 로키의 아들. 친형제인 발리에게 살해당한 후 그 창자로 아버지 로키가 묶인다. 나리(Nari)로도 알려져 있다.

나리 Nari: 나르피(Narfi)의 다른 이름.

나스트룀드 Naströnd: '죽은 자들의 언덕'이라는 뜻. 이곳에는 온통 뱀으로 엮어서 만들었고, 독사의 독액이 강물처럼 흐르는 음험한 건물이 있다.

나인 Nainn: 「무녀의 예언」에 나오는 난쟁이들 중 하나.

난나 Nanna: 발드르의 아내. 네프(Nep)의 딸.

날 Nal: 로키의 어머니.

네프 Nep: 발드르의 장인.

노르넨 Nornen: 운명의 여신 노른의 복수형.

노르드리 Nordri: 대지의 북쪽에서 위미르의 두개골로 만든 하늘을 떠받치고 있다는 난쟁이. 「무녀의 예언」에 나오는 난쟁이들 중 하나.

노른 Norn: 운명을 주관하는 세 여신, 우르드(과거), 베르단디(현재), 스쿨드(미래).

노른스 Norns: 노른의 복수형. 노르넨(Nornen)이라고도 부른다.

노리 Nori: 「무녀의 예언」에 나오는 난쟁이들 중 하나.

노아툰 Noatun: 뇌르드 신이 사는 곳.

노트 Nott: 거인 뇌르피 혹은 나르피의 딸. 아나르와 결혼하여 딸 외르드(대지)를 낳고, 델링과 결혼하여 아들 다그(낮)를 낳았다. 자신의 말 흐림팍시를 타고 세상을 돈다.

뇌르드 Njörd: 반 신족의 일원. 다신의 신이자 항해의 신. 프레이르와 프레이야의 아버지. 노아툰에 있는 바다에 살며, 바람과 바다와 불을 다스리고 어부들을 도와주며, 상당한 부자로 알려져 있다. 스카디와 결혼하지만, 뇌르드는 바닷가에서 살고 싶고, 스카디는 북방의 산지로 가고 싶어 한다.

뇌르피 Nörfi: 거인. 노트의 아버지. 나르피(Narfi)라고도 불린다.

뇌트 Nöt: 아스 신들이 사는 지역을 통과하여 흐르는 강.

뇐 Nönn: 아스 신들이 사는 지역을 통과하여 흐르는 강.

뉘라드 Nyrad: 「무녀의 예언」에 나오는 난쟁이들 중 하나.

뉘르 Nyr: 「무녀의 예언」에 나오는 난쟁이들 중 하나.

뉘이 Nyi: 「무녀의 예언」에 나오는 난쟁이들 중 하나.

뉘트 Nyt: 아스 신들이 사는 지역을 통과하여 흐르는 강.

니다푈 Nidafjöll: 지하 세계에 있는 산맥.

니드회그 Nidhögg: 위그드라실의 뿌리를 갉아 먹고 그곳의 시체들을 먹고
    사는 드래곤.

니디 Niði: 「무녀의 예언」에 나오는 난쟁이들 중 하나.

니카르 Nikarr: 오딘의 별명.

니쿠드 Nikud: 오딘의 별명.

니플룽엔 Niflungen: 니플룽족, 니플룽의 복수. 니벨룽족의 북유럽적 표현.
    그 밖에 '규쿵' 혹은 '규키의 아들딸'로 불리기도 한다. 군나르와 그의 형제
    자매가 규키의 아들딸이기 때문이다.

니플헤임 Niflheim: 얼음과 서리, 안개로 뒤덮인 북쪽에 있는 신화적 장소로,
    창세 이전부터 있었다. 위그드라실의 세 갈래 뿌리 중 하나 아래에 있는
    얼어 있는 안개와 암흑의 땅이다. 헬도 이 안에 있다.

니플헬 Niflhel: 지하 세계의 한 부분, 즉 땅속 아홉 번째 세계로, 죽은 자들
    이 가는 세상.

니핑 Niping: 「무녀의 예언」에 나오는 난쟁이들 중 하나.

ㄷ

다그 Dag: '낮'이라는 뜻. 노트(밤)와 델링의 아들. 말 스킨팍시(빛나는 말갈기)
    를 타고 세상을 돈다.

다인 Dain: 세계수 위그드라실의 이파리들을 뜯어 먹는 수사슴 중 하나.

다인 Dainn :「무녀의 예언」에 나오는 난쟁이들 중 하나.

다인슬레이프 Dainsleif: 회그니 왕의 칼. 난쟁이가 만든 명검. 일단 뽑으면 반드시 사람을 죽인다.

델링 Delling: 아스 신족 출신으로 노트의 남편이고 다그의 아버지이다.

도리 Dori :「무녀의 예언」에 나오는 난쟁이들 중 하나.

돌그트바리 Dolgthvari :「무녀의 예언」에 나오는 난쟁이들 중 하나.

두네위르 Duneyr: 세계수 위그드라실의 이파리들을 뜯어 먹는 수사슴 중 하나.

두라트로르 Durathror: 세계수 위그드라실의 이파리들을 뜯어 먹는 수사슴 중 하나.

두린 Durinn: 난쟁이들 중 하나.

두파 Dufa: 바다의 신 에기르의 아홉 딸(파도) 가운데 하나.

두프 Duf:「무녀의 예언」에 나오는 난쟁이들 중 하나.

드라우프니르 Draupnir 1 :「무녀의 예언」에 나오는 난쟁이들 중 하나.

드라우프니르 Draupnir 2: 아흐레 때마다 똑같은 무게의 팔찌가 여덟 개씩 생겨나는 오딘의 황금 팔찌.

드로미 Dromi: 늑대 펜리르가 끊어 버린 두 번째 쇠사슬.

드발린 Dvalin 1 :「무녀의 예언」에 나오는 난쟁이들 중 하나.

드발린 Dvalin 2: 세계수 위그드라실의 이파리들을 뜯어 먹는 수사슴 중 하나.

ㄹ

라그나뢰크 Ragnarök: 인간뿐만 아니라 신들도 거의 모두 멸망하는 말세.

라드그리드 Radgrid: 발퀴리의 이름 가운데 하나.

라드스비드 Radsvid :「무녀의 예언」에 나오는 난쟁이들 중 하나.

라우페이 Laufey: 거인족 여인. 로키의 어머니.

라타토스크 Ratatosk: 위그드라실 가지 끝에 살고 있는 독수리와 뿌리에 살고 있는 용 니드회그 사이를 오가며 욕을 전해 주는 다람쥐.

라티 Rati: 뵐베르크(오딘)가 꿀술을 얻기 위해 거인 바우기에게 바위를 뚫는데 사용하라고 건넨 송곳.

란 Ran: 바다의 신 에기르의 아내. 물에 빠져 죽은 사람들을 그물로 끌어당긴다.

란드그리드 Randgrid: 발퀴리의 이름 가운데 하나.

란드베르 Randver: 외르문레크 왕의 아들로, 스반힐드를 아내로 맞기 위해 아버지와 맞서게 되어 교수형을 당한다.

레긴 Reginn: 마법사 농부인 흐레이드마르의 아들로 오트르와 파프니르의 형제.

레긴레이프 Reginlief: 발퀴리의 이름 가운데 하나.

레라드 Laerad: 발할에 있는 나무. 염소 헤이드룬이 그 가지를 뜯어 먹는다. 세계수 위그드라실의 다른 이름일 가능성이 크다.

레리르 Rerir: 『산문 에다』의 '프롤로그'에 나오는 시기의 아들. 프랑켄 지역의 통치자. 뵐숭 족의 조상.

레이드고탈란드 Reidgotaland: 덴마크의 옛 지명. 오늘날의 유틀란트 지역.

레입트 Leipt: 흐베르겔미르 샘에서 발원한 강의 이름.

레크 Rekk: 「무녀의 예언」에 나오는 난쟁이들 중 하나.

레트페티 Lettfeti : 아스 신들의 말 중 하나로 레트페트(Lettfet)로도 불린다.

레필 Refill: 레긴의 검.

로기 Logi: 우트가르드로키의 저택에서 벌어진 먹기 시합에서 로키를 이긴 거인. 사실은 거인으로 변장한 불길이었다.

로라 Lora: 『산문 에다』의 '프롤로그'에 나오는 로리쿠스 왕의 왕비.

로리디 Loridi: 『산문 에다』의 '프롤로그'에 나오는 토르와 시프의 아들.

로리쿠스 Lorikus: 『산문 에다』의 '프롤로그'에 나오는 임금. 그의 왕실에서 토르가 교육을 받으며 자란다.

로키 Loki: 거인족 출신으로 오딘의 외가 쪽 혈족이다. 아스가르드에서 아스 신들과 함께 생활한다. 교활한 자, 꾀보, 변신의 명수, 하늘을 나는 자 등으로도 불린다. 날이 갈수록 사악해져 발드르를 죽게 만들고 그 벌로 세상의 종말인 라그나뢰크 때까지 묶여 있게 된다.

로타 Rota: 전사할 자를 고르고 전투의 흐름을 결정하는 발퀴리.

로프트 Lopt: 로키의 다른 이름.

로픈 Lofn: 아스 여신. 결혼이 금지된 남녀의 결혼에 대해 오딘과 프리그에게서 결혼 허락을 받아 준다.

뢰딩 Löding: 신들이 늑대 펜리르를 포박하려고 시도한 첫 번째 사슬.

뢰스크바 Röskva: 농부의 딸로 토르의 하인이 된 탈피의 누이. 토르가 우트가르드로 원정을 떠날 때 함께 동행했다.

룅비 Lyngvi: 늑대 펜리르가 신들의 속임수에 넘어가 묶인 암스바르트니르 호수에 있는 섬.

리트 Lit : 「무녀의 예언」에 나오는 난쟁이들 중 하나. 발드르와 난나와 함께 화장되었다.

리프 Lif : 위그드라실에 숨어 있다가 라그나뢰크 동안에 살아남은 남자. 세상에 다시 사람을 퍼뜨리게 된다.

리프트라시르 Lifthrasir: 위그드라실에 리프와 함께 숨어 있다가 라그나뢰크 동안에 살아남은 여인. 자식을 낳아 세상에 다시 사람을 퍼뜨린다.

린드 Rind: 오딘의 부인. 발리의 어머니.

ㅁ

마그니 Magni: 토르와 거인족 여인 야른삭사 사이에 태어난 아들. 형제인 모디와 함께 라그나뢰크 이후에 아버지의 쇠망치 묄니르를 되찾는다.

마나가름 Managarm: 펜리르의 일족 중 하나. 달을 삼키고 죽은 자들을 탐식하며 피를 흩뿌려 태양 빛을 잃게 만들 것이라는 예언의 대상.

마니 Mani: 문딜파리의 아들. '달(moon)'이라는 뜻이다. 정해진 길을 따라 달을 몰고 다니며 달이 차고 기우는 것을 결정한다.

마르될 Mardöll: 프레이야의 다른 이름.

메냐 Menja: 원하는 것을 주는 커다란 맷돌을 돌릴 수 있는, 몸집이 크고 힘이 센 여자.

메트 Met: 꿀과 물을 섞어 발효시킨 술로 발할의 신들이 마신다.

멘논 Mennon: 『산문 에다』의 '프롤로그'에 나오는 임금. 트로르의 아버지. 무논(Munon)이라고도 불린다.

모드구드 Modgud: 괼 강의 다리를 지키는 여인.

모드소그니르 Modsognir: 난쟁이들 중의 한 이름.

모디 Modi: 토르의 아들. 형제 마그니와 함께 라그나뢰크 이후에 아버지의 쇠망치 묠니르를 되찾는다.

모인 Moin: 세계수 위그드라실 아래에서 가지를 해치며 살아가는 뱀.

뫼드비트니르 Mjödvitnir: 「무녀의 예언」에 나오는 난쟁이들 중 하나.

뫼쿠르칼피 Mökkurkalfi: 진흙으로 만든 거인. 토르와 대결을 벌이는 거인 흐룽니르의 조력자로 만들어졌으나 탈피의 공격에 무력하게 허물어진다.

묠니르 Mjöllnir: 난쟁이 신드리와 브로크가 만든 토르의 망치. 내리치면 번쩍번쩍 번개를 일으키고, 내던지면 마치 부메랑처럼 되돌아온다.

무닌 Munin: 오딘을 보좌하는 두 마리 까마귀 중 하나.

무스펠 Muspell [1]: 거인 수르트가 지배하는, 남쪽에 있는 불꽃의 나라. 무스펠헤임(Muspellheim)이라고도 부른다.

무스펠 Muspell [2]: 라그나뢰크 때 거인 수르트 아래서 신들에 대항해 싸우는 불의 거인들의 아들들.

문딜파리 Mundilfari: 마니(달)와 술(해)의 아버지.

뮈싱 Mysing: 프로디를 죽이고 그의 재산을 약탈한 바다의 왕.

미드가르드 Midgard: 게르만 신화에서 인간들이 사는 대지 중앙의 세상.

미미르 Mimir: 미미르의 샘을 지키는 거인.

미미르의 샘 Mimir's well: 위그드라실 뿌리 아래에 있는 지혜의 샘으로, 거인 미미르의 머리가 지키고 있다.

미스트 Mist: 발퀴리의 이름 가운데 하나.

ㅂ

바나르간드 Vanargand: 늑대 펜리르의 다른 이름.

바나헤임 Vanaheim: 풍요의 신, 반 신들이 사는 아스가르드의 영토.

바라 Bara: 바다의 신인 에기르의 아홉 딸(파도) 가운데 하나.

바르 Var: 아스 여신. 남녀 간의 서약과 계약과 관련된 여신.

바르타리 Vartari: 로키의 입을 꿰맨 끈.

바리 Barrey: 신화상의 지명으로, 프레이르와 게르드가 결혼식을 올리기 위해 만나기로 한 곳.

바버로에 Vaberlohe: 브륀힐드의 거처를 아무 남자가 접근하지 못하도록 만들어 놓은 불꽃 울타리.

바사드 Vasad: '빈들료니(바람을 보내는 자)' 또는 '빈드스발(쌀쌀한 바람)'의 아버지.

바우기 Baugi: 거인, 수퉁의 동생. 꿀술을 얻으러 뵐베르크라는 거인으로 변장하고 요툰헤임에 나타난 오딘을 고용한다.

바크 Vak: 오딘의 별명. 오딘이 변장하고 고트족의 왕 게이로드의 궁전을 찾아갔을 때 사용한 이름.

바푸드 Vafud: 오딘의 별명. 오딘이 변장하고 고트족의 왕 게이로드의 궁전을 찾아갔을 때 사용한 이름.

바푸르 Bafurr: 「무녀의 예언」에 나오는 난쟁이들 중 하나.

바프트루드니르 Vafthrudnir: 박식한 거인. 오딘과 지식 겨루기 시합을 해서 져서 목숨을 잃는다.

반 Vanr: 아스 신족 다음으로 큰 신족. 한때 아스 신족과 다툼이 일지만, 화해하여 양 신족의 결합이 이루어진다. 바니르(Vanir)는 복수형이다.

발가우트 Valgaut: 오딘의 별명. '전사한 용사들의 신'.

발드르 Baldr: 오딘과 프리그 사이에서 태어난 아들. 잘생기고 똑똑해서 모든 이들에게 사랑받았다. 그러나 로키와 회드에 의해 죽임을 당한다.

발라스칼프 Valaskjalf: 아스가르드에 있는 오딘의 궁전.

발레이그 Baleyg: 오딘의 별명. 오딘이 게이로드 왕을 찾아갔을 때 자신을 소개한 이름.

발리 Vali [1]: 「무녀의 예언」에 나오는 난쟁이들 중 하나.

발리 Vali [2]: 로키와 그의 아내 시귄 사이에서 태어난 아들. 신들이 늑대로 변하게 만들어 친형제인 나르피(혹은 나리)를 죽이게 만들었다.

발퀴리 Valkyrie: 오딘의 시중을 들며, 인간의 운명을 결정짓는 초현세적인 아름다운 젊은 여인들.

발푀드 Valföðr: 오딘의 별명. '전사한 용사들의 아버지'.

발할 Valhall: 아스가르드에 있는 오딘의 거소. 발할라(Valhalla)라고도 한다. 발퀴리가 전장에서 데려온 전사자들의 영혼은 이곳에서 낮에는 전투 훈련을 하고, 밤에는 잔치를 하면서 라그나뢰크를 대비하며 지낸다.

베 Ve: 보르의 아들로, 오딘과 빌리의 형제.

베그데그 Vegdeg: 『산문 에다』의 '프롤로그'에 나오는 오딘의 큰아들. 오딘에 의해 동부 작센 지역의 왕으로 임명된다.

베그스빈 Vegsvin: 아스 신들이 사는 지역을 통과하여 흐르는 강.

베니 Vaeni: 웁살라의 아딜스 왕과 노르웨이의 알리 왕이 큰 전투를 벌이던 호수.

베드르푈니르 Vedrfölnir: 위그드라실에 사는 독수리의 두 눈 사이에 앉아 있는 참매.

베라튀르 Veratyr: 오딘의 별명. 오딘이 변장하고 고트족의 왕 게이로드의 궁전을 찾아갔을 때 사용한 이름.

베르겔미르 Bergelmir: 위미르가 죽을 때 나온 피로 서리 거인들이 모두 익사할 때 살아남아 요툰헤임으로 간 거인. 그에게서 서리 거인족 후손이 퍼져 나왔다.

베르단디 Verdandi: 인간의 운명을 결정하는 세 노른 중 하나.

베르세르커 Berserker: 곰 가죽을 둘러쓰고 싸우던 용맹한 게르만 전사.

베세티 Veseti: 크라키 왕의 베르세르커.

베스트리 Vestri: 위미르의 두개골로 만든 하늘을 서쪽에서 떠받치고 있는 난쟁이. 「무녀의 예언」에 나오는 난쟁이들 중 하나.

베스틀라 Bestla: 여자 거인. 뵐토른의 딸. 보르의 아내. 오딘, 빌리, 베의 어머니.

베이구드 Beigud: 크라키 왕의 베르세르커.

베트 Vet: '겨울'이라는 뜻. '겨울'이 인격화된 존재.

벨데그 Beldeg: 『산문 에다』의 '프롤로그'에 나오는 오딘의 둘째 아들. 베스트 팔렌 지역 통치자. 여기서는 발드르와 동일시되고 있다.

벨리 Beli: 프레이르와 싸우다가 수사슴 뿔에 찔려 죽은 거인.

보덴 Voden: 『산문 에다』 '프롤로그'에 나오는 트로르의 후손. 프리알라프의 아들. 오딘으로 불린다.

보든 Bodn: 크바시르의 피로 만든 꿀술을 담은 통 중 하나.

보르 Borr: 부리의 아들. 베스틀라의 남편. 오딘·빌리·베 3형제의 아버지.

뵈그 Vögg: 후덕함, 용맹, 상냥함으로 유명한 덴마크의 흐롤프 왕에게 '크라키(장대)'라는 이름을 붙여 준 젊은이.

뵈드바르 뱌르키 Bödvar Bjarki: 크라키 왕의 베르세르커.

뵈르 Vör: 아스 여신. 아주 똑똑하고 탐구적이어서 속일 수 없다.

뵈트 Vött: 크라키 왕의 베르세르커.

뵐베르크 Bölverk: 오딘의 별명. 오딘이 꿀술을 얻기 위해 거인 바우기에게 갔을 때 자신을 소개한 이름.

뵐숭 Völsung: 오딘의 후손. 시그문드의 아버지.

뵐토른 Bölthorn: 오딘의 어머니인 베스틀라의 아버지. 거인.

뵘부르 Bömburr: 「무녀의 예언」에 나오는 난쟁이들 중 하나.

부들리 Budli: 아틀리와 브륀힐드의 아버지.

부리 Buri: 소금기 있는 얼음덩어리 속에 있다가 암소 아우둠라가 핥아 그 모습을 드러낸 신들의 태초의 조상. 오딘의 할아버지.

뷔르기르 Byrgir: 달과 동행하는 빌과 휴키라는 두 아이가 나온 샘.

뷜갸 Bylgja: 바다의 신 에기르의 아홉 딸(파도) 가운데 하나.

뷜레이스트 Byleist: 로키의 형제.

브라기 Bragi: 지혜가 출중하고 언변이 뛰어나며 시를 잘 짓는 아스 신. 이둔의 남편.

브란드 Brand: 『산문 에다』의 '프롤로그'에 나오는 벨데그의 아들.

브레이다블리크 Breidablik: 아스가르드에 있는 발드르의 궁전.

브로크 Brokk: 형제 신드리와 함께 신들을 위해 훌륭한 선물 세 개를 만들어 로키와 내기에서 이긴 난쟁이.

브륀힐드 Brynhild: 부들리의 딸. 아틀리의 여자 형제. 군나르의 아내. 자신을 속인 시구르드를 죽게 한 뒤 자신도 자살한다. 발퀴리이며, '전투의 여인'으로 불리기도 한다.

브리미르 Brimir: 신들의 좋은 술이나 마실 것들이 풍성한 건물.

브리싱가멘 Brisingamen: 프레이야의 목걸이.

블라인 Blainn : 태초의 거인 위미르의 다른 이름.

블로두가다 Blodughadda: 바다의 신 에기르의 아홉 딸(파도) 가운데 하나.

비그 Vigg: 『산문 에다』의 '프롤로그'에 나오는 오딘의 후손 중 하나.

비그리드 Vigrid: 아스가르드에 있는 사방 백 마일의 평원. 신들과 인간들과 거인들과 괴물들 사이의 최후의 결전이 벌어지는 장소.

비나 Vina: 아스 신들이 사는 지역을 통과하여 흐르는 강.

비다르 Vidarr: 오딘과 거인족 여인 그리드 사이에서 태어난 아스 신. 괴물 늑대 펜리르의 주둥이를 찢어, 오딘의 죽음을 복수한다. 라그나뢰크에도 살아남는다.

비돌프 Vidolf: 무녀들의 조상.

비두르 Vidurr: 오딘의 별명. 오딘이 변장하고 고트족의 왕 게이로드의 궁전을 찾아갔을 때 사용한 이름.

비드 Vid: 흐베르겔미르 샘에서 발원한 강의 이름.

비드리르 Vidrir: 오딘의 별명. '날씨의 신'.

비드블라인 Vidblain: 남쪽에 있는 세 번째 하늘.

비드핀 Vidfinn: 빌과 휴키의 아버지.

비르피르 Virfir: 「무녀의 예언」에 나오는 난쟁이들 중 하나.

비무르 Vimur: 토르가 거인 게이뢰드를 치러 가는 도중에 건넌 강.

비트 Vit : 「무녀의 예언」에 나오는 난쟁이들 중 하나.

비트르길스 Vitrgils: 베그데그의 아들.

비푸르 Bifurr: 「무녀의 예언」에 나오는 난쟁이들 중 하나.

비프뢰스트 Bifröst: 미드가르드와 아스가르드, 즉 대지와 하늘 사이의 다리 이름. 무지개다리라고도 한다.

비플리디 Biflidi: 오딘의 별명. '군대를 떨게 하는 자'.

비플린디 Biflindi: 오딘의 별명. '채색 방패를 든 자'.

빅키 Bikki: 외르문레크가 다스리는 왕국의 백작. 스반힐드가 늙은 왕보다 왕자 란드베르에게 더 신부감으로 어울린다고 요나크 왕에게 말하여 스반힐드와 란드베르의 죽음을 초래하였다.

빈 Vin: 아스 신들이 사는 지역을 통과하여 흐르는 강.

빈달프 Vindalf: 「무녀의 예언」에 나오는 난쟁이들 중 하나.

빈드스발 Vindsval: 베트의 아버지. '빈들료니(Vindljoni, 바람을 보내는 자)'로도 불린다.

빈들러 Vindler: 헤임달의 다른 이름.

빌 Bil: 뷔르기르 샘에서 나온 아이. 마니가 지상으로 데려왔다.

빌레이그 Bileyg: 오딘의 별명. 오딘이 게이로드 왕을 찾아갔을 때 자신을 소개한 이름.

빌리 Vili: 보르의 둘째 아들. 오딘과 베의 형제. 형제들과 함께 최초의 인간 부부인 아스크와 엠블라를 만들었다.

빌메이드 Vilmeid: 마법사들의 시조.

빌스키르니르 Bilskirnir: 아스가르드에 있는 토르의 궁전.

빙게토르 Vingethor: 『산문 에다』의 '프롤로그'에 나오는 에인리디의 아들.

빙골프 Vingolf: 아스가르드에 있는 아스 여신들의 사원.

빙니르 Vingnir [1]: 오딘의 다른 이름.

빙니르 Vingnir [2]: 토르의 양부(養父).

ㅅ

사가 Saga: 아스가르드에 있는 자신의 궁전 쇠크바베크에서 사는 아스 여신.

사드 Sad: 오딘의 별명. 오딘이 게이로드 왕을 찾아갔을 때 자신을 소개한 이름.

상게탈 Sanngetall: 오딘의 별명. 오딘이 게이로드 왕을 찾아갔을 때 자신을 소개한 이름.

세밍 Saeming: 『산문 에다』의 '프롤로그'에 나오는 오딘의 아들. 노르웨이 왕들의 시조.

세스룸니르 Sessrumnir: 아스가르드에 있는 프레이야의 궁전.

세흐림니르 Saehrimnir: 매일 요리되지만 저녁이면 다시 말짱하게 살아나는 발할의 수퇘지.

셀란드 Seeland: 게퓬이 황소들을 이끌고 귈피 왕의 땅에서 쟁기질해 얻은 뒤 덴마크에 고정시킨 땅. 오늘날 '셸란(Sjælland)'이라고 불린다.

손 Son: 크바시르의 피로 만든 꿀술을 담은 통 중 하나.

솔 Sol: 문딜파리의 딸. '해(태양)'라는 뜻. 정해진 항로에 따라 태양을 몰고 간다.

쇠그 Sög: 뷔르기르 샘에서 나온 빌과 휴키가 가지고 나온 통의 이름.

쇠를리 Sörli: 요나크 왕과 구드룬의 아들. 함디르와 에르프의 형제.

쇠크바베크 Sökkvabekk: 아스가르드에 있는, 아스 여신 사가의 궁전.

쇠킨 Sökin : 흐베르겔미르 샘에서 발원한 강의 이름.

쇠픈 Sjöfn : 남녀의 애정 문제를 관장하는 아스 여신.

수드리 Sudri: 대지의 남쪽에서 위미르의 두개골로 만든 하늘을 떠받치고 있다는 난쟁이. 「무녀의 예언」에 나오는 난쟁이들 중 하나.

수르트 Surt: 천지 창조 이전부터 불의 영토인 무스펠을 지키고 있는 거인. 라그나뢰크가 되면 온 세상에 불을 지른다.

수마르 Sumar: 스바수드의 자식. '여름(summer)'이라는 뜻, 혹은 그것이 의인화된 것.

수퉁 Suttung: 크바시르의 피로 만든 꿀술을 소유한 거인. 오딘은 신과 인간을 위해 이 꿀술을 훔친다. 거인 길링의 아들.

쉬르 Syr: 프레이야의 다른 이름.

쉰 Syn: '거부'라는 뜻의 이름을 가진 아스 여신.

쉴그 Sylg: 흐베르겔미르 샘에서 발원한 강의 이름.

스노트라 Snotra: 아스 여신. 현명하고 매너 좋은 여신이다.

스바딜파리 Svadilfari: 석공 거인이 아스가르드 성벽을 건설하는 것을 도와준 종마. 오딘의 종마 슬레이프니르의 아비.

스바르트알프헤임 Svartalfheim: 검은 꼬마 요정들의 땅.

스바르트회프디 Svarthöfdi: 사악한 마법사들의 시조가 되었다는 거인의 이름. '검은 머리'라는 뜻.

스바수드 Svasud: 수마르의 아버지.

스바프니르 Svafnir: 세계수 위그드라실 아래에서 가지를 해치며 살아가는 뱀.

스반힐드 Svanhild: 구드룬이 시구르드와 결혼하여 낳은 딸.

스벱데그 Svebdeg: 『산문 에다』의 '프롤로그'에 나오는 오딘의 후손.

스뵐 Svöl: 흐베르겔미르 샘에서 발원한 강의 이름.

스비두르 Svidurr: 오딘의 별명. 오딘이 변장하고 고트족의 왕 게이로드의 궁전을 찾아갔을 때 사용한 이름.

스비드리르 Svidrir: 오딘의 별명. 오딘이 변장하고 고트족의 왕 게이로드의 궁전을 찾아갔을 때 사용한 이름. '창의 신', '보호자'.

스비아그리스 Sviagriss: 아딜스 왕의 선조 대부터 보유하고 있던 '스웨덴 돼지'라는 뜻의 금 고리.

스비아르 Sviarr: 「무녀의 예언」에 나오는 난쟁이들 중 하나.

스비팔 Svipall: 오딘의 별명. 오딘이 게이로드 왕을 찾아갔을 때 자신을 소개한 이름.

스비프다그 Svipdag [1]: 오딘의 큰아들 베그데그의 후손.

스비프다그 Svipdag [2]: 크라키 왕의 베르세르커.

스카디 Skadi: 사냥과 스키의 여신. 거인 탸지의 딸.

스카피드 Skafid: 「무녀의 예언」에 나오는 난쟁이들 중 하나.

스칼드 Skald: 고대 및 중세에 북유럽 지역의 궁정 등에서 활약하던 음유 시인.

스칼라그림 Skallagrim: 고대 아이슬란드 최대의 시인 에길의 아버지.

스케길드 Skeggjöld: 발퀴리의 이름 가운데 하나.

스케이드브리미르 Skeidbrimir: 아스 신들의 말 가운데 하나.

스콜 Skoll: 태양을 뒤쫓는 늑대.

스쾨굴 Skögul: 발퀴리의 이름 가운데 하나.

스쾰드 Skjöld: 『산문 에다』의 '프롤로그'에 나오는 오딘의 아들. 스쾰둥족의 시조.

스쿨드 Skuld: 인간의 운명을 결정하는 세 노른 중 하나.

스크뤼미르 Skrymir: 토르와 일행이 우트가르드로 여행하던 중 우연히 마주친 엄청나게 큰 거인(사실은 우트가르드로키가 변장한 것이었다).

스키 여신 Ski-Dise: 스카디의 별명.

스키드블라드니르 Skidbladnir: 가장 아름다운 배로 알려진 프레이르의 배. 난쟁이 이발디의 아들들이 만들어 프레이르에게 선물된 보물.

스키르니르 Skirnir: 거인족 여인 게르드의 사랑을 얻으려고 프레이르가 보낸 전령.

스카르피르 Skirfir: 「무녀의 예언」에 나오는 난쟁이들 중 하나.

스킨팍시 Skinfaxi: 다그가 모는 말의 이름. '빛나는 말갈기', '빛의 말'.

스킬핑 Skilfing: 오딘의 별명. 오딘이 변장하고 고트족의 왕 게이로드의 궁전을 찾아갔을 때 사용한 이름.

슬레이프니르 Sleipnir: 오딘의 말. 다리가 여덟이고, 신들의 말 가운데 최고의 준마.

슬룅비르 Slöngvir: 아딜스 왕의 말.

슬리드 Slid: 흐베르겔미르 샘에서 발원한 강의 이름.

슬리드루그탄니 Slidrugtanni: 굴린보르스티의 다른 이름.

시가르 Sigarr: 『산문 에다』의 '프롤로그'에 나오는 오딘의 후손.

시구르드 Sigurd: 뵐숭족 시그문드와 회르디스의 아들. 구드룬의 남편.

시귄 Sigyn: 로키의 아내.

시그문드 Sigmund 1: 뵐숭 왕의 아들. 시구르드의 아버지.

시그문드 Sigmund 2: 시구르드와 구드룬 사이에 태어난 아들. 네 살 때 아버지와 함께 살해되었다.

시그투나 Sigtuna: 오딘이 머물면서 열두 명의 지도자들을 임명하고 법률을 정비한 도시.

시그푀드 Sigföth: 오딘의 별명. '승리의 아버지'. 오딘이 변장하고 고트족의 왕 게이로드의 궁전을 찾아갔을 때 사용한 이름.

시기 Sigi: 『산문 에다』의 '프롤로그'에 나오는 오딘의 셋째 아들.

시니르 Sinir: 아스 신들의 말 중 하나.

시드 Sid: 흐베르겔미르 샘에서 발원한 강의 이름.

시드스케그 Sidskegg: 오딘의 별명. 오딘이 변장하고 고트족의 왕 게이로드의 궁전을 찾아갔을 때 사용한 이름.

시드회트 Sidhött: 오딘의 별명. 오딘이 변장하고 고트족의 왕 게이로드의 궁전을 찾아갔을 때 사용한 이름.

시물 Simul: 뷔르기르 샘에서 나온 빌과 휴키의 막대기의 이름.

시빌 Sibil: 『산문 에다』의 '프롤로그'에서 토르와 결혼한 예언녀. 울의 어머니. 시프(Sif)라고도 부른다.

신드리 Sindri 1: 니다뷀에 있는 회관 이름.

신드리 Sindri 2: 난쟁이 브로크의 형제.

신푀틀리 Sinfjötli: 시그문드 1의 아들.

실프린톱 Silfrintopp: 아스 신들의 말 중 하나. 실프르톱(Silfrtopp)이라고도 부른다.

싱가스테인 Singastein: 프레이야의 목걸이 브리싱가멘 때문에 헤임달과 로키가 싸우던 곳(섬)이나 그 대상.

ㅇ

아나르 Anarr: 노트의 남편. 외르드의 아버지.

아딜스 Adils: 웁살라의 왕.

아르바크 Arvak: 태양 마차를 끄는 말.

아사토르 Asa-Thor: 아스 신 토르.

아스 Ass: 고대 북유럽 신화에 나오는, 비교적 세력이 큰 신족. 다른 신족으로 반(Vanr) 신족이 있다.

아스가르드 Asgard: 아스 신들의 세상.

아스크 Ask: 게르만 신화에서 태초에 오딘 3형제가 바닷가에 물결에 떠내려온 나무에서 만든 최초의 남자. 함께 만들어진 태초의 여인 엠블라와 짝을 이룬다.

아슬라우그 Aslaug: 시구르드의 딸.

아우구스투스 Augustus: 고대 로마의 초대 황제.

아우둠라 Audumla: 긴눙가가프에서 얼음으로 생겨난 암소. 최초의 존재인 위미르에게 젖을 주고, 자신은 얼음을 핥아, 신들의 조상인 부리를 만들어 냈다.

아우드 Aud: 노트(밤)와 나글파리의 아들.

아우르겔미르 Aurgelmir: 최초의 서리 거인인 위미르의 다른 이름.

아우르반딜 Aurvandil: 주술사 그로아의 남편. 토르가 그의 언 발가락을 하늘에 던져 별로 만들었다.

아우르보다 Aurboda: 귀미르의 아내이자 게르드의 어머니.

아우스트리 Austri: 대지의 동쪽에서 위미르의 두개골로 만든 하늘을 떠받치고 있다는 난쟁이. 「무녀의 예언」에 나오는 난쟁이들 중 하나.

아이 Ai: 「무녀의 예언」에 나오는 난쟁이들 중 하나.

아트리드 Atrid: 오딘의 별명. 오딘이 변장하고 고트족의 왕 게이로드의 궁전을 찾아갔을 때 사용한 이름.

아틀리 Atli: 부들리의 아들. 브륀힐드의 오빠. 구드룬의 두 번째 남편. 보물 욕심 때문에 군나르 왕과 그 혈족을 몰살한다.

안드바리 Andvari: 자신이 가지고 있던 보물을 로키에게 강탈당할 때 보물에 저주를 내린 난쟁이.

안드흐림니르 Andhrimnir: 발할의 요리사.

안들랑 Andlang: 남쪽에 있는 두 번째 하늘.

알리 Ali 1: 오딘과 린드의 아들. 발리라고도 부른다.

알리 Ali 2: 흐롤프 왕과 싸운 노르웨이의 왕

알스비드 Alsvith: 태양 마차를 끄는 말.

알툐프 Althjof: 「무녀의 예언」에 나오는 난쟁이들 중 하나.

알푀드 Alföðr: 오딘의 별명. '만물의 아버지'.

알프 Alf: 「무녀의 예언」에 나오는 난쟁이들 중 하나.

알프헤임 Alfheim : 빛의 엘프들이 사는 곳.

암스바르트니르 Amsvartnir : 신들이 괴물 늑대 펜리르를 포박한 륑비 섬이
있는 호수. 이곳에서 펜리르는 라그나뢰크 때까지 묶여 있게 된다.

앙그르보다 Angrboda : 거인족 여인으로 로키와의 사이에서 펜리르와 외르
문간드와 헬을 낳았다.

야랑스헤이데 Jalangsheide : 야량의 황야.

야른비뒤르 Jarnvidjur : 철의 숲의 여자들.

야른비드 Jarnvid : 철의 숲.

야른삭사 Jarnsaxa : 토르의 정부인 거인족 여인으로 마그니의 어머니.

야픈하르 Jafnharr [1] : 귈피 왕이 변장하고 강글레리라는 이름으로 찾아가 게
르만 신화 이야기를 들은 세 왕 중의 하나.

야픈하르 Jafnharr [2] : 오딘의 별명. 오딘이 변장하고 고트족의 왕 게이로드의
궁전을 찾아갔을 때 사용한 이름.

얄그 Jalg : 오딘의 별명.

얄크 Jalk : 오딘의 별명.

에기르 Aegir : 바다의 신. 란의 남편.

에길 Egil : 스칼라그림의 아들. 고대 아이슬란드 최고의 시인.

에네아 Enea : 유럽의 다른 이름.

에르프 Erp : 구드룬이 세 번째 남편 요나크 사이에서 낳은 아들. 쇠를리와 함
디르의 형제.

에시르 Aesir : 아스 신족.

에윌리미스 Eylimis : 시구르드의 외할아버지.

에이르 Eir : 치유의 아스 여신.

에이크튀르니르 Eikthyrnir : 발할의 나무 레라드 가지를 먹고 사는 사슴으
로, 뿔에서 흘러나온 물이 흐베르겔미르 샘으로 흘러간다.

에이킨 Eikin : 흐베르겔미르 샘에서 발원한 강의 이름.

에이킨스칼디 Eikinskjaldi : 「무녀의 예언」에 나오는 난쟁이들 중 하나.

에인리디 Einridi : 『산문 에다』의 '프롤로그'에 나오는 로리디의 아들.

에인헤르레르 Einherjer: 전장에서 발퀴리에 의해 발할로 인도되어 그곳에서 라그나뢰크를 대비하며 낮에는 전투 훈련을 하고 밤에는 연회를 즐기는 유령 전사.

에일리프 Eilif: 구드룬의 아들.

엘드흐림니르 Eldhrimnir: 발할에서 요리사 안드흐림니르가 사용하는 솥.

엘디르 Eldir: 에기르의 하인들 중 하나.

엘류드니르 Eljudnir: 니플헤임에 있는 헬의 궁전.

엘리 Elli: 우트가르드로키의 저택에서 토르와 씨름을 벌였던 노파.

엘리바가르 Elivagar: 니플헤임에 있는 흐베르겔미르 샘에서 흘러나와 긴눙가가프로 흘러들어가는 열한 개의 강. 독성을 품은 이 강의 거품이 얼어서 생긴 얼음과 서리가 무스펠헤임에서 날아든 불씨와 열기에 녹아, 여기에서 태초의 생명체인 거인 위미르가 탄생한다.

엠블라 Embla: 게르만 신화에서 태초에 오딘 3형제가 강이 범람하여 바닷가로 떠내려온 나무를 사용하여 창조한 인류 최초의 여자. 함께 만들어진 태초의 남자 아스크와 짝을 이룬다.

오나르 Onarr: 「무녀의 예언」에 나오는 난쟁이들 중 하나.

오드 Od: 프레이야의 남편.

오드뢰리르 Odrörir: 현인 크바시르의 피로 만든 꿀술을 담은 주전자.

오딘 Odin: 토르의 아버지로, 신 중에서 가장 뛰어나다. 시와 전투와 죽음의 신, 모든 이의 아버지, 무시무시한 자, 애꾸눈, 전투의 아버지 등 이름이 다양하다.

오리 Ori: 「무녀의 예언」에 나오는 난쟁이들 중 하나.

오미 Omi: 오딘의 별명. 오딘이 변장하고 고트족의 왕 게이로드의 궁전을 찾아갔을 때 사용한 이름.

오스키 Oski: 오딘의 별명. 오딘이 변장하고 고트족의 왕 게이로드의 궁전을 찾아갔을 때 사용한 이름.

오인 Oinn: 「무녀의 예언」에 나오는 난쟁이들 중 하나.

오콜니르 Okolnir: 천상에 있는 좋은 술이나 마실 것이 넘쳐 나는 브리미르라는 건물이 있는 곳.

오트르 Otr: 흐레이드마르의 아들이자 레긴과 파프니르의 형제. 수달의 모습을 하고 연어를 잡아먹던 중에 로키가 던진 돌을 맞고 죽는다.

오프니르 Ofnir: 세계수 위그드라실 아래에서 가지를 해치며 살아가는 뱀.

외르드 Jörd 1: 오딘의 딸이자 아내이며 토르의 어머니. '대지'라는 뜻이다.

외르드 Jörd 2: 노트(밤)와 아나르의 딸.

외르문간드 Jörmungand: 로키와 앙그르보다 사이에서 태어난 괴물 뱀. '미드가르의 뱀'이라고 불리기도 한다.

외르문레크 Jörmunrek: 시구르드와 구드룬의 딸 스반힐드에게 청혼했다가 아들과 스반힐드까지 죽게 한 왕.

외름트 Örmt: 토르가 매일 아침 위그드라실 아래의 회의장으로 향하는 길에 건너는 강들 중 하나.

외쿠토르 Ökuthor: 토르의 별명. '전차를 타고 다니는 토르'.

욀발디 Ölvaldi: 탸지, 이디, 강의 아버지.

요나크 Jonak: 구드룬의 남편. 쇠를리, 함디르, 에르프의 아버지.

요툰헤임 Jötunheim: 미드가르드 동쪽에 있는, 거인들이 사는 지역.

우드 Ud 1: 바다의 신 에기르의 아홉 딸(파도) 가운데 하나.

우드 Ud 2: 오딘의 별명. 오딘이 게이로드 왕을 찾아갔을 때 자신을 소개한 이름.

우르드 Urd: 인간의 운명을 결정하는 세 노른 중 하나.

우트가르드 Utgard: 거인들의 왕 우트가르드로키가 지배하는 요툰헤임에 있는 성채.

우트가르드로키 Utgard-Loki: 환상으로 토르와 그의 일행들을 능가한 우트가르드의 지배자.

울 Ull: 아스 신들 중 하나. 시프의 아들이자 토르의 의붓자식. 궁술과 스키에 뛰어나다.

웁살라 Uppsala: 아딜스 왕이 다스리던 스웨덴의 한 지역.

위그 Ygg: 오딘의 별명. 오딘이 변장하고 고트족의 왕 게이로드의 궁전을 찾아갔을 때 사용한 이름.

위그드라실 Yggdrasil: 모든 세상에 뻗어 있으면서 세상을 보호해 주는 물푸레나무. '세계수'라고도 부른다.

위르사 Yrsa: 흐롤프 크라키의 어머니.

위미르 Ymir: 태초의 얼음과 서리가 무스펠헤임에서 날아온 불꽃과 열기에 녹아 생긴 거인. 서리 거인들의 조상.

윌그 Ylg: 흐베르겔미르 샘에서 발원한 강의 이름.

윙비 Yingvi 1: 『산문 에다』의 '프롤로그'에 나오는 오딘의 아들. 스웨덴 왕족 윙링족의 시조가 된다.

윙비 Yingvi 2: 「무녀의 예언」에 나오는 난쟁이들 중 하나.

이다뵐 Idavöll: 아스가르드 한가운데에 있는 평원으로, 오딘의 궁성 글라드스헤임과, 주요 신들과 여신들이 만나 회의를 하는 궁전인 빙골프가 있는 곳.

이둔 Idun: 브라기의 아내. 신들의 노화를 막아 주는 사과를 지킨다.

이디 Idi: 욀발디의 둘째 아들.

이발디 Ivaldi: 신들을 위해 세 개의 훌륭한 선물을 만든 난쟁이 형제의 아버지.

ㅋ

캴라르 Kjalarr: 오딘의 별명. 오딘이 변장하고 고트족의 왕 게이로드의 궁전을 찾아갔을 때 사용한 이름.

케를라우게 Kerlauge: 토르가 매일 아침 위그드라실 아래의 회의장으로 향하는 길에 건너는 강들 중 하나.

콜가 Kolga: 바다의 신 에기르의 아홉 딸(파도) 가운데 하나.

쾨름트 Körmt: 토르가 매일 아침 위그드라실 아래의 회의장으로 향하는 길에 건너는 강들 중 하나.

크바시르 Kvasir: 신들의 침으로 빚어낸 현인. 두 난쟁이에게 살해당해 그의 피로 꿀술이 만들어졌다.

킬리 Kili: 「무녀의 예언」에 나오는 난쟁이들 중 하나.

ㅌ

탕그뇨스트 Tanngnjost: 토르의 마차를 끄는 염소 중 한 마리. '이를 가는 자'.

탕그리스니르 Tanngrisnir: 토르의 마차를 끄는 염소 중 한 마리. '이를 드러내며 위협하는 자'.

탸지 Thjazi: 힘센 거인. 욀발디의 아들. 이디와 강의 형제. 스카디의 아버지. 아스 신들에 의해 죽는다.

탈피 Thjalfi: 토르의 소년 시종.

테크 Thekk [1]: 오딘의 별명. 오딘이 게이로드 왕을 찾아갔을 때 자신을 소개한 이름.

테크 Thekk [2]: 「무녀의 예언」에 나오는 난쟁이들 중 하나.

토르 Thor: 아스 신족 가운데 가장 힘이 센 신. 오딘과 대지(외르드) 사이에서 태어난 아들. 시프의 남편. 신들의 서열상 오딘 다음이며 신들의 수호자.

토르게르드 욀가브루드 Thorgerd Hölgabrudr: 욀기 왕의 아들.

토린 Thorinn: 「무녀의 예언」에 나오는 난쟁이들 중 하나.

퇴크 Thökk: 발드르가 저승에서 돌아오지 못하게 한 거인족 여인. 로키가 변장했다.

될 Thöll: 아스 신들이 사는 지역을 통과하여 흐르는 강.

툐드 Thjod: 햘프레크 왕이 있는 곳.

툐드누마 Thjodnuma: 아스 신들이 사는 지역을 통과하여 흐르는 강.

투드 Thud: 오딘의 별명. 오딘이 게이로드 왕을 찾아갔을 때 자신을 소개한 이름.

툰드 Thund: 오딘의 별명. 오딘이 변장하고 고트족의 왕 게이로드의 궁전을 찾아갔을 때 사용한 이름.

튀르 Tyr: 용감하고 똑똑한 신으로, 늑대 펜리르에게 한쪽 팔을 잃는다.

튀르크란드 Tyrkland: 『산문 에다』 '프롤로그'에 나오는 아시아(터키) 지역에 있는 나라.

뛴 Thyn: 아스 신들이 사는 지역을 통과하여 흐르는 강.

트라킨 Thrakien: 『산문 에다』 '프롤로그'에서 토르가 교육을 받고 자란 곳으로, 후에 토르는 로리쿠스 왕을 죽이고 왕국을 점령했다.

트로르 Thror: 「무녀의 예언」에 나오는 난쟁이들 중 하나.

트로르 Tror [1]: 오딘의 별명. 오딘이 변장하고 고트족의 왕 게이로드의 궁전을 찾아갔을 때 사용한 이름.

트로르 Tror [2]: 『산문 에다』의 '프롤로그'에 나오는 멘논 왕과 트로안 공주 사이에서 태어난 아들.

트로르 Tror [3]: 「무녀의 예언」에 나오는 난쟁이들 중 하나.

트로안 Troan: 『산문 에다』의 '프롤로그'에 나오는 프리아무스 왕의 공주

트로인 Throinn: 「무녀의 예언」에 나오는 난쟁이들 중 하나.

트롤 Troll: 적대적인 거인들. 질병과 재해를 일으키는 존재. 인간보다 훨씬 크고 흉측한 외모를 지니고 있다.

트루드 Thrud: 발퀴리 가운데 하나.

트루드방 Thrudvang: 아스 신 토르가 사는 곳. '힘의 평원'.

트루드헤임 Thrudheim: 『산문 에다』 '프롤로그'에서 트로르(토르)가 양부 로리쿠스 왕과 그의 부인을 죽이고 정복한 트라킨 왕국의 다른 이름.

트림헤임 Thrymheim: 거인 탸지가 살던 곳.

트리디 Thridi [1]: 귈피 왕이 찾아가 문답을 주고받은 왕.

트리디 Thridi [2]: 오딘의 별명. 오딘이 게이로드 왕을 찾아갔을 때 자신을 소개한 이름.

트리발디 Thrivaldi: 토르가 죽인 거인.

트비티 Thviti: 늑대 펜리르를 결박하기 위해 버팀돌로 사용한 커다란 돌.

ㅍ

파르마구드 Farmagud: 오딘의 별명. '운송물의 신'.

파르마튀르 Farmatyr: 오딘의 별명. 오딘이 변장하고 고트족의 왕 게이로드의 궁전을 찾아갔을 때 사용한 이름.

파르바우티 Farbauti: 로키의 아버지.

파프니르 Fafnir: 흐레이드마르의 아들. 오트르와 레긴의 형제. 오트르가 살해된 대가로 받은 보물을 아버지가 나누어주지 않자 아버지를 죽이고 용의 모습으로 변신하여 보물을 지킨다.

팔 Fal:「무녀의 예언」에 나오는 난쟁이들 중 하나.

팔호프니르 Falhofnir: 아스 신들의 말 중 하나.

퍌라르 Fjalarr: 크바시르를 죽인 난쟁이.

펜냐 Fenja: 원하는 것을 주는 커다란 맷돌을 돌릴 수 있는, 몸집이 크고 힘이 센 여자.

펜리르 Fenrir: 로키와 거인 여자 앙그르보다 사이에서 태어난 늑대. 라그나뢰크 때 오딘을 잡아먹어 버린다.

펜살리르 Fensalir: 아스가르드에 있는 프리그의 궁전.

포르뇨트 Fornjot: 거인 종족의 조상.

포르세티 Forseti: 발드르와 난나의 아들. 정의의 신.

폴크방 Folkvang: 프레이야의 궁전이 있는 곳.

푀르귄 Förgynn: 프리그의 아버지.

푀름 Fjörm: 흐베르겔미르 샘에서 발원한 강의 이름.

푈니르 Fjölnir [1]: 오딘의 별명. '많은 것을 아는 자'. 오딘이 고트족의 왕 게이로드의 궁전을 찾아갔을 때 자신을 소개한 이름.

푈니르 Fjölnir [2]: 프로디 왕에게 메냐와 페냐를 넘겨준 스웨덴의 왕.

푈스비드 Fjölsvid: 오딘의 별명. 오딘이 변장하고 고트족의 왕 게이로드의 궁전을 찾아갔을 때 사용한 이름.

푼딘 Fundinn:「무녀의 예언」에 나오는 난쟁이들 중 하나.

풀라 Fulla: 여신. 프리그를 보좌한다.

퓌리 Fyri: 강의 이름.

프라낭그르스포르스 Franangrsfors: 프라낭그르 폭포. 로키가 연어로 변신해 있다가 신들에게 잡힌 폭포.

프랑켄 Franken:『산문 에다』의 '프롤로그'에서 오딘의 셋째 아들의 후손이 다스린 지역.

프레오빈 Freovin: 『산문 에다』의 '프롤로그'에 나오는 오딘의 후손.

프레이르 Freyr: 뇌르드의 아들. 반 신족. 풍요의 신.

프레이야 Freyja: 뇌르드의 딸. 오드의 부인. 반 신족 여신.

프레키 Freki: 오딘을 수행하는 두 마리 늑대 중 하나. '대식가'.

프로디 Frodi: 프리들레이프의 아들. 아우구스투스 황제가 온 세상에 평화를 가져다주던 시대에 아버지로부터 왕위를 넘겨받았다. 덴마크의 전설적인 왕으로 스킬둥족 출신이다. 그가 다스리는 시기에 평화가 오래 지속되고 내외적으로 안정이 이룩되었다.

프로스티 Frosti: 「무녀의 예언」에 나오는 난쟁이들 중 하나.

프료디가르 Frjodigar: 『산문 에다』의 '프롤로그'에 나오는 오딘의 후손. 프로디의 다른 이름.

프리그 Frigg: 오딘의 아내이며 여신 중에서 최고신. 발드르의 어머니.

프리들레이프 Fridleif: 『산문 에다』의 '프롤로그'에 나오는 스킬드의 아들. 덴마크 스킬둥 왕가의 시조.

프리아무스 Priamus: 『산문 에다』의 '프롤로그'에 나오는 트로안의 아버지. 트로르(토르)의 외할아버지.

피드 Fid: 「무녀의 예언」에 나오는 난쟁이들 중 하나.

피르 Fir: 치유의 여신. 에이르라고도 불린다.

피마펭 Fimafeng: 에기르의 하인.

피타 Pitta: 『산문 에다』의 '프롤로그'에 나오는 오딘의 후손.

핀슬레이프 Finnsleif: 어떤 무기로도 뚫리지 않는 갑옷.

필리 Fili: 「무녀의 예언」에 나오는 난쟁이들 중 하나.

핌불툴 Fimbulthul: 흐베르겔미르 샘에서 발원한 강의 이름.

ㅎ

하르 Harr [1]: 귈피가 만나서 게르만 신화 이야기를 들은 왕. '높으신 분'이라는 뜻.

하르 Harr [2]: 오딘의 별명. 오딘이 게이로드 왕을 찾아갔을 때 자신을 소개한 이름.

하르 Harr [3]: 「무녀의 예언」에 나오는 난쟁이들 중 하나.

하르바르드 Harbard: 오딘의 별명. '회색 수염'.

하브로크 Habrok: 매 중에서 최고의 매 이름.

하우르 Haurr: 「무녀의 예언」에 나오는 난쟁이들 중 하나.

하티 Hati: 달을 쫓다가 결국 라그나뢰크 전에 집어삼키고 마는 늑대.

하프타구드 Haptagud: 오딘의 다른 이름. '신 중의 신'.

할로갈란드 Halogaland: 아이슬란드를 마주 보고 있는 노르웨이 북서쪽 해
안 지역 이름.

할린스키디 Hallinskidi: 헤임달의 다른 이름. '숫양'.

함디르 Hamdir: 구드룬이 세 번째 남편인 요나크와 낳은 세 아들 가운데 하
나. 구드룬의 독촉으로 쇠를리와 함께 의붓여동생인 스반힐드의 원수를
갚다가 목숨을 잃는다.

함스케르피르 Hamskerpir: 그나 여신의 명마 호프바르프니르를 낳았다.

항가구드 Hangagud: 오딘의 다른 이름. '매달린 자'. 세계수 위그드라실에 매
달려 고행을 하며 마법과 룬 문자를 만든 오딘.

햐드닝족 Hjadninge: '헤딘의 전사들'. 헤딘 왕과 회그니 왕의 전투를 라그나
뢰크가 올 때까지 계속해야 한다.

햐란디 Hjarrandi: 회그니 왕의 딸 힐드를 납치한 헤딘 왕의 아버지.

햘름베리 Hjalmberi: 오딘의 별명. 오딘이 게이로드 왕을 찾아갔을 때 자신
을 소개한 이름.

햘티 Hjalti: 크라키 왕의 베르세르커.

햘프레크 Hjalprek: 레긴이 대장장이로 지내며 섬긴 왕.

헤딘 Hedinn: 회그니 왕의 딸 힐드를 납치한 왕.

헤랸 Herjan: 오딘의 별명. '통치자'. 오딘이 게이로드 왕을 찾아갔을 때 자신
을 소개한 이름.

헤르모드 Hermod: 오딘의 아들로, 형 발드르를 되찾아오려고 저승인 헬로
달려간다.

헤르테이트 Herteit: 오딘의 별명. 오딘이 게이로드 왕을 찾아갔을 때 자신을 소개한 이름.

헤르튀르 Hertyr: 오딘의 다른 이름.

헤르푀투르 Herfjötur: 발퀴리의 이름 가운데 하나.

헤이드룬 Heidrun: 발할에서 전사들 에인헤레르를 위해 끊임없이 꿀술을 제공하는 염소.

헤이미르 Heimir: 시구르드의 딸 아슬라우그를 기른 인물.

헤인게스츠 Heingests: 『산문 에다』의 '프롤로그'에 나오는 오딘의 후손.

헤임달 Heimdall: 신들의 파수꾼. 에기르의 아홉 딸(파도)에게서 태어났다.

헤프링 Hefring: 바다의 신 에기르의 아홉 딸(파도) 가운데 하나.

헤프티필리 Heptifili: 「무녀의 예언」에 나오는 난쟁이들 중 하나.

헬 Hel [1]: 니플헤임에 있는 죽은 자들이 사는 세계.

헬 Hel [2]: 로키의 딸. 지하 세계의 여신.

헬블린디 Helblindi: 오딘의 별명. 오딘이 게이로드 왕을 찾아갔을 때 자신을 소개한 이름.

헹기쾨프트 Hengikjöpt: 프로디 왕에게 마법의 맷돌을 준 사람.

호드미미르 Hoddmimir: 리프와 리프트라시르라는 남녀가 수르트의 불길 로부터 몸을 숨긴 숲(나무). 위그드라실의 다른 이름일 가능성이 크다.

호프바르프니르 Hofvarpnir: 그나 여신의 명마.

회그니 Högni [1]: 규키 왕과 그림힐드 왕비의 아들. 군나르와 구드룬의 형제.

회그니 Högni [2]: 힐드 공주의 아버지.

회니르 Hönir: 강화 조약을 확고히 하기 위해 아스 신들이 반 신들에게 보낸, 다리가 긴 아스 신. 우유부단하기로 유명하다.

회드 Höd: 장님의 아스 신. 발드르를 겨우살이 가지로 살해한 발드르의 장님 형제.

회르디스 Hjördis: 시구르드의 어머니. 에윌리미스 왕의 공주.

회른 Hörn: 프레이야의 다른 이름.

횔 Höll: 아스 신들이 사는 지역을 통과하여 흐르는 강.

휠기 Hölgi: 할로갈란드라는 이름의 연원이 된 왕. 토르게르드 휠가브루드의 아버지.

후그스타리 Hugstari: 「무녀의 예언」에 나오는 난쟁이들 중 하나.

후기 Hugi: 토르가 우트가르드로키를 찾아갔을 때 탈피가 달리기 시합을 했던 상대. '생각'이 마법으로 변화된 거인이었다.

후긴 Hugin: 오딘을 보좌하는 두 마리 까마귀 중 하나.

휘록킨 Hyrrokkin: 발드르를 화장시키는 배 흐링호르니(링호른)를 바다로 끌어낸 거인족 여인.

휘미르 Hymir: 토르가 미르가르드 뱀을 잡으러 갔을 때 함께 있던 거인.

휴키 Hjuki: 뷔르기르(Byrgir) 샘에서 나온 아이.

흐노스 Hnoss: 프레이야와 오드의 딸.

흐니카르 Hnikarr: 오딘의 별명. 오딘이 게이로드 왕을 찾아갔을 때 자신을 소개한 이름. '선동자'.

흐니쿠드 Hnikud: 오딘의 별명. 오딘이 게이로드 왕을 찾아갔을 때 사용한 이름. '선동자'.

흐니트뷔르그 Hnitbjörg: 거인 수퉁이 꿀술을 숨겨 놓은, 산으로 된 성채.

흐라픈 Hrafn: 알리 왕의 말.

흐레스벨그 Hraesvelg: 하늘 북쪽 끝에 독수리 모습을 하고 앉아 있는 거인으로 그의 날갯짓이 바람의 기원이 되었다.

흐레이드마르 Hreidmar: 마술에 능하고 힘이 센 농부. 오트르, 파프니르와 레긴의 아버지.

흐로드비트니르 Hrodvitnir: 늑대 펜리르의 다른 이름.

흐로티 Hrotti: 파프니르의 칼. 시구르드가 이를 얻는다.

흐로프타튀르 Hroptatyr: 오딘의 별명. 오딘이 고트족의 왕 게이로드의 궁전을 찾아갔을 때 사용한 이름.

흐로프트 Hropt: 오딘의 별명.

흐롤프 크라키 Hrolf Kraki: 후덕함, 용맹, 상냥함으로 유명한 덴마크의 왕으로, '작은 장대(막대기)'라는 뜻의 '크라키'라는 별칭을 얻었다.

흐뢴 Hrönn [1] : 바다의 신 에기르의 아홉 딸(파도) 가운데 하나.

흐뢴 Hrönn [2] : 아스 신들이 사는 지역을 통과하여 흐르는 강.

흐룽니르 Hrungnir : 자신의 말로 오딘의 말과 경주를 한 거인. 토르와의 대
결에서 죽음을 당한다.

흐륌 Hrym : 라그나뢰크의 대홍수에 운항하는 배 나글파르의 선장. 신들에
맞서 싸우는 거인.

흐리드 Hrid : 흐베르겔미르 샘에서 발원한 강의 이름.

흐리스트 Hrist : 발퀴리의 이름 가운데 하나.

흐림팍시 Hrimfaxi : 노트(밤)가 모는 말.

흐링호르니 Hringhorni : 발드르와 아내 난나가 화장된 배. 링호른(Ringhorn)
이라고도 부른다.

흐베드룽 Hverdrung : 펜리르의 아버지. 로키의 다른 이름.

흐베르겔미르 Hvergelmir : 니플헤임에 있는 위그드라실의 뿌리 아래에서
솟아나는 샘. 여기서 엘리바가르 강이 흐른다. 이곳에서 드래곤 니드회그
가 죽은 자들의 시체를 먹고 산다.

흐비트세르크 Hvitserk : 크라키 왕의 베르세르커.

흘레뮬프 Hledjolf : 「무녀의 예언」에 나오는 난쟁이들 중 하나.

흘레르 Hler : 에기르의 다른 이름. '바다'

흘레세이 Hlesey : 에기르가 살고 있던 섬. 레쇠라고도 부른다.

흘로라 Hlora : 토르의 수양어머니.

흘뢰뒨 Hlödyn : 외르드 1의 다른 이름. 토르의 어머니. '대지'.

흘뢰크 Hlökk : 발퀴리의 이름 가운데 하나.

흘륌달 Hlymtal : 시구르드의 딸 아슬라우그가 자란 지역.

흘리드스칼프 Hlidskjalf : 아홉 세상에서 벌어지는 모든 일을 내려다볼 수 있
는 오딘의 용상(혹은 건물).

흘린 Hlin : 프리그가 인간을 보호하기 위해 동원하는 아스 여신으로, 프리그
의 다른 이름이라는 설도 있다.

히민뵈르그 Himinbjörg : 아스가르드에 있는 헤임달의 궁전.

히민흐료드 Himinhrjod: 거인 휘미르가 소유했던 황소. 머리를 토르의 낚시 미끼로 사용했다.

히밍글레바 Himinglaeva: 바다의 신 에기르의 아홉 딸(파도) 가운데 하나.

힌다팔 Hindafjal: 브륀힐드가 살던 힌다 산.

힐드 Hild [1]: 브륀힐드의 또 다른 이름.

힐드 Hild [2]: 발퀴리의 이름 가운데 하나.

힐드 Hild [3]: 회그니 왕의 딸.

힐디괼트 Hildigölt: '전투 멧돼지'라는 이름의 투구.

힐디스빈 Hildisvin: 알리 왕이 쓰던 투구.

유럽 이야기 자원의 보고(寶庫): 『에다 이야기』

이민용(강원대학교 인문한국 교수)

1. 『에다 이야기』

역자가 번역한 이 책은 스노리 스툴루손(Snorri Sturluson, 1179~1241)이 중세에 아이슬란드에서 시를 많이 포함한 산문으로 게르만 신화에 관해 쓴 것이다. 이 책은 원래 근대 이전까지만 하더라도 단독으로 '에다(Edda)'라고 불렸다. 그러나 이 책에서도 인용된, 운문으로 기록된 게르만 신화집들이 1643년 아이슬란드의 교회에서 발견된 이후로는, 스노리가 산문으로 기록한 이 책을 '산문 에다', '스노리 에다', '신(新)에다'라 부르고, 이 책보다 이전에 익명의 사람들에 의해 운문으로 기록된 —이 책보다 나중에 기록된 것들도 일부 있다 —게르만 신화집을 '운문 에다', '구(舊)에다'라고 부르게 되었다. 이 책 『에다 이야기』('산문 에다')는 게르만 신화를 기록한 1차 문헌으로서는 '운문 에다'와 함께 세계적으로 유명한 문화유산이라고 할 수 있다.

'에다'라는 명칭의 의미는 사실 오늘날까지도 불투명하다. 다만 크게 네 가지 개연성이 거론되고 있다. 첫째, 이 명칭은 시(詩)라는 의미의 옛 북유럽어 '오드르(óðr)'에서 파생된 것으로 생각해 볼 수 있다. 이 책의 성격이 북유럽 음유 시인인 스칼드(skald)를 위한 시학서(詩學書)이기도 하다는 점에서 눈여겨볼 만한 설명이라고 할 수 있다. 둘째, 이 단어를 스노리가 어린 시절부터 청년 시절 초기까지 보내면서 학문적 교양을 쌓았던 아이슬란드의 문화 교양 중심지였던 '오디(Oddi)'와 연관 지어 생각해 볼 수 있다. 이런 점에서 볼 때 『에다』는 '오디에서 나온 책'이라고 할 수도 있다. 셋째로는 이 단어가 옛 아이슬란드어로 '증조할머니'를 나타낸다는 점에 주목할 수도 있다. 이런 의미에서 이 책은 게르만 신화 이야기의 '원조' 혹은 '조상'이라는 성격을 제시한다고 할 수 있다. 마지막으로는 옛 아이슬란드 언어가 아니라 라틴어와 연관되어 있다. 여기서는 '에다'가 '나는 알린다', '나는 말한다'라는 의미의 라틴어 동사 'edo'와 관련하여 설명된다.

스노리 스툴루손은 아이슬란드의 저명한 정치인이자 학자이며, 작가(시인)였다. '스툴루손'은 중세 노르웨이어식 표기이며, 현대 아이슬란드어 발음대로 '스튀를뤼손'으로 표기하기도 한다. '스툴루손'은 성이라기보다는 '스툴라(Sturla)의 아들'이라는 뜻이고, 아이슬란드에서는 성보다 이름을 우선하여 부르기 때문에 그를 줄여서 부를 때는 보통 '스노리'라고 부른다.

스노리는 아이슬란드의 유력한 가문 출신으로서 아이슬란드의 오디에서 중세 유럽의 교양 교육을 받고 부유한 집안의 딸과 결혼했으며 일찍이 정치적으로 출세했다. 그는 세계 최초의 의회라고 하는 아이슬란드 의회 알팅(Alþing, Althing)의 의장 자리라고 할 수 있는 직책(Lögsögumaður, '법의 선언자')을 두 차례나 맡았다. 그리고 그는 당시 이 나라에 가장 큰 영향력을 행사하고 있던 노르웨이 왕국에 몇 년씩 체류하면서 그곳 정치가들과도 친분을 쌓았다. 그는 그곳에서 어린 왕 호콘 호코나르손(Hákon Hákonarson, 1204~1263)과, 당시 이 나라를 섭정하고 있던 왕족 스쿨리(Skúli) 공작과 친교를 맺었다. 당시 아이슬란드는 무인도였던 섬이 8세기 경 아일랜드 신부에 의해 발견된 이후, 870~930년 사이에 노르웨이인 등이 정치적 망명을 해 와 930년부터 평화로운 공화국을 유지하고 있었다. 그러나 아이슬란드는 13세기에 이르러 2백 년 넘게 이어지던 평화의 시기가 끝나가는 격동의 시기로 접어들고 있었다. 아이슬란드에 대한 바이킹의 약탈도 있었고 정치인들 사이에 분쟁도 있었지만, 무엇보다 이웃 나라 노르웨이가 지금도 인구가 30여만 명에 불과한 이 섬나라를 합병하려고 나섰기 때문이다. 결국 아이슬란드가 1262년 노르웨이와 연합 조약을 체결하고, 1281년 합병되기 이전, 스노리가 살던 시대의 아이슬란드에서는 당연히 노르웨이의 야욕에 맞서 싸우려는 움직임이 일었다. 이렇게 노르웨이의 합병 정책과 아이슬란드의 저항 운동, 노르웨이와 아이슬란드 내부에서의 세력 다툼이라는 대결의 소용돌이가 몰아치고 있을 때, 스노리에게는 그동안의 왕성한 정치적 활동이 오히려 화근이 된다. 결국 스노리는 그와 정치적으로 밀접한 관계에 있던 스쿨리가 호콘 왕에 의해 죽임을 당한 후 자신도 1241년 호콘 왕의 사주를 받은 — 그리고 스노리와 유산 문제로 얽힌 갈등도 있던 —사람이 주도한 습격을 받고 아이슬란드의 레이크홀트 자택에서 살해되었다.

그런데 스노리는 후세에 정치가보다는 학자, 역사가, 작가로 더 유명해졌다. 그가 쓴『에다』는 앞서 언급했듯이 게르만 신화에 대한 불멸의 업적으로 남았고, 이외에도 다음과 같은 중요한 작품들이 있다.

—『헤임스크링글라(*Heimskringla*, '세계의 운행')』(1222~1235): 신화시대부터 스노리가 살았던 시기 바로 직전까지 기술한 노르웨이 왕조의 전설과 역사가 혼합된 기념비적 사가(Saga) 모음집이다. 이 작품의 첫 부분은『에다 이야기』프롤로그에 쓰인 것과 비슷하게 오딘 등의 신들이 동방으로부터 와서 북유럽에 정착한 실존 인물들이 신격화된 것이라는 스노리의 독특한 해석에 따르고 있다. 그 내용을 보면 노르웨이·스웨덴·덴마크 세 왕국의 정립, 바이킹족의 원정과 아이슬란드·그린란드의 발견과 정착, 북아메리카의 발견, 영국과 노르망디의 정복 등에 관한 이야기를 사가 형식으로 기록하였다.

—『올라프스 사가 헬가(*Ólafs sags helga*, '성자 올라프의 사가')』: 1030년에 죽은 노르웨이 성왕에 관한 산문 텍스트 전통의 글이다.

—『에길스 사가 스칼라그림소나르(*Egils saga Skallagrímssonar,* '에길 스칼라그림손의 사가')』: 방대한 아이슬란드 사가 중 하나. 스노리가 자신의 선조로 여기는 유명한 북유럽 음유 시인(스칼드) 에길의 삶을 다룬 것이다.

스노리는 이렇게 게르만 신화의 신이나 영웅, 노르웨이의 왕, 시인들에 대한 산문을 썼을 뿐만 아니라 자신이 직접 시 창작을 하기도 했다. 하지만 많은 시들이 유실되어 전해지지 않고, 다만 전해지는 것은 『산문 에다』의 제3부 '시 운율 목록'에 있는 시들뿐이다. 이것은 노르웨이에서 체류하면서 친교를 맺었던 스쿨리와 호콘 왕에 대한 송가들이라고 한다.

스노리의 『에다』는 크게 네 부분, 즉 '프롤로그', '귈피의 홀림', '스칼드의 시 창작법', '시 운율 목록'으로 구성되어 있다. '프롤로그'는 스노리가 직접 쓴 것인지 아닌지에 대한 논란이 있다. 하지만 이것은 어쨌든 이 책을 중세의 학식 있는 기독교적 세계상에 편입시키는 역할을 한다. 여기서는 사람들이 신화와 신들을 만들어 생각하는 이유를 기독교적 관점에서 설명한 뒤, 북유럽의 인종이나 언어 등이 트로이와 같은 남유럽 문명에서 비롯되었다고 얘기함으로써 중세 유럽 교양인의 식견을 드러내며, 북유럽이 유럽 문명의 뿌리에 닿아 있음을 주장하고 있다. 이어 '귈피의 홀림'에서는 게르만 신화가 창세기에서 종말까지 본격적으로 소개된다. 그런데 이것은 게르만 신화에 대한 직접적인 서술이 아니라 강글레리라는 이름을 댄 오늘날 스웨덴 지역의 귈피 왕이 하르(높으신 분), 야픈하르(똑같이 높으신 분), 트리디(셋째로 높은 분)라는 세 왕과 문답(問答)을 주고받는 형식으로 이루어진다. 그리고 여기서 소개되지 못한 게르만 신화는 '스칼드의 시 창작법'에서 계속 소개된다. 그것은 여기서도 게르만 신화의 두 신 브라기와 에기르가 나누는 대화에서 이야기된다. 브라기는 중세 북유럽 최고 음유 시인의 이름이고 게르만 신화에서는 시(詩)의 신이며, 에기르는 신들을 초대해 자주 연회를 베풀던 바다의 신이다. 그런데 여기서 게르만 신화는 북유럽 음유 시인들인 스칼드에게 당대의 전통적인 북유럽 시 문학의 케닝(kenning)이라는 비유법을 가르치기 위한 재료로 소개된다. 먼저 게르만 신화의 에피소드를 소개하고 이를 비유해서 케닝으로 창작한 시를 예로 들고 있다. 그리고 마지막으로 제3부 '시 운율 목록'에서는 시의 운율을 소개하고 가르치기 위해 스노리 자신이 쓴 시를 싣고 있는데, 노르웨이의 호콘 왕과 귀족 스쿨리를 찬양하는 것들이다.

이 책의 기본 성격은 스칼드들을 위한 시학서(詩學書)라고 할 수 있다. 스칼드의 문학은 북유럽에서 9세기에서 12세기에 전성기를 맞은 시 문학이다. 이것은 바이킹 궁전의 음유 시인들이 왕이나 귀족의 미덕을—물론 비판하는 경우도 가끔 있지만—찬양하는 것들이 대부분이고, 그 형식은 전통적인 게르만 시 문학의 두운(頭韻)뿐만 아니라 중간 운율(中間韻律)을 지닌 운문으로서 두 개로 나뉜 시행으로 이루어져 있으며 케닝의 비유를 특징으로 하고 있다. 케닝은 예를 들면 황금을 수달의 배상금, 프레이야의 눈물 등으로 관련 에피소드를 아는 사람들을 전제로 해서 통용될 수 있는 비유로 표현하는 것을 말한다. 때문에 시의 내용도 게르만 신화적인 이야기와 현세의 이야기들을 직조한 것들이 많다. 이러한 전통적인 스칼드 시 문학은 스노리가 살던 시대에 와서 쇠퇴의 징조를 보인다. 실제로 13세기 이후 중세 북유럽에서는 사가(Saga)라고 하는, 산문으로 된 영웅 설화 이야기들이 주류를 차지하게 된다. 그래서 스노리는 약해져 가는 스칼드 전통 문학을 지원할 필요를 느꼈을 것이다.

한편 스노리가 이 책을 쓰게 된 데에는 또 다른 계기도 있었을 것이다. 그것은 북유럽 중세 문화의 전환을 가져온 아이슬란드의 기독교 수용이다. 이곳은 유럽에서 가장 늦게 서기 1000년경에 기독교가 공식적으로 수용된다. 그래서 기독교의 주교 교회와 수도원이 생기는 당시 상황에서 비기독교적인 게르만 신들의 이야기가 사라질 위기에 처하게 되었고, 스노리는 스칼드 문학 형식과 게르만 신화 이야기의 내용이 혼합되어 있는 당시 문학 전통을 유럽 인문학을 공부한 학자의 입장에서 보존하고 계승시키려 했다. 이러한 노력의 결과가 '스노리 에다'라고 할 수 있다.

이번에 역자가 번역해 출간한 것은 이 '스노리 에다' 중에서 '프롤로그'와 제1부 '궐피의 홀림' 전부, 제2부 '스칼드의 시 창작법'의 게르만 신화 관련 부분이다. '스칼드의 시 창작법'의 스칼드 시 인용 부분 일부와 제3부 '시 운율 목록'은 번역하지 않았다. 이것들은 게르만 신화와 직접적인 관련이 없기 때문이다. 이것은 게르만 신화를 소개할 목적으로 출간된 '스노리 에다'의 다른 외국어 번역본에서도 대부분 마찬가지다. 그리고 실제로 번역해 보았지만 우리와 시대적·지리적 격차가 큰 시들이 배경지식도 없이 단편적으로 인용된 것들이어서 독자들에게 불편감만 주고 게르만 신화에 대한 이해까지 방해하는 것으로 판단되었다.

2. 게르만 신화의 위상과 의의

게르만 신화는 그리스 신화와 함께 유럽 양대 신화 중 하나로서 그 스케일이나 짜임새, 내용 등에서 세계 신화 중에서도 결코 뒤지지 않는다. 게르만 신화는 게르만 민족의 사고와 정서에서 나왔고 그들 믿음의 기본 바탕을 이루었다는 점에서 신화의 주체인 게르만족에 관한 고찰이 필요하다. 게르만 민족이라 하면 오늘날의 독일, 영국, 오스트리아, 스위스, 네덜란드, 덴마크, 스웨덴, 노르웨이, 아이슬란드를 포괄하는 유럽 중북부 지역의 국가를 구성하는 인종이라고 말할 수 있다. 여기에 또 영국인과 독일인을 비롯한 유럽인들이 아메리카로 건너가 건설한 나라인 미국도 있다. 게르만 민족은 유럽의 정치, 경제, 사회, 문화 등에서 가장 높은 수준을 유지하고 있으며, 이들이 건너가 사회의 주류로 건설한 미국이 또 세계적으로 가장 큰 영향력을 행사하고 있다. 이런 점에서 서양의 문화와 역사, 사상 등에 토대를 마련해 준 게르만 민족의 위상과 이들의 신화인 게르만 신화의 의미를 눈여겨볼 필요가 있을 것이다. 이 책의 역자가 게르만인들의 신화를 북유럽 신화라 하지 않고 게르만 신화라고 하는 이유도 여기에 있다.

게르만 신화를 담고 있는 것으로는 『산문 에다』 외에도 『운문 에다』, 『베어울프』, 삭소 그라마티쿠스의 『덴마크인의 역사적 이야기』, 중세 서사시 『니벨룽엔의 노래』 그리고 북유럽의 영웅 설화 산문 이야기들인 사가가 있다. 『운문 에다』는 이미 우리나라에도 번역, 소개되었다. 이 책은 익명의 여러 필자에 의해 운문으로 기록된 것들의 모음이다. 중세 10~13세기 북유럽의 시들이 번역된 셈이어서 현대의 우리나라 독자들이 전체적인 의미를 조망하기가 쉽지는 않다. 삭소 그라마티쿠스의 책은 게르만 신화 이야기를 기독교적 세계관의 입장에서 너무 가공하여 신들을 인간적인 모습으로 너무 끌어내리고 비판의 대상으로 삼는 한계를 지니고 있다는 점에서 게르만 신화를 비교적 온전하게 전달하는 『운문 에다』나 『산문 에다』에 비해 신화적 자료 가치가 떨어진다고 할 수 있다. 그리고 이것은 아직 우리나라에 번역되지도 않았다. 한편 『베어울프』가 중세 초기 영문학의 영웅 서사시로서, 『니벨룽엔의 노래』가 독일 중세 영웅 서사시로서 큰 문학사적 의미를 갖지만, 이것들은 게르만 신화의 신들의 이야기가 아닌 신화 영웅의 모습을 담고 있다는 점에서 게르만 신화를 정통적으로 다룬 책이라고 할수는 없다. 그러나 이 책들은 게르만 신화의 가장 중요한 두 신화 영웅 베어울프와 지크프리트(혹은 시구르드)를 가장 많이 다루었다는 면에서 가치가 있고, 중세 서사시의 원조를 이룬다는 점에서도 중요하다.

　게르만인들은 그리스와 로마 사람들처럼 자신들의 신화를 가지고 있었다. 하지만 그들은 자신들의 신화 이야기를 기록할 독자적인 문자 문명을 충분히 갖지 못했다. 게르만 신화에서 오딘 신이 만들었다는 룬(rune)이라는 게르만인들의 고유한 문자가 있기는 했지만 이것은 장문의 글을 기록하는 것이 아니라 방패나 검 등에 부적처럼 새기거나, 비문(碑文)으로 새기는 글자 역할에 머물렀다. 따라서 게르만 신화는 알파벳이 전파된 이후에 본격적으로 기록되기 시작했다. 그러나 이것은 기독교의 전파와 거의 동시에 이루어졌기 때문에 기독교의 입장에서 볼 때 이단적인 이교(異敎) 신들의 이야기여서 터부의 대상이 되기 쉬웠고, 프랑크 왕국의 카롤루스 대제 때처럼 게르만 전통의 것을 대대적으로 수집했어도 이후 '경건한' 왕들에 의해 인멸되기도 하여 유럽 대부분의 지역에서 게르만 신화는 기록으로 전승되어 오지 않았다. 결국 게르만 신화를 기억하고 입으로 전승하던 사람들이 죽으면서 게르만 신화도 사라지게 되었다. 그리스나 로마처럼 대리석이 많은 지역도 아니고 나무가 많은 지역이어서 나무로 된 신화 유물이 많았지만, 나무의 특성상 오래 남지도 못했다. 그런데 아이슬란드는 유럽 문명의 발상지에서 가장 먼 북서쪽 끝에 있는 섬나라라는 지리적인 측면 때문에 서기 1000년경에야 비로소, 그것도 기독교 국가의 침공과 함께 전래되는 것이 아니라 아이슬란드 의회에서 결의하는 평화로운 방식으로 기독교를 받아들였다. 그 결과 게르만 신화가 이곳에서 10~13세기라는 늦은 시기에 운문이나 산문으로 기록될 수 있었던 것이다. 오늘날 우리가 게르만 신화를 알 수 있게 된 것도 이런 역사적 연유 때문이다.

한편 게르만 신화가 기록된 것도 늦었지만 우리에게 세계적으로 널리 알려지게 된 것도 최근의 일이다. 이는 현대 기술 매체의 발달과 함께 문화 콘텐츠로서 알려진 측면이 크기 때문이다. 게르만 신화가 대중들에게 알려진 역사적 경로를 보면 이것은 『베어울프』나 『니벨룽엔의 노래』와 같은 서사시로 알려지고 있었다. 그러나 그것은 앞서 얘기한 것처럼 신들의 이야기라기보다는 신화 영웅들의 이야기였다. 신화 이야기로서 본격적으로 대중들에게 알려진 것은 19세기 낭만주의 시기부터였다. 낭만주의는 민속적인 것이나 민족의 근원에 관심이 크던 시기여서 신화와 민담에 대한 관심이 컸다. 유럽의 민담은 신화적인 것이 세속적인 방향으로 하강하여 이루어진 경향이 크기 때문이기도 했다. 게르만 신화가 문화 예술적으로 대중들에게 많이 알려지기 시작한 것은 바그너의 「니벨룽의 반지」 4부작 오페라를 통해서 비롯된 측면이 크다. 그러다 게르만 신화가 세계적으로 널리 알려지게 된 것은 20세기에 영화, 판타지 소설, 컴퓨터 게임과 같은 대중 매체의 발달을 통한 확산 덕분이었다. 특히 바그너의 「니벨룽의 반지」는 20세기 게르만 신화 수용에서 징검다리 역할을 했다. 이를 매개로 20세기에 「스타워즈」와 같은 영화가 만들어졌고, J. R. R. 톨킨의 『반지의 제왕』과 같은 판타지 소설이 만들어졌다. 그리고 이것은 다시 「지옥의 묵시록」, 「마스크」, 「반지의 제왕」, 「니벨룽엔의 반지」, 「토르」 등의 영화와 「라그나로크」, 「마탐정 로키 라그나로크」 등의 만화·애니메이션 그리고 이를 바탕으로 한 수많은 컴퓨터 게임 등이 만들어졌다.

원래 이 책은 우리나라에 톨킨의 『반지의 제왕』이 번역되어 많은 주목을 받고, 피터 잭슨 감독의 3부작 영화 「반지의 제왕」이 히트를 치기 전에, 그리고 바그너의 4부작 오페라 「니벨룽의 반지」가 세종문화회관에서 4일에 걸쳐 공연되면서 언론에 크게 보도되기 전에, 그리고 우리나라 애니메이션과 온라인 게임에서 게르만 신화가 관심의 대상이 되기 이전에, 이미 번역되고 소개되어 있어야 했던 게르만 신화의 가장 중요한 1차 자료이다. 역자는 그 이전부터 이 책에 관심을 갖고 번역할 생각을 하고 있었지만, 다른 일로 바빠서 작업에 나서지 못하고 우리나라의 이런 문화 현상을 보며 아쉬워만 하고 있었다. 이제 늦게라도 그 번역의 짐을 벗게 되어 기쁘게 생각한다. 아무튼 이 책은 우리나라의 신화와 문학 연구는 물론이고 컴퓨터 게임, 영화, 애니메이션, 만화 등의 문화 콘텐츠 산업에도 그 근거 자료로 활용될 수 있을 것이다. 오랜 기간 기다려 주시고 원고를 잘 다듬어 주신 을유문화사와 관계자 분들께 감사드린다. 그리고 특히 이 책의 번역 기획 단계에서부터 번역 원고 점검까지 도움을 많이 주신 서울대학교의 최윤영 교수님께도 깊은 감사의 말씀을 드린다.

이 책에는 고유 명사나 생소한 이름과 용어들이 많이 나온다. 그래서 설명이 필요한 경우가 있었는데, 독자들의 편의를 위해 꼭 필요한 것들만 미주(尾註)로 돌리고 대부분은 본문에서 괄호 안에 표기했다. 그리고 그것들을 책 뒤에 색인 형태로 모아 찾아보기 쉽게 설명을 붙여 놓았다. 이 책을 이미 번역되어 있는 『운문 에다』와 참고하여 같이 보면 게르만 신화를 전체적으로 조망하는 데 도움이 될 것이다.

3. 게르만 신화의 핵심

1) 게르만 신화의 세계상

신화에서는 세계의 구도가 하늘과 대지, 지하 세계 셋으로 나뉘는 것이 보통이다. 그래서 하늘에는 신이 살고 대지에는 피조물 생명체들이 살고, 지하 세계에는 죽은 자들이 사는 경우가 대부분이다. 자연의 섭리에 대한 인간 정신의 원형성과 보편성 때문이다. 게르만 신화에서도 비슷하다. 그런데 게르만 신화는 특별하게도 이 세계가 더욱 세분되어 아홉 세계나 있고, 그 속에서 활동하는 종족들도 다른 신화보다 다양하다는 특징이 있다. 다시 말해 다른 신화들보다 다층적인 세계, 다원적인 종족 구성이라고 할 수 있다. 게르만 신화에서는 신족이 둘이어서, 아스(Ass) 신족과 반(Vanr) 신족이 있다. 아스 신족은 복수 형태로 에시르(Aesir), 반 신족은 복수로 바니르(Vanir)라고 불리기도 한다. 에시르는 전사들의 종족이 숭배하던 신족이고, 바니르는 농경 생활을 하는 종족들이 숭배하던 신족이다. 반 신으로는 뇌르드, 프레이르, 프레이야가 있고, 아스 신으로는 게르만 신화의 주신인 오딘을 비롯하여 토르, 튀르, 헤임달, 발드르, 프리그, 이둔 등이 있으며 이외에도 앞에서 언급한 반 신을 제외한 나머지 신들이 모두 아스 신들이다. 신화에서는 태초에 두 신족이 전쟁을 벌였는데 승부가 나지 않고 서로 피해만 커지자 평화 조약을 맺고 그것을 보장하는 인질들을 교환했다는 내용의 이야기(에피소드)가 있지만, 그 이후 반 신들의 독자적인 활동 이야기는 없고 반 신들이 아스 신들의 세상인 아스가르드로 와서 활동하는 것으로 미루어 반 신족이 점차 아스 신족으로 통합된 것으로 연구되고 있다. 이 두 신족은 하늘에서 살아가는데 각각 아스가르드와 바나헤임이라는 세상에서 살고 있다. 한편 하늘에는 두 신족보다 하위 등급의 초월

적 존재라고 할 수 있는 엘프라는 요정족이 하늘에 있는 알프헤임에 산다.

이런 초월적인 존재와 달리 지상에서 살아가는 생명체들이 있으니, 인간과 거인, 난쟁이들이다. 인간은 태초에 오딘 3형제 신에 의해 나무에서 만들어졌으며, 거인족은 태초의 거인 위미르에서 비롯되었고, 난쟁이족 역시 위미르의 살에서 생긴 구더기가 변해서 생긴 존재들이다. 그중에서 인간들은 대지의 중앙인 미드가르드에서 살고, 거인들은 대지의 동쪽 혹은 북쪽에 있는 요툰헤임에 산다. 그리고 난쟁이들은 '어두운 집'이라는 뜻으로, 미드가르드의 북쪽에 있는 동굴이나 바위 틈새인 니다벨리르에 산다. 한편 지상에는 검은 꼬마 요정들도 있고 이들은 지하에 있는 세계인 스바르트알프헤임에 산다. 그러나 난쟁이들과 검은 꼬마 요정들 사이에는 확실한 차이를 발견할 수 없기 때문에 둘은 동일 종족으로 볼 수도 있어서 니다벨리르와 스바르트알프헤임이 일치하는 것으로 간주되기도 한다.

한편 죽은 자들의 세계인 지하에는 헬, 니플헬, 니플헤임이 있다. 『에다 이야기』에서처럼 죄가 심한 자들은 죽어서 헬을 거쳐 다시 니플헬로 간다고 하는 이야기에서는 헬과 니플헬을 다른 공간으로 여기기도 하지만, 다른 면에서는 헬과 니플헬이 같은 곳이고 니플헬이 헬의 강조형이라고 보는 연구도 있으며, 니플헬이 북쪽에 있는 니플헤임 안에 있는 것으로 여기기도 한다. 그런데 일반적으로 병들어 죽거나 나이 들어 죽으면 이런 헬, 니플헬, 니플헤임으로 가지만, 용맹하게 죽은 전사들은 하늘에 있는 오딘의 궁성인 발할로 간다. 그곳에서 유령 군사 에인혜례르가 되어 낮에는 전쟁 연습을 하고 밤에서 술과 고기로 파티를 하면서 지낸다.

아스가르드와 미드가르드 사이에는 비프뢰스트라는 무지개다리가 있어서 두 세계를 연결한다. 그리고 무엇보다도 이 세 층위 세계 전체를 세계수 위그드라실이 연결하고 지탱하고 있다. 니플혜임이 북쪽에 있다면, 남쪽에는 무스펠혜임이라는 불꽃의 세상이 있어 여기서 불꽃이 날아들고 이 불꽃에서 얼음이 녹아 서리가 되고 서리가 녹아 물이 됨으로써 여기서 태초의 생명체 거인 위미르와 암소 아우둠라가 생겨났다. 하늘과 땅, 지하 각 세상에는 위그드라실의 뿌리 밑에 샘이 있다. 우르드의 샘, 미미르의 샘, 흐베르겔미르가 바로 그것이다. 위그드라실은 이 샘들에 뿌리를 대고 생명력을 유지하면서 다른 생명체의 보금자리가 되고 있다. 이처럼 게르만 신화는 태초부터 종말까지 이어지는 방대한 스케일, 제대로 갖춰진 신화 구성 등으로 세계 신화에서도 뒤지지 않는다.

2) 게르만 신화의 주인공들

게르만 신화의 주인공들로 여러 신들과 거인, 난쟁이들이 있다. 우선 신으로는 오딘과 토르, 프레이르가 신화시대에 인간들로부터 가장 많이 숭배받던 3대 신이었다. 이들 신에게는 실제로 제물을 바치며 소망을 빌고 제사를 올렸는데, 심지어 인간을 제물로 바치기도 하였다. 오딘은 주신(主神)으로서 만물의 아버지라 일컬어지고 전사들이 많이 숭배하던 신이다. 오딘의 아들 토르는 천둥과

번개의 신으로서 농부들이 주로 숭배한 신이며, 프레이르는 풍요의 신으로서 풍요를 바라는 인간들이 믿고 의지하며 숭배하던 신이다. 그러나 전승되는 것으로만 보면 게르만 신화 이야기의 3대 주인공은 오딘, 토르, 로키라고 할 수 있다. 이 세 신의 활약상이 게르만 신화의 대부분을 차지한다 해도 과언이 아니다. 여신으로는 프리그와 프레이야가 가장 유명하다. 프리그는 오딘의 부인으로서 여성들의 가장 큰 인생사인 결혼과 출산, 가정의 일을 관장한다. 프레이야는 미의 여신, 사랑의 여신으로서 신과 거인, 난쟁이 종족으로부터 가장 많은 관심을 받는 신이다.

거인으로는 태초의 거인 위미르가 가장 유명하다. 위미르는 모든 거인들의 조상이기도 한데 그의 사체에서 세상의 땅, 바다, 숲, 산, 하늘, 구름이 만들어졌다. 로키는 거인족 출신이지만, 오딘의 외가 쪽 혈족 혹은 의형제이기 때문에 아스가르드에 와서 살고 있는데, 거인족 출신의 속성을 갈수록 드러내어 세상에 악을 뿌리는 존재로 뚜렷해진다. 다른 거인들은 독립적인 주체라기보다는 오딘과 토르의 공격 대상이거나 협력 관계를 주고받는 존재로 등장한다. 오딘과 지식 대결을 벌이는 바프트루드니르, 토르를 마법으로 농락한 우트가르드로키, 토르에게 도전했다가 죽는 트림, 게이뢰드, 흐룽니르 등이 유명하다.

게르만 신화에서 거인족은 오딘 3형제를 낳은 베스틀라가 여자 거인인 것에서 알 수 있고, 프레이르가 거인족 여인 게르드와 결혼하는 것, 토르를 돕는 그리드와 같은 여자 거인들에서 알 수 있듯이 신족과 결혼도 하고 교류도 한다. 하지만 다른 한편으로는 위미르를 사악한 존재라고 해서 신족들이 죽이고 신족에게 계속 도전하는 존재가 거인인 것에서 알 수 있듯이 거인족은 신족과 대립 관계를 유지하는 게르만 신화의 양대 축이라고 할 수 있다. 그 결과 거인족들이 세상 최후의 전쟁인 라그나뢰크 때 신들을 공격하여 오딘을 비롯한 신들을 거의 다 죽이고 세상이 멸망으로 가게 한다. 게르만 신화에 처음부터 끝까지 어떤 대결의 긴장이 흐르는 것은 이와 같은 신족과 거인족의 대립 구도 때문이라고 할 수 있다.

게르만 신화에서 난쟁이는 위미르의 사체가 썩어 생긴 구더기에서 오딘을 비롯한 신들이 만든 존재이다. 그들은 바위 틈새 아래나 지하 동굴에서 살며 검은 종족으로 형상화되기도 한다. 한편 땅속에는 광물이 있다. 귀금속도 있고 철광석도 있다. 난쟁이들은 이것들을 소유하고 잘 다루는 기술자이다. 「백설 공주와 일곱 난쟁이」나 귄터 그라스의 『양철북』 같은 유럽의 이야기에서 난쟁이가 금을 비롯한 귀금속의 주인이고 금속이나 유리 등과 같은 광물을 잘 다루는 광부 혹은 기술자인 것은 이런 이야기의 근원인 게르만 신화에서 난쟁이의 속성이 바로 그렇기 때문이다. 가장 유명한 난쟁이는 안드바리이다. 그가 소유한 보물과 반지들은 탐욕과 분쟁의 대상, 파멸의 원인이 된다. 이것은 바그너의 4부작 오페라 「니벨룽의 반지」나 톨킨의 소설 『반지의 제왕』, 『호빗』, 『실마릴리온』, 피터 잭슨의 영화 「반지의 제왕」으로 다시 형상화되어 유명해졌다. 아무튼 마술사, 난쟁이(드워프, 오크), 엘프, 트롤, 용 퇴치 용사, 늑대, 세계수 등과 같은 현대 문화 콘텐츠에 등장하는 스타

캐릭터들이 게르만 신화 출신들이라는 점에서도 게르만 신화의 현대적 맥락을 읽을 수 있다.

기타, 게르만 신화의 주인공들에 관한 구체적인 것은 이 책의 본문과 책 뒤에 정리된 내용을 참고하기 바란다.

『산문 에다』는 스노리가 1220년에서 1225년 사이에 기록한 것으로 알려져 있으나 그의 육필 원고로 보존되어 있는 것은 아니다. 그가 이 책을 집필한 지 약 80년 이후에 누군가에 의해 필사된 것들이 전승되고 있는 것이다. 이 책이 과거에도 애호되고 있었다는 것은 다음과 같이 주요한 필사본이 넷이나 있다는 것으로 입증된다.

- Upsaliensis 필사본(U 필사본): 가장 오래된 필사본으로 간주되는데, 약 1300년 무렵의 것으로 추정된다.
- 왕실 필사본(Codex Regius, R 필사본): 가장 잘 보존된 '산문 에다' 본으로 간주되고 있다. 필사는 1325년 무렵에 이루어진 것으로 추측된다.
- Wormianus 필사본(W 필사본): 1350년경에 생겼다.
- Trajectinus 필사본(T 필사본): 앞의 것들과 달리 이 필사본은 중세 양피지 필사본이 아니라 1600년경에 종이에 필사된 것이다. 원본 필사본은 13세기의 것일 가능성이 있다.

이 전승본들의 텍스트 상태는 핵심적으로는 별로 논란이 될 것이 없다. 전승본 모두 '프롤로그', '궐피의 홀림', '스칼드의 시 창작법', '시 운율 목록'으로 구성되어 있다. 그러나 세부적인 면에서는 상당한 차이가 있다. 텍스트 판본으로 보면 U 필사본은 서로 유사한 R-W-T 필사본 묶음과 비교된다. U 필사본은 축약되고 대충대충 기록된 경향이 있다. W 필사본은 특히 '서언'과 '스칼드의 시 창작법'에서 비교적 주제에서 벗어난 지엽적인 여담 같은 것들을 많이 포함하고 있다. 『에다』 필사본의 상태가 복잡하고 해석에서 논란의 여지가 있는 경우도 있다. 즉 어느 필사자는 별로 중요하지 않다고 생각해서 어떤 것을 생략하지만, 다른 필사자는 중요하다고 생각해서 다른 어떤 것을 덧붙였다. 그러나 우리에게 이런 식으로 전승된 이 책이 스노리의 펜에서 나온 것들을 기본으로 한 것임은 분명하다.

이 번역본은 *Die Edda des Snorri Sturluson*(Ausgewählt, übersetzt und kommentiert von Arnulf Krause, Philipp Reclam jun. GmbH & Co., Stuttgart, 1997)을 기본 텍스트로 하되, 고유 명사 발음과 내용 점검 차원에서 *The Prose Edda, Tales from Norse Mythology*(N. Y.: Dover Publications, 2006)를 함께 검토하였으며, 다른 영어본과 일본어본도 참고했다.

'프롤로그', '궐피의 홀림', '스칼드의 시 창작법'만 원래 있던 제목이고, 세부적인 제목은 역자가 내용을 반영하여 새로 기입한 것들이다.

1179   아이슬란드에서 최고의 유력자인 스툴라 토르다르손의 막내로 태어남.

1182   아버지의 정적인 오디(Oddi) 지역의 수장 욘 로프츠손에게 양육됨.

1183   친아버지 스툴라 토르다르손 사망.

1197   양부 욘 로프츠손 사망.

1199   형 토르드의 중매로 보르그의 자산가 베르시의 딸 헤르디스와 결혼하여 자식을 여럿 둠.

1202   아내 헤르디스가 베르시의 유산을 물려받자 보르그로 이주함.

1206   스노리의 외도와 아내 일족과의 재산 갈등 때문에 아내와 헤어져 레이크홀트로 이주함. 다른 여자들과의 사이에서 세 자식을 둠.

1215   아이슬란드 최고 권력자인 '법의 선언자'(의회의 의장)로 선출됨.

1218   '법의 선언자' 임기를 마치고, 노르웨이를 방문하여 호콘 4세와 그의 후견인이었던 스쿨리 바르다르손 공작의 환대를 받음. 호콘 왕은 아이슬란드 의회의 실권자였던 스노리를 통해 아이슬란드 의회의 찬성 결의 방식으로 아이슬란드를 합병시키려 하고, 스노리도 이에 협조적인 태도를 취함.

1220   호콘 4세가 아이슬란드에 선단 파견을 결정함. 스노리는 아이슬란드로 귀국함.

1222 '법의 선언자'로 두 번째 선출됨. 이때부터 『에다』를 저술하기 시작한 것으로 추정됨.

1237 합병 반대파의 지도자로서 스노리의 정적이었다가 호콘 4세의 새로운 협력자로 입장을 바꾼 조카 스툴라와 교전하여 포로가 되어 노르웨이로 압송됨. 거기서 스쿨리 공작의 집에 머무르며 환대를 받음. 스쿨리와 정치적 대결 속에 있던 호콘 4세에게 불신의 대상이 됨.

1238 둘째 형 시그바트와 그의 아들 스툴라가 아이슬란드의 호족 기수르 토르발드손과의 전투에 져서 참수당함. 이 기회에 자신의 정치적 실권을 회복하기 위해 아이슬란드로 귀국하려 하지만 호콘 왕은 허락하지 않음.

1239 호콘 왕의 허락 없이 스쿨리 공작의 도움을 받아 아이슬란드로 귀국함. 스쿨리 공작이 스스로를 왕으로 선언하며 호콘 왕에게 반란을 일으킴.

1240 스쿨리가 호콘 왕에게 져서 살해당함. 그 직전에 호콘 왕이 기수르에게 비밀 편지를 보내 스노리를 죽이거나 잡아오라고 함. 기수르가 스노리를 의회에서 잡으려 했지만 실패함.

1241 그 사이 아이슬란드에서 다시 실권을 장악한 스노리가 둘째 형과 조카를 죽인 책임을 묻는 소송을 걸어 기수르를 몰락시키려 함. 기수르가 병사를 동원해 반발하며 양측이 무력 대결을 벌였지만, 결국 기수르가 벌금을 내는 것으로 물러섬. 9월 22일, 이런 원한과 호콘 왕의 요구 그리고 마지막 아내였던 할베이그의 친족으로서 유산 상속 문제로 인한 갈등 관계가 겹쳤던 기수르가 병력을 이끌고 재차 습격했고, 스노리는 레이크홀트에 있는 자택에서 죽임을 당함.

새롭게 을유세계문학전집을 펴내며

을유문화사는 이미 지난 1959년부터 국내 최초로 세계문학전집을 출간한 바 있습니다. 이번에 을유세계문학전집을 완전히 새롭게 마련하게 된 것은 우리가 직면한 문화적 상황에 적극적으로 대응하기 위해서입니다. 새로운 을유세계문학전집은 세계문학의 역할이 그 어느 때보다 중요해졌다는 인식에서 출발했습니다. 오늘날 세계에서 타자에 대한 이해는 우리의 안전과 행복에 직결되고 있습니다. 세계문학은 지구상의 다양한 문화들이 평등하게 소통하고, 이질적인 구성원들이 평화롭게 공존할 수 있는 문화적인 힘을 길러 줍니다.

을유세계문학전집은 세계문학을 통해 우리가 이런 힘을 길러 나가야 한다는 믿음으로 만들어졌습니다. 지난 5년간 이를 준비하기 위해 많은 노력을 기울였습니다. 세계 각국의 다양한 삶의 방식과 문화적 성취가 살아 있는 작품들, 새로운 번역이 필요한 고전들과 새롭게 소개해야 할 우리 시대의 작품들을 선정했습니다. 우리나라 최고의 역자들이 이들 작품 속 한 문장 한 문장의 숨결을 생생히 전하기 위해 심혈을 기울였습니다. 또한 역자들은 단순히 번역만 한 것이 아니라 다른 작품의 번역을 꼼꼼히 검토해 주었습니다. 을유세계문학전집은 번역된 작품 하나하나가 정본(定本)으로 인정받고 대우받을 수 있도록 최선을 다 했습니다. 세계문학이 여러 경계를 넘어 우리 사회 안에서 주어진 소임을 하게 되기를 바라며 을유세계문학전집을 내놓습니다.

을유세계문학전집 편집위원단

김월회(서울대 중문과 교수)
박종소(서울대 노문과 교수)
손영주(서울대 영문과 교수)
신정환(한국외대 스페인어통번역학과 교수)
정지용(성균관대 프랑스어문학과 교수)
최윤영(서울대 독문과 교수)

을유세계문학전집

을유세계문학전집은 계속 출간됩니다.

을유세계문학전집 연표